MEMORY HOUSE
记忆坊文化

只是替身吗

FATAL LOVE

南绫 · 著

江苏凤凰文艺出版社
JIANGSU PHOENIX LITERATURE AND ART PUBLISHING, LTD

目录

contents

楔子

那天的场景，蓝又恩永远都忘不了。

S城，深秋。

又一个深秋，这几年，她已开始努力适应这个季节。

阴天的傍晚，微冷。

想起上午在B城总公司开会时那帮人的步步紧逼，她素来明朗的眉宇间不禁浮起暗色。接到他电话解围的那一刻，她才稍稍松了口气。

她实在没有这方面的天赋，少了他，真不知道该怎么办。

停车上楼前，她本想打个电话，无奈手机没电。他家的钥匙她是有的，自一年前她淋了大雨感冒后，他便将钥匙给了她。

“以后若不想待在那里，可以来我这儿。”那时的话语和眼神，让她隐约明白了他的心意。

其实是意外的，虽然这几年他的确对她诸多照顾，可她素来以为那是一种怜悯。毕竟，岑家上上下下，没有哪个看她顺眼过。无论在公司，还是回到家里——如果那栋豪宅可以被称为家的话。

在顺眼这个问题上，她对他颇为不解，以多年前初次见面的印象来说，他理应是其他人里的一员。

结果，他却不知何时站到了她的身旁。

他是个优雅的男子，五官线条清晰柔和，眉目如画，清俊贵气，眼底却总带着一丝不羁的傲气。这样的男人，往往相处容易深交难，而表面的微笑客套却能引来更多的目光。

S城公司里，明着暗着喜欢他的女人太多，多到当那一天，他温柔地帮她擦拭湿发时，她只觉得不可思议。为什么是她？论关系而言，他最不该选的人就是她。

“这世界上有太多感情，是你无法理解的。”唇贴上来的那刻，她有些恍然，却没有拒绝。薄软带着弧度的唇一点点温柔地厮磨着她，张合的唇齿间，是他温热的气息。他吻得很细致，小心地呵护着。她微微睁眼，他也正看着她，淡淡的视线自长而密的睫毛下流转过来，在昏黄的吸顶灯下，仿若冬日午后温暖安逸的阳光。

那是久违的感觉，她闭上了眼。

转动钥匙的时候，她仍在思考今天之后该如何交代。

她知道，那些人不光想要她的位子。他们更想要的，是她彻底从这个战场上离开，甚至从他们的视线里离开！

太多次，她也开始腻了，也许该趁这次机会彻底解决——虽然如何解决她目前还不知道，不过她相信他会有办法的。这也是她匆忙自B城飞回来的原因。

进门后双脚凝固在原地，本该寂静的屋内，正充斥着暧昧的喘息。

借着落地窗外暗沉的微光，她看见了客厅沙发上衣衫不整的两人。

听见门口处的动静，缠吻的两人侧首，看清来者后那女人低低啊了一声，带着诧异和慌乱，急忙拢紧衬衣领口，继续在男子身下维持着尴尬的姿势。

蓝又恩也在瞬间看清了沙发上女人的脸孔。

她的脸色迅速白下去，然而对上男子冷静淡然的目光，却又像是突然明白了什么，无力地勾起唇角。

高凡，与她相同年纪，能干的美女职员——她的助理。上午在B城被那些人咄咄追问的新项目被夺事件，负责文件的人里就有她。她跟了她四年，被众人质问时她都没怀疑过的人——现在却躺在她男友的身下，与他接吻。

那唇的味道她一直很喜欢，不仅因为温暖，还因为他总是能在她困难的时候开口说一些让其他人收敛的话语，就如同上午在会议里以拖延为策略的电话。

可现在，这个男人却搂着她的助理倒在沙发上。

“是你让高凡外泄新项目计划的？”这情景有些奇怪，男友当面出轨，她却只追问公事。可刹那间，很多东西在她脑中清晰地串联起来。

他半撑起身子，手指仍在高凡艳丽的脸蛋上游移：“严格来说，是我直接从她手上收了这个项目。”

“抢这个项目的PL时尚集团，是你的？！”真相比她想象的更加令她寒心。

PL集团早在五年前就成立了，一直是岑氏家族企业——罗丽达服饰公司的死对头！这次欧洲国际品牌COOLE在国内寻找合作方，罗丽达与PL明争暗斗一直不断，她为了这项目已经忙了几个月，他也曾经在旁帮助指导，却没料到最后毁掉这一切的人居然是他自己！

薄软的唇轻轻吻在身下女人的耳垂上，引起对方一阵压抑的低喘，蓝又恩收紧了手指，却没有离开。事情来得太快太突然，总有什么地方让她觉得不对劲。

这几年，他虽然在罗丽达公司只顶着一个若有似无的总监闲职，但她手上那些工作，大部分都受过他的帮助，若说他真要抢项目，也不用等到今天！更别说让她撞见今天这一幕！他明知道她有他家的钥匙，随时会来，又何必挑这种时候幽会？

她敛了神情，漆黑的瞳飞快掠过些什么：“你的目标，应该不只是这个项目！你到底想要什么？”

伏在高凡脖颈间的男人低低笑起来，他抬起头，优雅的清俊脸孔带着从未有过的莫测笑意："不愧为罗丽达的现任总裁！蓝又恩，这种情况下，也只有你还能继续问公事！"他继续神态自若地逗弄着高凡，倒把身下的人弄得不自在起来，几次想开口可又不敢。

"岑寂！"蓝又恩揉了揉太阳穴，"你到底想要什么！"

他的表情瞬间冷了下来，像是回答，又像是自语："我想要什么？事到如今还问这种问题！你不会天真地以为，我是心甘情愿做你身边的男人吧，你真以为我有这么低贱？"

"我从没说过要你做我身边的男人！"她不自觉地冷笑，"主动的人是你，若说到低贱，也是你自找的！"

这一刻，面前的女人依然镇定。她的肌肤很白很细，双颊透着淡淡的粉，瞳仁漆黑而有神，看起来明眸雪肌，算不得特别漂亮，却充满了时尚知性的婉约气质。尤其是她的双唇，是润泽的粉红色，不说话的时候总保持着诱人的丰满弧度，异常性感。

岑寂松开身下的人，冷着脸一步步走到她面前："这种时候，你不该继续维持你的骄傲。今天的事，加上之前这一年从你手里流出去的股份，明天董事会就会对你提出罢免。蓝又恩，你即将一无所有。"

"原来你要的是罗丽达！"

"不然呢，你以为，我要的是你？你是不是太高估自己了？"他嘲讽道，眼底充满了胜利者的愉悦。

"所以，这一年你都在对我演戏？"她抬头看他，指甲已掐入肉里。

他以高高在上的姿态朝她颔首，她提唇微笑，却冷不防甩了他一耳光。

"啊，岑寂！"高凡飞快来到他身旁，一脸心痛地查看他的脸颊，蓝又恩下手很重，片刻间他清俊的脸上已浮起红印。

"蓝又恩！你怎么可以动手打人！"不知是否是听说了她即将一无所有的事实，之前还对她颇为忌惮的小助理突然凛然起来，"是，在公事上我们的确对你有所隐瞒，可你也知道商场如战场，根本没有谁对谁错的道理！至于我和岑寂之间……感情的事本来就没法控制，再怎么说他也是你曾经的男朋友，你……”

啪的清脆声响响起，蓝又恩收回手，瞳底已完全染上暗色。

高凡不可置信地捂着火辣辣的脸颊，她不相信蓝又恩居然连她一起打！面前这个女人，真是她熟悉的那个往日里静淡婉约的蓝又恩吗！跟了她四年，别说打人，就算手下的人做了再大的错事，她也不过风轻云淡地纠正几句，连骂人都不曾有过。

“怎么，一挨打就变哑巴了？”蓝又恩挑挑眉，盯着高凡笑，“你还真以为这年头狐狸精有什么好下场？告诉你，你刚才躺的那张沙发是我买的，茶几上那瓶开了的红酒也是我挑的，就连压着你的男人也是我用剩的！听清楚了，不是男朋友，是男人！这是完全不同的两种关系，你要和他怎样是你自己的事，不过别来惹我！”

听完这番话，高凡已经目瞪口呆。

解决完一个，她又将视线转向一旁的男人，自始至终他一直冷眼旁观，对于高凡惊吓过度的娇弱模样视若无睹，就只是盯着蓝又恩看。

她松开手指，将手中的钥匙丢在他脚下，沉声道：“岑寂，我想，我应该没有和你说分手的必要！”她转身，像是记起什么又侧过脸来，“至于罗丽达，我一定会争取到底！你放心，即便我被踢出董事会，也不会让那个位子落入你手里！”

语毕，她再无留恋，大步离开。

两日后，领导国内时尚潮流的服饰品牌罗丽达发生大变动，最年轻的女股东兼总裁蓝又恩被罢免下台，而她原本持有的股份也因之前几次分放被有心人士收购。据闻，这位有心人士除此之外还拥有额外的股份，累计叠加后在占有率上已超过了蓝又恩的持股率，成为罗丽达新的大股东。而此刻，岑家原本并不和谐的几位，也因此事团结起来，总算没让这位有心人士夺取裁决权。

四日后，蓝又恩搬离了岑家豪宅。

走的那日，和她当年搬进来那天一样，是个阳光明媚灿烂的好天气。天空晴朗得一丝云彩也没有，那么纯粹的蓝，仿佛这个秋天最后的阳光，都将在这一日绽放殆尽。

两位皆年过五十的岑家二代，岑庆国和岑定国，这几日为了突发危机，一改往日的散漫与不合，双双飞赴B城，在总公司连番召开会议。

岑家三代，除了岑定国依旧在国外念书的小女儿岑枫然，剩下的几个都是天塌下来也不会理事的主。或者说，他们没有乱上添乱，已是很给面子了。

这几年，罗丽达都是靠蓝又恩和公司一众人撑着。

总裁这个名头，说起来好听，其实只有她自己知道，身处这个位置有多累。如果不是为了他，她根本不可能在这个位置撑这么久。

而今，她终于可以离开了。

五个月后，罗丽达因几位经营者管理不善，公司出现财政危机，全国五家公司三十六家店面最终被竞争许久的PL集团全面收购。

Chapter 1 思慕

蓝又恩放下报纸，走到画廊门前。

此刻的S城，隆冬已过，正迎来春暖花开的美丽四月。空气里透着淡淡的草木馨香。

春天，她所爱的季节。

这几个月，罗丽达内部混乱不堪，她却远离那些，日日清闲。

虽然偶尔也会愧疚，但她相信，那个人如果了解，一定不会责怪她。毕竟岑家内部的恩怨，是她如何努力都调解不了的。

她靠着玻璃门半仰着头静静呼吸着步行街上清甜的空气，舒服地闭上了眼。

不知过了多久，一双带着木樨花淡香的有力臂膀，将她整个人紧紧抱在怀里。

她挣了挣，那个怀抱却将她裹得更紧，一种熟悉的感觉漫上心头。

“我回来了！”清朗干净的男声在她耳边响起，她一惊，用力抬起了头。四月天里，眉宇飞扬的英俊少年正朝她欢快地笑着。

她怔了怔，许久才找回声音：“纪亚？”

“嗯！我回来了！”他捧住她的脸颊，用力压了压，随后再一次开心地抱紧她，“我回来了！又恩姐！”

上下分别为五十平方米的双层公寓，楼下一厅一厨一卫，楼上则是敞开式的卧室及一间浴室，除此之外，再无睡房。

丢下大背包，少年扑倒在客厅柔软的大沙发上，哀叹自己即将以此代床的命运。

“我也不知道你会突然回来啊！”蓝又恩捧了一堆零食放在茶几上，又取了两罐咖啡。偌大的沙发一被他占据，她竟然找不到可以坐的地方，一年多未见，他果真长高不少。刚才被他抱着，她居然只及他下巴，“你今年是十九岁还是二十岁？”

“十八岁啊！冬天刚过的生日！又恩姐，你太不靠谱了！”少年抱着大软垫盘腿坐起，刘海下淡棕色的眸子不满地瞅了她一眼。

她低头，避开那视线，笑了笑：“是我不好，记错了！”

“算了！”他了然地挥挥手，“你也不是今天才这样，记得刚到伦敦那时，还差点把我搞丢！那年的伦敦多冷啊……”

“再抱怨今晚就自己做饭！”

“与其吃你的煳饭焦菜，我不如自己做！”

“你会做饭？”

“别小看我！好歹在伦敦待了这么多年，不会弄吃的怎么活啊？”他自背包里取出几包材料，朝她眨眨眼，“今晚，让你尝尝我的手艺！”

蓝又恩的这套单身公寓，是搬离岑家后匆忙买的，因为是精装修，她只简单添购了几样家具就住了进来。房子不大，但格局和布置很好，色调也是她喜欢的米白搭配鲜亮的绿，以抛光漆面和玻璃为主，屋子很透亮，铺着舒适的原木色地板，非常时尚优雅。

朝北的厨房是连着小餐厅的敞开式结构，以L型的吧台式餐桌隔开，因为厨艺不佳，以往她都在外面吃，或者买些半成品炒些简单菜式。过去，那个人曾很多次为这事笑她，说以她孤儿的身世配上糟糕的厨艺，为何总不见她饿死？

其实她是幸运的，在美好的年岁遇到了他，青春的记忆都是两情相悦。虽然短暂如烟火，却灿烂如星辰。

温纪亚喊了好几声，才让蜷缩在沙发里的人抬头看他："又恩姐你怎么了？"他捧着个盘子，叉起一块鸡丁送到她嘴边，"尝尝看味道怎样，要不要再咸一点，这几年我在伦敦口味都淡了，你可能不喜欢。"

鸡丁可口软糯，芝香十足，她笑弯了眉："很好吃，不用加了。可以吃饭了吗？"

"还有个意面，马上就好！"得到称赞，少年的眉眼越发飞扬，晒成古铜色的健康肌肤透出诱人的光泽。她的目光在接触到那飞扬眉眼的一刻黯淡下去，不着痕迹地瞥开视线，催促他快回厨房。

片刻后，她流转的目光再度落在厨房里矫健的背影上。他身上是破洞的牛仔裤配休闲毛衣，头发染成栗色，脖间腕间戴着各式夸张的饰物，果然是不同了。

他长大了，如此看去已完全不是当初那个苍白瘦小的男孩，那些胆怯和小心翼翼都已化作明朗与自信。

那年，第一次见他的情景犹在眼前。

孤儿院里的瘦弱男孩，因陌生人来访而缩在角落，其他孩子都围着她讨要礼物，只有他初来乍到并不认得她。

院长的话语透着怜悯，说他是几个月前才入院的，只是到了这年龄，恐怕谁家都不会收养。如今院里的情况虽比从前好，但要供他读书仍很困难。

那时的她，身心俱伤思绪飘忽，没怎么留心听院长的话。若不是走的那一刻，风拂过门边的男孩，使他露出刘海下的眉眼，或许她根本不会多看他一眼。

男孩很瘦，连带下巴也尖瘦单薄，见她望着自己，他不安起来。蓝又恩招手叫他过去，当时的他只及她肩膀。她问他名字和年龄，他慌忙地回答。

十四岁，姓温，因为一直流浪街头，别人都叫他小泥，原本的名字早就忘记了。

她轻轻拂开他额前的发，再一次看他的眉眼，沉声道："你长得很好看，小泥这个名字不要再用了，以后就叫纪亚吧，温纪亚，好不好？"

一旁的院长反应过来，立刻揽着他直掉眼泪，说他有福了。男孩这才明白过来，张着嘴结结巴巴，喊出了一个"妈"。

蓝又恩被这声妈逗笑了："你已经十四岁了，我才二十岁出头，怎么做你妈？叫我又恩姐吧！"

"又、恩？"

"对，蓝又恩，我的名字。"

那个冬天，她将他带离孤儿院，并在半个月后，将他送去了伦敦。

由于国内的法律限制，她这个年龄的人不可以收养和她只相差六七岁的异性，于是她委托了一位身在伦敦任教的友人，以那人的名义收养了他。

他曾经也是不愿意离开的，只是长年的流离生活让他比同龄人更懂得感恩，即便不愿也不会说出拒绝。

于她来说，这是最好的方式，因为那时她不能将他带进岑家豪宅，在外为他安排住处又怕照顾不周，索性将他送去伦敦的寄宿制学院，让收养他的友人多加关照。

"又恩姐。"在厨房忙碌的少年突然出声，他依然背对着她，她看不见他的表情，"为什么这一年多，你都没有来伦敦看我，是不是讨厌我了？"

刚开始的几年，因怕他骤然改变环境不习惯，每隔一两个月，她都会飞一趟伦敦并住上十来天，一是叮嘱他学习，二也是为了陪他散心。可是后来……后来，当他慢慢成长，当那眉目日渐分明，她却越来越害怕这种见面和相处。

听着他叫她时快乐的声音，看他凝视她时依恋的眼神，蓝又恩再也没办法多看一眼。

加上后来，罗丽达内部开始出现问题，她逐渐忙碌，便忽略了他。而这一忽略，便是一年。

“我怎么会讨厌你呢？”她放柔了声音，走到厨房的餐桌旁，“纪亚可是我最重要的人啊！我只是太忙了，没有时间，你生气了？”

“有一点。”他很诚实，回头见她正眯着眼笑，忍不住上前抱住她，“不过，回来看到你就不生气了！”

木樨的香气围绕在鼻端，记忆里瘦弱的男孩已完全消失了，如今搂着她的手臂结实而有力，就连挨着她的胸膛也坚实可靠，隔着毛衣也能感觉到下面矫健的肌肉。

她伸出指尖点点他的肩膀，笑道：“到底什么时候能吃饭？”

晚饭之后，蓝又恩负责洗碗，纪亚就靠在一旁的冰箱上，也不说话。她不明就里地向他看去，却发现他正侧着头安静地注视着自己，视线对上，便冲她笑笑。

“怎么了？我脸上有泡沫？”

他冲她摇摇头，还是不说话。

他的样子逗笑了她：“傻瓜，不用在这里陪我，去看电视吧，音响旁边的架子上有很多电影，自己找着看！”

“不要，我就待在这里。”他的语气像是在撒娇。

“多大了你啊，还这样！”她取笑他，“该不会在伦敦也这样吧！”

“在伦敦才不这样！”他靠近她，将头低下搁在她肩膀上，“一年多不见，我好想你。”

“我也想你啊。”她边笑边冲着手里的盘子，没注意他凝视她雪白下颌的专注眼神。

“真的？”他沉声问道，她嗯了一声。

他定定地看了她许久，仿佛在思考，直到她洗完了所有碗盆，才开口：“又恩姐，我不想回伦敦了。这次，就让我留下来吧！”

画廊，蓝又恩和雨晴在仓库点着货，想起昨晚纪亚的话，她不由得心不在焉。

“怎么了？”雨晴昨天不在店里，不知道纪亚回来的事，于是蓝又恩简单说了一下。

“他不肯继续留在伦敦？”雨晴抽走她手里的货单，了然地将好友拉到外间的咖啡桌前。

“说是等领到毕业证书就在这里读大学，还说连学费都可以自己准备，不用我担心。”

“看来他这次是有计划的。”雨晴和她同学兼死党多年，自然明白她在为什么叹气，“我看你就算了吧，他都这么大了，又在外边独立生活这么多年，个性什么的都和当初不同了，你以为还能管着他多久。而且……”她顿了顿，“就算那方面再像，也是不同的两个人，你不能因为自己的事，让他一直待在国外吧。他都十八岁了，进大学谈女友，之后结婚生子，到时恐怕你想见他都见不着！”

“结婚生子？”蓝又恩失笑，“他才多大啊，你就想那么远了，这么说起来，你打算什么时候结婚生子？”

“我才不要！”雨晴将俏丽的短发夹去耳后，洒脱地架起修长双腿，“我现在有钱有闲，要做游走于繁华都市生活的自由达人！只能我掌控别人，别人没法掌控我！”

“知道了，老板娘！”蓝又恩抽回她手里的货单，“刚才那些是要送到哪里的？”

“这些我来送！”雨晴按住她的手，见对方不解地看向自己，只能老实道，“是PL要去布置新办公楼的。”

蓝又恩点点头，松开了手。

“你没事吧？”雨晴小心地问。

“我很好。”她依然淡淡地笑，“不过是个无足轻重的人，没必要记在心上。倒是要谢谢你提醒我，因为目前，我还不打算让那边的人找到我。”

得知蓝又恩不再反对他回S城读大学，纪亚很开心，连着几日想方设法变花样煮各式美味的晚餐。当然，蓝又恩是有前提要求的，他要先返回伦敦，等学校课程完全结束，毕业之后再回来。

温纪亚一口答应，只说希望回去的日期能延迟到4月18日之后。

4月18日，是她二十五岁生日。

那天，他自掏腰包，带她去了乌镇。

乌镇，以河成街，依河建屋，深宅高檐，临河水阁，充满了明丽幽静的古朴气息。

蓝又恩轻装上阵，除了钱和手机什么都没带，倒是纪亚背了个大包，手里还捏了个看起来很专业的相机。

“只是一日游而已，你怎么比我还麻烦？”她看着他背上的包直摇头。

“都是必需品！”上车之前，他朝她挑眉一笑，接着便在副驾上摆弄他的相机。

蓝又恩的车是最普通不过的北京吉普，价格不贵，却很费油，不过比较适合跑长途。其实她不算穷，虽然罗丽达已被PL集团收购，但她名下那些股份仍然归她所有，只要PL一天不结束罗丽达的运转，即便她现在没有职位，每年都还有分红可拿。

当初在罗丽达，她开的奥迪A6是公司配车，离开后自然就没车了，买房时顺便买了现在这车，为此雨晴还取笑她潦倒。开什么车其实她从来不在意，在她看来，能有车开已经不错了，毕竟是铁包肉，遮风挡雨，天南地北想去哪里都行。

从S城至乌镇车程约一个小时，这日天气极好，天空蔚蓝如洗，清澈得仿佛淡蓝色的宝石。副驾上的少年许久不曾回国，看到的一切都感觉新鲜，摆弄会儿相机，不时扒着车窗看外面的风景。

“对了，你满十八岁了，等这个暑假回来记得去考个驾照，以后出来你当司机，我趴着看风景。”

“我会开车。”他一手摆在她椅背后，一手去握她捏着方向盘的手，“不信你松手试试，保证纹丝不动！”

她立刻打掉他的手：“别闹，高速！”

他怏怏收手，拎过后座的背包取出一小罐薯片：“要吃吗？”他递了片到她嘴边，她也不说话，张口吃了。他再递，她继续吃，唇边满是薯片的碎屑。

他抽了张纸巾，摇着头帮她擦拭干净。

“真长大了！”她很满意。

到了乌镇后，蓝又恩才发现纪亚背的那一包东西基本都是些吃的喝的。当然除此之外，还有雨伞、餐巾纸、洗手液、创可贴等一些日常用品，准备得相当齐全，反观她这个被叫作姐的人，真是有些不好意思。

他们在这座古色古香的小镇晃了一天，纪亚给她拍了很多照片，好些都是趁着说话、走路时偷拍、抢拍的，傍晚时，两人坐在临河小餐馆的露天木桌前，一张张翻看照片。

却没料到，会这样看见他。

暮色昏黄的江南水乡里，他就坐在斜对面的桌旁。傍晚气温有些微凉，旧式的乌篷船摇曳着，自水道缓缓划过。

他穿了件烟灰色的休闲开衫，如画的眉眼衬着背后的景致，越发带着清贵的俊雅气质。

她看到他的时候，他也正看着她，眼神深邃莫测，看不透背后的思绪。

蓝又恩心里叹了句倒霉，表情却没怎么变，视线一落，依旧和纪亚凑在一起看照片。

“又恩姐？”娇柔的女声带着诧异和惊喜，状况顿时改变，有人似乎并不打算让这场意外的相遇悄悄过去。

她抬起头，朝面前的女孩柔和一笑：“真巧啊！”

“真是你啊！”女孩的脸孔和她的声音一般娇柔，长长的波浪卷发，衬着那双纯真明亮的眼瞳，令她看起来像个可爱的真人版芭比娃娃。

女孩名叫周舒妍，是金融业大亨周牧的掌上明珠。蓝又恩还在罗丽达的时候，在宴会上见过她几次。小女孩个性天真又直爽，和她虽算不上好友，但关系也还不错。只是后来，知道她和岑寂在一起后，周舒妍便很少出现在有他们的场合了。

“又恩姐！我们快一年没见了吧！你最近出国了吗，怎么都没见你？”她边说边不时看向斜后方，很显然，她是和岑寂一起来的。蓝又恩知道，周舒妍喜欢岑寂，一直都是。

“没出国，就在S城，只是不太出来走动。”她随意地回答后，示意了下岑寂，“快过去吧，他在等你。”

“又恩姐！”看到她如此坦然，原本还有些担心和介怀的周舒妍顿觉惭愧，为表现自己的大方，她立刻提议干脆大家一起坐，反正都是吃饭，而且也认识。

蓝又恩看看身边的少年，他也正看着她。

“怎样？”她挑眉。

他放好相机，抬手搭上她的肩膀，压低嗓音：“能帮我省一顿，似乎不错！”

“可不一定，万一倒过来呢？”她无奈。

他笑嘻嘻地附到她耳旁低语：“这里个个比我大，还有你看她那身名牌，哪能让我这穷人请客啊！”话落，脑门儿就被她戳了一下。

面前两人的轻声细语显然让周舒妍误会了：“又恩姐，这位难道是你的……”她仔细看那人的脸，才发现他的五官居然不输向来被她视为天人的岑寂。岑寂是那种淡然清雅的俊美，脸庞每一处都犹如出自名家的工笔画，举止优雅，气质卓然，有种浑然天成的气质。

如果把岑寂比作雅致的水墨画，那面前这人就是色彩绚烂，奔腾而充满张力的油画。他真的很帅，浅瞳挺鼻，眉宇飞扬，下颌尖尖，古铜色的肌肤充满蓬勃朝气。他还很会穿衣服，T恤、单衣配紧身马甲，脖间和手腕搭了好几件配饰，左耳上镶了两颗耳钉。栗色的刘海下，他看着蓝又恩的眼神洋溢着笑意，唇却淘气地抿着。

周舒妍突然觉得有些不对，他的年纪看起来似乎不大，可“男朋友”三个字已到嘴边，根本刹不住车。

这一问，让两人都笑了出来。

纪亚立刻揽住蓝又恩，朝周舒妍摆了个V的手势：“对！很帅吧！”说完又引来脑门上狠狠一戳，他恼怒地瞪着她，她见他前额红了一块，又忍不住笑起来。

晚饭最后还是一起吃了，对蓝又恩而言，她只是不想让那边的人找到她，而岑寂现在已经不属于那边的人的范畴。对于他，她仅是单纯地不想见，还没上升到要特意避开的程度。

可能是感觉到岑寂的沉静，一晚上周舒妍愈加乖巧地帮他夹菜倒饮料，桌子对面，温纪亚总凑到蓝又恩耳旁窃窃私语，虽不时挨她斜眼，两人间的气氛始终愉悦欢乐。那种默契，是旁人很难插足的。

晚饭快结束时，周舒妍本以为要沉默到底的岑寂突然开了口："你是做什么的？"

温纪亚被问得突然，看看对方，又指指自己："你问我？"他看起来很惊讶，"原来你会说话！"

"纪亚！"蓝又恩白他一眼。

"没关系。"岑寂看她一眼，目光里似乎多了些难以分辨的东西。

"我是学生。"少年收敛了神情，回视对方。

"你在读大学啊，我也是，你大几？"周舒妍接话。

"准确来说，我要到今年九月份才会踏入大学校门。"他坏坏地笑。

"不会吧！你是高中生？！"周舒妍一直以为他是蓝又恩的男朋友，听他这么一说，简直觉得匪夷所思。

"就快毕业了！"温纪亚有问必答。

看着周舒妍一副被震撼到的表情，蓝又恩好心提醒道："十八岁的高中生其实很正常。不正常的是这家伙的外表看起来比实际年龄老一点，也就是俗称的早熟！"

话落，某人有力的手臂就缠上了她的脖子，她被拖着站了起来。"早熟"的小屁孩瞪了她一眼，朝桌对面的两人道："不好意思，我们等下还有事，就先告辞了！今天谢谢你们的款待，拜！"

"咳咳……拜拜，咳！"被卡得上气不接下气的蓝又恩被迫以尴尬的姿势离开。

周舒妍仍有些回不了神："不会吧，又恩姐居然找了个比自己小那么多的男朋友！”

“他不是她男朋友。”岑寂凝视着夜色里的古镇，淡淡道，“不过是个小孩子。”

“可是，他们一起来旅游啊！”在她的概念里，只有男女朋友才会单独出来旅游，就像她自己和岑寂。

“不是旅游。”他回头，轻轻抚了抚她的脸颊，又很快看向远方，“是庆生。”

“庆生？”

“对，今天是她的生日。”

周舒妍看着岑寂深邃的瞳孔，不自觉地咬住了下唇。

被温纪亚以卡脖子的姿势带离的蓝又恩，回程的路上一句话都没说。

“心情不好？”见她进了门还是一言不发，他忍不住问道，“怪我刚才不该拖你离开？”

“不，该谢谢你拖我离开才是。”她正走上旋转楼梯，回头朝他一笑，“别想无聊的事了，早点睡吧，明天带你去买机票！”

“才八点多啊！”他挂在楼梯扶手上叹息，“别说我时差都还没倒过来，就算倒过来这么早也睡不着！要不然，你陪我看部电影？”

她其实有些累，很想早点上床，不过看到他期待的样子，又想起过几天他就要走了，于是心软下来：“那我们各自洗澡，半小时后沙发集合！”

她穿着棉质睡衣下楼时，他早已安躺在大沙发上，黑色的水晶茶几上堆满了零食和饮料，见她下楼，他忙拍拍身侧的沙发，示意已为她留好了位置。

她坐下后才发现他连薄毯都盖上了，露出的上半身光裸着，结实的腹肌一览无遗。

她瞥他一眼，打趣道：“哟！练得真不错啊！腹肌有八块吗？”说着，还朝他腹部戳了戳。

“又恩姐！”他有些恼火地瞪她，一把抓住停留在他腹部的烦人手指。

“真不可爱！”她撇嘴，抽回手拿过靠垫塞在腰后，“记得那次，我还帮你擦身呢，那时多乖啊，躺在床上一动不动！”

“那次我发高烧！”他反勾住她的脖子，声音里似乎带了些羞恼，“你怎么总记着以前的事，我已经长大了！”

他湿热的气息就在她耳际，弄得她有些痒。她忙拉下脖子上的手：“好了，看电影，放什么片子？”

“麦兜。”

“……”果然还是小孩子，“我家里有这种片子？”

“我买的。”

她有些无语，好吧，麦兜就麦兜，反正她本来就是陪客，大不了他看电影，她吃东西。

字幕出来时，身边的少年自薄毯里摸出一个小盒子递到她面前：“生日快乐！”

这一刻，说她不感动是骗人的，盒子里是一个相框造型的小闹钟，里面已经放入了她和他在伦敦的合影。两人都朝镜头欢乐地笑着，背景是一片纯白色的雪城。

笑意一点点染上她的瞳、她的唇，傍晚意外巧遇带给她的那点不愉快在此刻已完全被抛到了九霄云外。

“我用自己打工挣来的钱买的，没有用你给的生活费！”他小心翼翼地看着她的表情，生怕她会不喜欢，“是不是太普通了一点？你放心，等你下次生日我会买个更好的……”

他的话被她打断。她拉着他，在他的脸颊上亲了亲：“谢谢！我很喜欢！纪亚果然是全世界最可爱的！”

他的身体在刹那间紧绷，当她柔软的双唇触及他脸颊的那刻，他仿佛被电流激了一下。

那种感觉来去突然，他尚来不及分辨，她已放开了他，犹自研究起手里的闹钟。

他怔怔地看着她，手无意识地摸上自己的脸颊，那里还有柔软的余温。

47寸的纯平电视里跳动着鲜亮的画面，他虽然看着电影，心思却完全不在上面。

身旁的人已经许久没动过，他调低音量转头看她，她果然已经睡着了。她面朝他的方向侧趴着，双手搁在脸旁，呼吸平稳，细腻的雪肌透出淡淡的粉色，一缕发丝半垂下来，落在她微翘的唇上。

他突然觉得有些呼吸不畅，心不安地躁动起来，仿佛催促着他去做某些连他自己都不曾想过的事情。

室内一片寂静，电影的声音已调到最低，他轻轻叫了她一声，她睡得正熟，完全没有回应。

少年细长的指尖落了下去，停留在她唇上，又过了许久，他缓缓低下头，将微颤的唇慢慢印在她的唇上。

触及的那一刹那，只感觉碰到了一片柔软的云，带着清甜，带着温度，又仿佛一块可口的点心。心脏不受控制地狂跳，他受力反弹似的仰身，眉宇间满是不可置信的失措与惊慌。

心，仍然在疯狂地跳着，如此之快，仿佛下一刻就要脱离他的胸腔。

怎么……会这样?

他不死心，气息平稳后再一次低头贴上她的双唇。他努力控制唇部的颤抖，尽量停留更长的时间，然而片刻后，他便以比之前狼狈数倍的姿势弹开。

他再不敢坐在她身旁，翻身下了沙发。

电影已经播完，无声重复着片头的选择菜单。

沙发上的她覆着薄毯，仍在安睡，对周遭一切浑然不觉。客厅落地窗旁的日式软榻上，少年靠着玻璃，一夜无眠。

雨晴的画廊最近接了一家星级酒店的单，进货点货特别忙，好在蓝又恩几天前送走了温纪亚，异常清闲，每天都陪着她早出晚归。

交货那天，因为搬运工人出错，蓝又恩亲自去了酒店。见到周舒妍时，她并没有多意外。其实自从在乌镇遇上后，她便隐约明白事情不会如此简单就结束。雨晴的画廊在S城并不算出名，能让五星级酒店主动找上门谈生意，背后必定不简单。

她只是没料到，周舒妍的动作会这么快。

“又恩姐！好巧啊，原来你在这家画廊工作，前一阵有人和我介绍说这画廊很不错，所以就推荐给朋友的酒店试试！”娇柔的女孩今天格外美丽，长长的卷发轻盈柔和，妆容楚楚，踩着十厘米的细跟鞋，纯真里透着股女人味。

她出现时，蓝又恩正因搬画工人装错一幅画而忙得焦头烂额，冲她打了个招呼便继续忙起来。两个小时后，所有的画一一到位，她回头，却发现周舒妍仍不依不饶地跟在她身后。

她叹了口气，拉下工作时固定头发用的夹子，纯黑色的及腰长发披泻而下：“说吧，想去哪里谈？”

酒店咖啡座的角落位置，蓝又恩放下空掉的咖啡杯，懒懒地靠向椅背。对面的女孩已经说了将近半小时，但仍旧没提到重点，只是讲了些很琐碎的事，例如她第一次见到岑寂后的心情，还有她与他在一起的经过。都是女孩子最隐秘的心事，分享给她这个并不算闺密的朋友听，蓝又恩自然明白背后的意义。

她看看手机，时间已近傍晚，于是微笑道：“舒研，你的意思我已经明白，时间不早了，要不今天就这样吧，改天有空再一起喝咖啡。”

“又恩姐！”周舒妍拖住她的手腕，眼里带上了哀求，“对不起！我知道是我不好，不应该说这些事！但请你听我说完，今天来找你，是希望你可以退出。我知道，我和他相处的时间没有你们长，可是我对他是很认真的！”

“让我退出？”蓝又恩失笑，“舒研，我和他很久前就已经结束了。”

“不，又恩姐！是你不明白，那天在乌镇遇上你后，他好几天都没找过我。我心里很慌，忐忑不安，找了他很多次，他都说忙。我不敢打扰他，又不知道怎么办，我……”

“舒研！”她尽量让自己的笑容看起来愉悦些，“我再说一次，我和岑寂已经结束了。而且，我跟他之间，并不是普通的那种分手。普通恋人分手，还有可能是朋友，或者旧情复燃，而我们不会！你不懂，这其中牵扯了太多利益。你只要明白，我跟他是不可能的！”

“这个世界上没有绝对不可能的事！”见她要走，周舒妍直接拦到了她身前，“又恩姐，难道你忘记了吗，一开始在你和他之间，也存在着一个绝对的不可能！可后来，你们还不是在一起了？”

“这不一样！”她实在不懂，他们两个人谈恋爱，为什么非要扯上她这个前任女友？

“他没有解散罗丽达！”周舒妍的眼底已凝起了水雾，“商场上的事我虽然懂得不多，但也知道，以罗丽达如今的状况，早已不是靠整顿就能挽救的！唯一的方法只有拆解、重组，可是他宁可每个月大量投钱进去，也不解散——他完全是因为你！因为你手里还有罗丽达的股份，他不想你一无所有，所以……”

“舒研，你电视剧看太多了。”蓝又恩轻轻拉下手腕上的手，“你是千金小姐，有时间应该多认识些人。岑寂是很有魅力，但我相信以你的条件，绝对能找到更好的。当然，如果你已经到了非他不嫁的地步，那就一心一意好好和他相处。这些猜忌的话在我面前说无所谓，如果说给他听，结果会如何你比任何人都清楚。”

“又恩姐！今天的事，你不会告诉岑寂的是不是？我知道我不该这样来找你，可是我太在意他了，我……”

“我不会告诉他！”蓝又恩实在没耐心继续谈话，“我也不会去找他。实话告诉你，不仅是他，我现在和岑家都已经没有关系了。这也是这几个月你见不到我的原因。所以，我也要请你帮忙，不要告诉岑家人任何有关我的消息，好吗？”她知道，对有些人来说，只有交换条件才能让对方打消那些无谓的误解。

果然，周舒妍听她如此说，情绪慢慢稳定了下来。蓝又恩不打算多留，安慰了几句之后便离开了。

她本以为，这样荒唐的事，一次就够了。

但事实，并不尽如人意。

蓝又恩已经记不清这是周舒妍第几次出现在画廊了。

一开始，她尚能寻出个理由自圆其说，后来连理由都省了。每次，只要见蓝又恩有空，她就会在画廊里逗留和她聊天。

“现在小女孩要心机的功夫太高明了！”对此，雨晴很不满，“把男友的前女友当成闺密，也不管人家愿不愿意，每次都说些自己的情情爱爱，恨不得连一天通几次电话，内容是什么都告诉你，她脑袋有问题？”

蓝又恩忍不住笑出声：“小女孩心态，可能过一阵就好了。”

结果两个多月过去，空气里已能感觉到夏的气息，周舒妍却跑得越来越勤。雨晴脸色不佳地暗示画廊工作很忙，她就干脆拿着订单过来，今天说要几幅画，过几天又说有生意介绍，和蓝又恩俨然一副亲密姐妹的模样。

老实说，蓝又恩还真有点怕她。

这女孩本性其实不坏，也的确因此间接帮了画廊不少，她又懒得一遍遍解释——反正解释了对方也不一定会听。只是隔几日就这样听她唠叨些内容相似的恋爱细节，就算再精彩也早听腻了。

她怕再这样下去，总有天会忍不住去找岑寂，问问他究竟在干什么，怎么让自己的女朋友如此没有安全感！为什么非要让她一个不相干的人搭着受罪？

“又恩姐！这是我之前陪岑寂去巴黎开会时给你买的香薰，我自己也有一套，香味很好，你一定会喜欢。”

“……”收了东西，蓝又恩的思绪继续飘忽。

“又恩姐！明晚我们一起吃个饭吧，我已经订了位子，听说你喜欢韩国菜，那家的味道很正宗！”

“我明天有事。”

“又恩姐！拜托你不要拒绝我好不好！我是很诚心地想请你吃顿饭！”

“可是，我有事。”

“拜托啦！答应我吧，我都已经订好位子了！”

“我是说，我明天有事……”

“推了好不好？我好难得才请你吃饭，别拒绝我啊！”

蓝又恩真是无言以对。

送走周大小姐，仓库门口的雨晴朝她摇头：“这就是你心慈手软的下场！”

“你最好看看最近画廊的营业额再和我说话。”

“那你就继续撑着吧！”雨晴拨拨发丝，抛了个媚眼过来，“要不，今晚跟我去‘蓝枪鱼’酒吧坐坐？”她话才出口，立刻发觉失言。酒吧对于蓝又恩来说，并不是一个好去处，“我随口说的，或者我们去湖边喝咖啡？”

“算了，你想去酒吧就陪你去吧。”

“那你……”

“没事，酒吧也不是只卖酒。”

蓝枪鱼是西餐厅，兼有驻唱乐队的蓝调酒吧。

每日晚餐后，餐厅和酒吧间的隔门被关闭，成为完全独立的一个酒吧。

雨晴是这里的常客，几乎每个酒保都认识，就连客人里也有不少认识她的，见她来了，纷纷招呼要和她再战一局。

“战什么？”蓝又恩不解。雨晴拍拍她的肩膀，指了指吧台另一侧的桌球台，“那个啊，你是不是想歪了？”

她抿唇笑了笑，她的确有些想歪了。

蓝枪鱼的西餐味道正宗，客人大部分是“海归”，还有外资企业的外籍人员，离乡背井的他们不愿下了班窝在寂寞的家中，便和同事们聚集在一处聊天喝酒，时而下场斗斗球技。

菲律宾女歌手在小鼓和吉他的伴奏下吟唱着不怎么流行的外文歌，桌球台周边一圈桌子几乎坐满了人，大家一边聊天，一边看别人比赛，气氛非常好。

雨晴输了一局，气不过，忙让蓝又恩再去一旁的小黑板上为她写名字，排队再战。

她写完雨晴的名字，有个男人也走过来写，她不期然瞥去一眼，不禁笑出了声。在黑板上留名排队的人虽然大都不写真名，但这人留的名字居然是“月满西楼”。

听见她笑，那男人回过头来，是一张俊秀的脸孔，眉宇间带了些温软的书卷气，倒真有几分李清照凄凄切切的意味。

他冲她一笑，整张脸添了几许阳光：“是不是听说过这个名字？”

“我只知道——云中谁寄锦书来，雁字回时，月满西楼。”

“不会吧，你从国外回来，居然不认识我？”

“我不是‘海归’。”她淡淡一笑，“非要‘海归’才能来这里？”

“不！我没有这个意思，你别误会。只是这么有气质的美女居然不认识我，有些打击啊！”这个人一开口说话，就完全不是凄凄切切的味道了，是个十足的搭讪高手。

蓝又恩本想着这人和雨晴是绝配，哪知两人居然认识，在桌球台一打照面就彼此调侃起来。自然，晚上两人的小聚，也因此变成了三个人的聚会。离开酒吧后，他又提议去对面街吃夜宵，三个人吃到半夜一两点，他说要送她们回家。雨晴笑着回说今晚他这绅士风度可没处发挥了，蓝又恩是自己开车来的。

他打趣道：“她开你没开啊，我光送你还不行？”

“好了，我还看不出你今天醉翁之意不在酒啊！”雨晴意有所指地朝去取车的蓝又恩努努嘴，“眼光不错，我这个死党可是百里挑一的，只是她平常不喜欢出来玩，这次也是难得，你既然遇上了就要抓紧机会，否则就没有下次了！”经她一说，他立刻了然，在她们离开时问蓝又恩要了手机号码，说改日有空再和她聊聊李清照。蓝又恩微笑着看了眼雨晴，后者朝她眨眨眼，她心里明白但没有说破，给了号码后，对方立刻打了个电话来，让她存着。

“名字呢？”总不能打成“月满西楼”吧？

“邵丰，‘丰收’那个‘丰’。”他在月下笑着答道。

对雨晴扮媒婆乱拉红线一事蓝又恩半点没放在心上，她目前只觉得头痛，尤其在第二天傍晚见到周大小姐坐着奔驰来接她时，简直到了头痛欲裂的地步。

姓周的果然周到，难不成还怕她跑了？

周舒妍选的韩式餐厅格局高雅，色调布置很有创意，他们被服务员引入楼上的包间，原木色的桌子旁，共摆了四张椅子。蓝又恩看了一眼，周舒妍没说什么，她也没有多问。

古人说，既来之则安之，所以当那道熟悉的清俊身影出现在包厢里时，蓝又恩是真的很“安”。

“嗨！”她甚至还微笑着主动同他打招呼。周舒妍的人设越来越偏向电视剧里的女配角，可惜，她并不想做苦情女主角。

岑寂显然没料到蓝又恩会出现在这里，他以为不过是自己年轻又任性的小女朋友撒着娇要他陪她在外面吃饭。他脱了西服外套，拉开周舒妍身旁的椅子坐下，眉头有些皱，包厢内弥漫着一种莫名的尴尬气氛。

“生日快乐！”周舒妍仍然笑得很甜，像个很幸福的女朋友那样取出个包装盒送给他，在他脸颊一侧吻了吻，“很惊讶吧，我看你最近这么忙，连自己的生日都忘记，所以才准备了这个惊喜给你！”

好一个惊喜啊，蓝又恩目光淡淡。

“你怎么会来？”他没理会自己的女友，反将目光射向斜对面的蓝又恩。

蓝又恩一笑，没开口，她知道周舒妍会替她说。果然——

“又恩姐是我请来的啊！生日嘛，当然人越多越开心，最近你那么忙都没空陪我，我经常和又恩姐见面啊，彼此说些心事，就像亲姐妹一样！”

周舒妍的目的蓝又恩清楚，不过是一方面向她展示他们的恩爱，一方面朝岑寂表现出她的大度。只可惜，她似乎不太了解岑寂是什么样的人。

表面的那些优雅温文都只是他想呈现给别人看到的，那些隐藏其后的霸气和傲气，才是他真正的本质。这样的他，不可能不明白周舒妍的小心思，更加不会愿意在她的小小设计里扮演一个完美男友。

所谓的弄巧成拙，也许就是这样吧。

蓝又恩不动声色地在心里叹了口气，幸好，她今天也不是全无准备。

手机在恰当的时机响起，她接听："你到了？嗯，在包厢，208。"挂掉电话，她迎来周舒妍诧异的目光，"你有朋友来？"

"嗯。"她点头，感觉到岑寂的目光仍在她身上，蓝又恩没什么温度地回了他一眼。

包厢的门再度被推开，"月满西楼"步伐轻快地走了进来。不同于昨晚的休闲打扮，今天的邵丰穿了件很拉风的收腰长风衣，头发用啫喱打理得极为利落，越发衬得他挺拔俊秀，玉树临风。

四个人的话，就不会尴尬了。这是当蓝又恩记起今天是岑寂生日后，第一时间想到的解决方法。

"二哥？！"周舒妍的表情很错愕，"你怎么会……难道你是又恩姐的——朋友？"

邵丰显然没料到是这种状况，有种当场被揭穿秘密的狼狈，他在桌旁踌躇，一时不知道是该坐下还是走。

"怎么不坐？"悦耳的声音传来，他低头，蓝又恩正朝他微笑。那笑容真是美啊，雪肌红唇，眼瞳柔亮，纯黑色的发丝犹如一匹质地上乘的绸缎，周身洋溢着惑人心神的魅力。邵丰很不幸地被二度电到，立刻加入饭局。

周舒妍的错愕只维持了片刻，二哥的出现的确让她诧异，但今天还有更重要的事！她扬起笑容，为岑寂和二哥做了介绍，岑寂随意与他打了声招呼，掠过蓝又恩的眼神沉沉的，多了几许莫测。

趁着小妹和岑寂在点菜，邵丰忍不住凑到蓝又恩耳际低语："你有没有生气？"

蓝又恩侧眼看他，眉角挑着无声的疑问。

"我不知道你和舒研认识，这几年我一直在国外，周家人的身份多少是个累赘，不过名字可没骗你！"

"周绍丰，周家云游在外的二子，其实以前我听说过你。只是不知道你还有个'月满西楼'的别名。"

"好了，我的大小姐，我错了还不行吗，等吃完这顿饭，我向你郑重道歉。”

“我没生气。”那白皙脸颊上的笑容的确从未消失，“我们不过只见了一次，该生气的人应该是雨晴。”

“好，两个都赔罪，我过会儿就打给她。”周绍丰信誓旦旦地低语，恨不得包厢里的另外两人立刻消失，好让他能立即展现出他的诚意。蓝又恩觉得这人个性直爽有趣，与他的气质完全相悖，愈加笑得灿烂。

“岑寂，你说猪五花好，还是羊五花好？”周舒妍不经意转头，却发现身旁人的视线正落在对面两人的身上。那眼瞳深处透着她不熟悉的深冷，仿佛漆黑的深渊，让人的心惶惶不安起来。

同小妹告别后，周绍丰做的第一件事就是打电话。边打边问蓝又恩想去哪里续摊，不用替他省钱。

“我得回家了。”身前的女子抽走他的手机挂断，“雨晴那里，你改天再约吧。”

“改天？”他不明白她态度怎么变得这么快，“那下次你也会来吧？”

“抱歉，我和你之间不会有下次了。”

“因为我没有告诉你我是谁？”

“不，和这个没关系。今天请你出来并不是单纯地吃饭，这一点我也有不对，所以我们就算扯平了。以后，还是不要联系的好。”

“我不懂，为什么？”周绍丰拉住欲走的她。

“因为我知道，你对我有好感。”她如此坦然，却让他更加迷惑，她静静笑了，轻柔得如同天际的云絮，“可是你不了解我，我也并不适合你。所以，为了你着想，以后别再找我了。就此说再见吧，周绍丰。”

她拉掉他的手，缓缓转身，在他迷茫的视线中渐行渐远。

很久以后，当他们再度有机会坐下聊天，周绍丰这样告诉她——那天的情景落在他眼底仿佛梦境一样，她的笑容明明那样美，却饱含了寂寞与孤寂。她渐渐远去的背影，让人犹如置身寒冬。那时的他，虽尚未明了一切，可她带给他的感觉是如此清晰与深刻。

李清照在最孤独寂寞的时刻写下“西风催衬梧桐落。梧桐落，又还秋色，又还寂寞”。如此想来，也不过此刻淡淡背影里透出的那抹刻骨萧瑟。

Chapter 2 尽欢

蓝又恩是在画廊的电视里获悉那个惊人消息的。

雨晴闻声赶来，只见她呆呆地坐在那儿，脚下是碎裂了的咖啡杯，褐色的液体淌了她一身一地。

“又恩！你怎么了，你别吓我！”雨晴喊了好几遍，她才一点点缓过神来，然而脸色却白里透着青，像是个病重的人，一丝血色也无。

她拉住雨晴，指尖竟然在颤抖：“亚泰琪！他竟要卖了亚泰琪！”

“什么？！”雨晴也是一惊。亚泰琪是罗丽达公司旗下唯一的自创品牌，也是将罗丽达推向顶峰的品牌。在蓝又恩被罢免并赶出岑家后，雨晴就曾听她说过，岑家的一切她都可以不争不要，唯独亚泰琪是她放心不下的。岑寂虽然可恶，但他终归也姓岑，而且比起岑家其他人，他有着更敏锐的商业头脑。亚泰琪在他手里，总好过在其他人手里慢慢没落。

可现在，他居然要卖了它！

蓝又恩理了理情绪，立刻收拾起浑身的狼藉，雨晴看出她的意图，一把拽住她："你要去哪里！你该不会要去找他吧！你疯了？他是什么样的人你还不清楚，这样去找他没有任何意义！"

"就算没有，为了亚泰琪我也得去！"

"你去能做什么！"

蓝又恩这时已经冷静下来，看着好友异常认真地道："周舒妍告诉我，PL收购罗丽达后，一直在填钱进去，亚泰琪是罗丽达旗下最赚钱的牌子，这次他单卖亚泰琪，却仍然留着其他代理的品牌，说明他还不想放弃罗丽达！不管是什么原因，只要我手上还握有罗丽达的股份，就还有被利用的价值。岑寂是生意人，他不会让我白跑这一趟的！"

"可是你和他……"

"不用担心，我早就说过了，如今他于我，只是个无足轻重的人。你明白的，雨晴。"

她当然明白，可有时候她真希望蓝又恩不要如此云淡风轻。如果可以，她宁愿她被岑寂狠伤之后痛哭流涕，日日悲伤痛恨。

可她偏偏静淡坦然，这种态度，反倒令她更加心疼痛惜。

PL集团在S城的总部建在地段繁华的商业中心，寸土寸金的地方，十余层的全玻璃大厦，在阳光下反射着刺眼幽蓝的光芒。

她在公司大厅等待了很久，不知是岑寂真的太忙，还是前台小姐有意疏忽。见到岑寂时，已是四个小时后。

他坐在半圆形豪华办公桌的后方，转椅半侧，人也半侧，目光透过落地玻璃，不知投向何处。

听见她的脚步声，他缓缓回头，目色冷漠，微扬的薄唇却带了抹凉薄的讥屑。

"比我想象的要慢一点。"

"我近来很少看财经报道。"她不卑不亢地走过去，在办公桌对面的椅子上坐下，"岑总，说说看，你想要什么？"

他笑了，嘴角勾起嘲讽的弧度："每次有事，你都问我要什么。那是不是我说要什么，你就可以给什么？"

"罗丽达已经是你的，我也离开了岑家。你想要的都拿到了。"

“那是我自己拿来的，不是你给我的，这两者的意义完全不同！”他交叠双腿，一只手很随意地玩起了桌上的钢笔。

“所以这次，我不打算再和你争。你想要什么直接告诉我，只要我可以办到！”

“哦？”他再次笑了，“昔日风光无限的蓝总裁也会和她用剩的男人如此低声下气地说话，真是意外。”

他居然还记得！蓝又恩有些无语，只得抿抿唇：“过去的事就别提了。不如说说现在吧，亚泰琪是罗丽达最赚钱的品牌，如果卖掉，等于变相将罗丽达送人，如此一来，你之前几个月在罗丽达投入的资金将再也无法收回。”她微一思索，考虑着措辞，“不过，如果你非要卖，不如卖给我，我可以……”

“我是不是该感谢你的关心呢？”他轻晃手中的钢笔，坚硬的金属外壳不时敲打着硬木桌面，发出单调的声响。

蓝又恩在他的沉默中叹息：“好吧，我是为亚泰琪来的……它是亚然一辈子的心血，我希望你不要卖掉它！”

他盯着她，神情已完全敛起，瞳孔幽黑，犹如掠食的野兽：“你还是，搬出了这个名字！”

“岑寂，我不知道你到底想要什么，你告诉我，无论多难我都会办到，只要你留下亚泰琪！”

哐啷一声，钢笔被他狠狠地掷在黑色的大理石地砖上。他赫然站起身，来到她面前，手臂一伸轻易地将她压制在他和椅子之间：“无论多难？呵呵，好啊！你要我留下亚泰琪，就拿罗丽达其他的股份来换！听清楚，是罗丽达其他的所有股份，不仅仅是你手里的，还有岑家人手里最后捏着的那些！”

“我的股份可以给你，但岑家其他人……现在整个罗丽达都是你的，就算股份易名，对你也没有任何益处！”

“怎么会没有？岑家那些老家伙，捏着那么一点股份，到现在都在和我作对！我不想就这样让罗丽达消失，这样太便宜他们了，我要让他们失去最后一点自以为是的保障！”他俯身直直地看着她，清俊的脸孔张扬着刻骨的厌恶。

让他们失去最后一点保障，然后肆无忌惮地折磨他们，最后看他们低声下气求他的模样？蓝又恩几乎能预见到后面的事。只不过，岑家人的死活与她何干？只要能保住亚泰琪，她什么都不在乎！现在她最忧心的，是如何从他们手里取得这些股份！

思索片刻，她打定主意，推开岑寂站了起来："好，我去拿罗丽达的股份来和你交换，但是——你得把亚泰琪给我！"

夜幕下，岑家豪宅挺立在葱郁的树林前，一如既往地幽静森然，透着让人喘不过气的压抑和深沉。

她曾经在这座大宅度过了人生中最幸福的时光，可惜，幸福太短暂。那以后，便是排山倒海的无助、彷徨、绝望、挣扎，直至麻木漠然。短短四年，却像是经历了整个人生。

在大宅书房的露天阳台上凝望天空时，她常常觉得自己老了，心力交瘁，甚至期望某个午后，自己能静静安躺在藤椅上睡去，不再醒来。

可是，还不行。

起码现在，还不可以。

岑家豪宅最初是岑庆国岑定国两兄弟的爷爷——岑老太爷在二十世纪三十年代一手打造的，这周围方圆数里都曾是岑家的产业。当时工程之浩大，花费之多难以想象。这宅子自那时至今，翻建过很多次，外墙格局基本都变了，加高加大了不少，唯独后面的花园里，还保留着民国年代最初的模样。

岑家祖上原本是开裁缝店的，这宅子不过是当时主人度假的别院。可后来局势不安宁，岑老太爷便结束了上海、南京、天津的所有生意，带着家人来这里避世。据闻，当时岑家人极其富有，光是橙黄的金子就装了满满三大箱，结果被大儿子败了大半，连宅子周围的土地也没能幸免。后来岑父一怒之下将大儿子赶出家门，但岑家到底是没落了。

这几十年，岑老太爷的小儿子岑建邦——也就是岑庆国与岑定国的父亲，靠着为数不多的资金，在新中国成立后重新做起了服饰生意，从一家两家的店铺，到后来的公司，最终集资上市，可谓白手起家开创了罗丽达。

然而，岑庆国和岑定国都不争气，接手公司后无论什么都要争，罗丽达时好时坏，岑建邦忧心劳累，落了满身病痛。直到后来，岑家三代——岑庆国的三子岑亚然进入公司，情况才逐渐好转。

蓝又恩还未嫁入岑家时，岑建邦便因病重去世，但走时见到岑亚然在公司的作为，总算安慰。他不会料到，在他去世数年后，自己辛苦一辈子打造的罗丽达最终还是败掉了。

败在一个他永远都想不到的人手上。

反复吵闹的手机铃声拉回了蓝又恩的思绪，电话是岑庆国打来的。

“又恩，我们人都到齐了，你呢？”

“就在门口。”她摁掉电话，将所有情绪收敛。

岑家客厅，几位岑家人或站或坐，本还在聊天，见她进来，都收声看她。目光各异，表情更是丰富多彩。

岑庆国生有两女一子，分别是大女儿岑佩然，二女儿岑安然和三子岑亚然。

岑定国生有一子一女，大儿子岑凯然，小女儿岑枫然。

记忆里，因为岑庆国与岑定国两兄弟不和，岑家三代的几个子女间关系也差。她离开前，岑家只住着岑庆国夫妇，听说她离开后，岑定国夫妇由于某些原因搬了回来。

几个年轻人倒是各自有家，平日不见人影，今天这样的齐聚，怕是过年时都不曾有过。

但岑庆国还是说错了，岑家人其实并没有到齐。

年龄最小的岑枫然走了过来：“嫂子，你来了！”这是个陌生而亲近的称呼，在岑家多年，蓝又恩几乎没有听过。

她温婉一笑：“什么时候回国的，枫然？”

“就这个月，快放假了，交了论文就提前回来了！”岑枫然还没说几句，就被她母亲拉着不咸不淡地训斥道：“你这丫头这么大了还不懂事，怎么能胡乱叫人！”

“可是，妈，她是我……”后面的话被她母亲给瞪了回去。她怏怏地撇嘴，不快地缩在沙发上。

蓝又恩不想说废话，岑寂只给了她五天的时间，五天后她拿不出罗丽达的股份，亚泰琪就要易主!

然而，就如同她预料的，她简单一席话，立刻在岑家人之间掀起了滔天风浪。

几乎是众口一词的反对，对他们来说，没有什么比手上的股份更重要，亚泰琪只是公司旗下的一个牌子，卖了就卖了。只要岑寂不重组公司，他们就能靠着股权吃饭，就算没有实权，也足够维持旧日的奢华生活了。

蓝又恩叹了口气，她早知道在这些人心里，只有自己最重要，各家自扫门前雪，根本不会顾及亚然的心血！心中一阵疼痛与嫌恶，唇边的笑容却分毫不减。她将事前准备好的支票放在茶几上，语调轻淡：“这张支票的数目可能不多，但是我的全部财产。你们也清楚，目前罗丽达只是不断填钱的黑洞，如果靠整顿就能恢复，岑寂也不会卖掉自创品牌。你们手里的那些股份，现在捏着是保障，但万一哪天他不再管公司，就是废品，还不如趁着这个机会，都卖给我！”

“哼！说得好听，谁知道你有什么阴谋！”岑安然妖里妖气地瞥了她一眼，“哪有人会天真地把全部财产都拿出来，就单为了一个牌子？”

“亚泰琪是亚然创立的，我要保它，不奇怪吧？”

“怎么不奇怪？”岑佩然接了口，“亚然都不在这么久了，你有必要借他的名义实施那些见不得光的计划吗！当初你坐上总裁的位子时，也信誓旦旦地说过要把罗丽达搞好！结果呢，自己居然和那个人搞在一起！真是够乱的！说不定当初就是你私底下动的手脚……”

“什么说不定！根本就是！”岑定国压不住火，“之前放了股票给他，现在又想来挖我们手里的！蓝又恩！你真以为我们岑家人好欺负！”

“爸！别和她吵，反正我们捏着股票不放，看她能怎样！”岑凯然架着双腿，一脸不屑地盯着她。

“又恩啊，这钱你收回去吧，我们岑家无论如何也不会卖掉股份的！”岑庆国是亚然的父亲，终究顾念儿子的面子，没有当场说难听的话。不过“我们岑家”这四个字，已经明显与她划清了界限。

“爸……”蓝又恩微弱地唤了一声。

“罢了罢了。亚然不在很久了，你也不必再这么称呼我，就当是岑家欠你的，之前的事就算了。请你以后别再来打扰我们的生活。罗丽达我们是不会放手的，你死心吧！”

岑庆国是现今岑家的最长者，以往岑家也只有他待她尚算客气，而今听他如此说，其他人都不再开口，改用幸灾乐祸的眼神看着站在客厅中央的人。

蓝又恩闭了闭眼，再度睁开时，眉宇间的婉约与唇边的笑意已荡然无存。

“好一句不要钱，要股份！你们以为岑家还是以前的岑家？罗丽达还是以前的罗丽达？”她的视线从他们身上一一掠过，“罗丽达已经是PL集团旗下的产业，你们现在还能好好过日子，是因为他还不想立刻结束这个游戏！抱着那些股份有什么用，你们根本没有实权，等分红吗？罗丽达现在每个月都在亏，哪来的分红！是不是非要等到有一天他玩腻了，彻底结束罗丽达，你们才肯放掉手里那些根本不值钱的股份？”

“喊，我们不缺钱，别说的好像我们岑家山穷水尽了一样！”岑佩然冷哼一声。

“不缺钱？”蓝又恩看向她，目光灼灼，“可据我所知，你老公因为情人携款私逃，经营的电器公司最近不太景气，为贷款已经跑了很多家银行了。还有你……”她将目光转向岑安然，“不工作没收入，却夜夜出入销金场所，那个叫安德森的年轻帅哥，想必从你那里讨要的东西已经不下百万了吧。不过听说他最近不太肯见你，是不是因为已经把你掏空了？还有你……”

她一转身，看向岑凯然：“包养小明星每个月的花费可不少啊！何况你一包就是两个，连别墅都买在同一区，时不时还搞假面换友舞会，所谓风流，我想你认第二，绝对没人敢认第一！”

她容颜静好，神态镇定，语调平和，与那些咄咄逼人的词句形成强烈的对比，反而更衬托出事情的荒唐。听她如数家珍地将各人的隐秘私事暴露出来，被点名的几个人脸色均是青白交加。

她转身走去一旁，白皙的手指轻轻抚着壁架上之前不曾见过的青花瓷器，朝岑庆国道：“两个月前的拍卖会上，岑庆国先生好手笔啊！喊价之高无人能及！还有这栋大宅，在我搬走之后又重新装修过一次吧！这茶几、这地毯，还有这些灯具，没有个百八十万恐怕是买不来的！岑定国夫妇搬回来后果然一如既往地爱家！”

她一一说完，重新站到他们中间，将茶几上的支票捏在手里：“由俭入奢易，由奢入俭难。你们认为，凭现在罗丽达的状况，这种日子能支撑多久？半年，三个月？或许，一个星期！只要岑寂心念一变，你们就得宣告破产！此后退出上流社会的奢靡生活，和古董名牌、明星美女帅哥无缘，或许不得不从这栋大宅搬出去，住普通的二手公寓，出门不再有车子代步，不能随心所欲地购物，不能坐着头等舱飞来飞去地旅行。甚至当你们走在街上，还会成为别人指指点点的笑柄。所以现在，你们仍然决定捏着股份，不要现金？”

她说完，岑家已陷入死寂般的沉默，几乎所有人都在用不可置信的眼神看着她。

蓝又恩静静地站在他们之间，任由他们打量。

“你这个女人，果然厉害！当初还真是小看你了！”半晌，岑凯然自牙缝里挤出这句话。

当初？她不禁莞尔，当初若不是她还顾念着亚然，当初若不是以为身旁还有个能依靠的人，她也不会让罗丽达就这么从手里流失！

现如今，她只有自己了。

要得到，就必须先放弃。她从来都不是温柔的女子，很多时候只是不想去争。

“考虑清楚了，后天上午十点，律师楼办股份转让手续。”她收好支票，准备走人。

“等一下！支票上到底有多少钱？八百万，还是一千万？”岑佩然喊住了她。

所有人的目光都集中过来，她眉梢微挑，忽然又笑了，无比美丽明亮：“七千万。”

这个数字让所有人骇然，几乎同一刻，她从他们眼底读出了对金钱的欲望。这时她知道，自己的目的已经达到。

“七千万？！你居然有这么多钱！亚然那小子太会护短了，生怕自己不在我们把你给吃了吗！还是……这钱根本就是那个人的！你们果然勾搭在一起了！真是恶心，你也不想想那个人的身份，这是乱伦！乱伦！”岑佩然还在她身后骂骂咧咧，蓝又恩已经朝大门走去，“岑家怎么会让你这样一个贱人进门！亚然真是遇人不淑……”

她没有回头，也没有停步，径直朝那两扇华丽的大门走去，直至再也听不到背后的任何声音。

五天后，蓝又恩带着罗丽达其余的股份，再次去了PL。

“希望你守信！”她将股份转让书放在桌上。

“当然，我已经把合约准备好了。”

这天，是个阳光灿烂的日子，落地玻璃外的天空明亮得有些刺眼。对面的男子一如既往地优雅从容，眉宇间流淌着淡淡的俊朗气质，唇角似笑非笑地轻抿着：“七千万。你果然够豪爽，就算自己身无分文，也要最后救他们一次。”

“我只是想用最快的方式拿到股份。钱能解决的问题，就不是问题了。”她看着他，“合约在哪儿？”

他递出几页白纸，她取过细细浏览，耳际的发丝垂落下来，衬着颊边细腻的雪肌，在反射进来的阳光里，透出莹润的微光，异常诱人。

“得到亚泰琪品牌经营权后，要和PL集团合作经营，我也要来PL集团工作？”她蹙眉看他，“这条是怎么回事？”

“合约条款之一，为方便日后的合作与协调。亚泰琪毕竟是罗丽达的主打品牌，很多工作事务不是说断就能断的，而罗丽达是PL的附属公司。让你一个品牌负责人来这里办理公务，不算过分吧？何况你所有的钱都花在买这些股份上，现在的你，如果没有PL，靠什么经营这个品牌？不如与我们合作，我提供宅体，利润按比例分！”他不知何时已绕到她面前，半靠着办公桌垂目看她，“当然，决定权在你，你也可以选择不签约，我无所谓，大不了再找其他买家。”

“行了。”她知道他的做事方式，已经决定的事，再多的争执谈判都是无用的，只是去PL上班而已，她想应该不会太难。

她签完字，起身朝他伸出手：“岑总，那以后，还请多多关照。”

他看着面前婉约静淡的女子，握住了她的手。

这一幕，仿佛时光倒流。

曾几何时，他也在一个阳光明媚的时刻，这样朝她伸出手。彼时，她尚且年轻，漆黑的眼瞳仍带着一丝稚嫩，脸上洋溢着笑容，依靠着身边的男子，眉宇间尽是掩饰不住的幸福。

那是他与她的初见。

“你好，我叫岑寂，我是亚然的小叔。”他说完，如愿从她眼底读到了惊讶。

一个年龄与男友相仿的小叔，这算不算得上对豪门世家的绝妙讽刺呢？他在心中讥屑，准备等她的一声惊呼，然后他就能展露出一个完美的笑容，接着离开。

可是，她晶莹瞳底的惊讶只在瞬间便转成了笑意：“原来你是亚然的小叔，刚才我还一直在猜你是他的表哥还是表弟呢！怪不得你一直跟着伯父他们招待客人，这么年轻就当叔叔，平时一定很无聊吧！不过没关系，以后觉得无聊就找我和亚然，我们一起去玩！”

她的唇很美很美，透着淡淡的粉色，带着吸引人的弧度。

“你的名字？”掩藏在那双深邃瞳底的冰冷，不知何时减了几分。

他沉沉凝望着她，她眉眼弯弯，一如新月：“我姓蓝，就是天空的那个颜色，名字是又恩。”

她的笑容太过明亮耀眼，他皱了皱眉，眼神重新冷却：“蓝色？我不太喜欢这种颜色。”说完，他转身离开，留下女孩在后面诧异地看着一旁的男友。

“我说错什么了吗？”

“没有。你别介意，小叔他就是这个性子。”

“我没有介意。只是，不知怎么的，觉得他似乎很寂寞的样子。”

“傻瓜。”身旁的爱人搂紧了她。

阳光满溢的花园里，背后的对话随着他脚步的迈动逐渐变轻，直至消失。

在PL集团工作的第一周，蓝又恩基本无事可做。她的办公室是人事部经理安排的，位于设计部，也就是岑寂所在楼层的下一层。

办公室朝北，小小的一间，全玻璃墙面，从外面可以清楚地看见里面人的一举一动。

虽然现在亚泰琪是属于她个人的牌子，但所有工作流程仍在罗丽达那边进行，离开公司半年多时间，业务方面的情况变化很大，若要一下抽出来自己经营，的确困难重重，这也是她答应在PL任职的理由。起码可以借着PL这个宅体，最大限度地利用它的价值。

罗丽达内部经营情况究竟糟到什么地步她不清楚，之前她回去过一次，但可能岑家人在公司将她和岑寂的关系刻意渲染过，职员们看到她都爱答不理。就连亚泰琪里原本和她关系很好的设计师也对她冷淡至极。

这两个设计师是亚泰琪的灵魂人物，也是亚然生前很要好的朋友，人品都是不错的，罗丽达遭逢巨变都没想过要跳槽，可见他们对亚泰琪有着特殊的情感。蓝又恩知道，要继续经营亚泰琪，不能少了这两个人的帮助。

因此这天她约了他们吃饭，想凭借过去的交情尽量说服他们心甘情愿来PL帮她。

亚泰琪只生产女装，但两名设计师都是男性，是亚然当年的校友，也是她的前辈。蓝又恩原本没指望邀请一次他们就会来，结果两人都准时出现，出现的原因却是为了告诉她，不必花费心思通过岑寂给他们压力，亚泰琪是属于他们和亚然的，他们绝对不会为吞掉公司的人工作！

蓝又恩一惊，立刻明白是岑寂在背后做了什么。她当然不会相信，岑寂只是好心帮她调这两个人过来，如此做只会使得原本就对她误会重重的两人更加厌恶她。

“你不要再多说了，今天若不是看亚然的面子，我们根本就不会过来！”开口的是钟倪，他性子急，说着就拿起酒杯，“这杯算是我敬你的，你已经得到了罗丽达，希望你高抬贵手，放过亚泰琪！”

握住酒杯的纤细手指微微发颤，她的脸孔带着近乎透明的白。让她目前唯一可以信任的人对她说出这种话，岑寂真是太了不起了！他知道，岑家的人她可以漠视，假装不在意，但这两个人不同！他们和亚然一点一点创造出了亚泰琪，每段艰难的瓶颈期，她都陪着看着。他们是她的朋友，是她的伙伴，可如今却用这种鄙夷的目光轻视她。

每一句话，每一个字，都没办法假装没听到！

“不过作为亚然的朋友，有些话还是想告诉你。蓝又恩，你想和谁在一起的确是你的自由，可这么多人，你偏偏挑了最不应该的那个！先不说他对罗丽达的野心，就凭他和亚然的关系，你也不该和他在一起！”钟倪几杯酒下肚，说话愈加直白，带着强烈的怒意和怨气，直将她逼至死角，“如果亚然知道他最信任最爱的女人居然为了另一个男人忘记当初的承诺，糟蹋他多年的心血，恐怕在另一个世界也不会安心！蓝又恩，我真是不明白，你怎么会变成今天这个样子！难道人一旦有了金钱名利，就真能把良心和感情踩在脚下吗！想想亚然，你晚上睡觉都不会做噩梦？！”

纤细指间的酒杯被重重搁在桌上，她盯着钟倪，尝试许久才哑着嗓子开口：“我没有忘记对亚然的承诺，收回你的话！否则……”

“否则？！”对方一听这话里大有威胁的意味，不由得怒上加怒，“否则怎么样！你还真能把我们赶出公司？！好啊！要做你尽管做！去找你的岑寂，我钟倪可不怕他！”

“我从没想过要把你们赶出公司……”她深深吸气，要很用力才能继续说话，“不管你们相不相信，我再说一次，我从没忘记对他的承诺！”

“忘不忘记只有你自己清楚。”整晚一直沉默的另一个设计师——范青仁投来冷淡的目光，“你口口声声说你没忘记。事实却是，你为一个男人丢了公司，最可笑的是，这男人还是亚然的小叔！好，就算退一步，你不是故意这么做，岑寂所有的计划你都不知道，你只是被利用了，情况又有什么不同？”比起钟倪，范青仁冷静得多，可言语中的责备意味却分毫不弱，“你和岑寂之间，没发生任何事？是别人在冤枉你，还是他编造谎言？如果不是你给了他机会，以他先前在公司的权力和位置，怎么可能夺下整个罗丽达？蓝又恩，过程到底是怎样的现在都不重要，结局已经注定——你辜负了亚然对你的信任和感情！”

钟倪和范青仁是什么时候离开的，蓝又恩并不清楚。

她只觉得有些浑浑噩噩，全身上下犹如泡在冰冷的水里，身体木木的没什么知觉，可每一个细小的动作都会带来刺骨的疼痛。

因为太过寂寞无助，太过疲惫彷徨，所以当那人的温情袭来，她几乎毫无迟疑便接受了。以为自己熟悉他，了解他，便不会被欺骗与伤害。

她怎么会有这种天真的想法？！

她可以对任何人说上几百次她没有出卖罗丽达，可以无视所有人的责怪，维持她的淡然冷静，只是因为她自觉没有做过对不起亚然的事！

可是，她真的没有做过吗？还是，从一开始就错了？

当那人吻上她的唇时，她为何不推开？

她为什么……没有推开？！

喧嚣的街头，她在霓虹闪烁的酒吧前驻足。前后左右均是来往行人。都市的夜，人人都在寻找可以放松的乐土。

曾有一段时间，酒吧是她唯一的去处。

二十岁出头的女孩，却酗酒度日，这便是那日雨晴自觉失言的原因。

好不容易戒了的酒，却在这一刻无比渴求。

她站在闪烁的灯光下，雪色的肌肤上跳动着杂乱的色彩，眼神有些空洞，思绪不知飘去了哪一处。她有些茫然地看了眼头顶的夜空，缓缓走了进去。

少年出现在画廊的时候，雨晴吓了一跳。

外面正在下很大的雨，已将近十一点，要不是她正好有工作在忙，早就关铺回家了。

他直直冲了进来，没穿雨衣没打伞，身上还带着行李，看样子像是才下飞机。

“你今天回来的？没听又恩说啊！”她正诧异，他却劈头就问她又恩的去向。

又恩的去向？自十来天前她去PL上班后，她一直没和她联络过，现在时间这么晚，她还能在哪儿，当然是在家里了。

“没人！我昨天打电话她就没接，我留言说今天会回来，可她没来机场接我，家里也没人，手机打不通，我又没有钥匙！”他飞快地解释，着急得要命，担心她会出事。雨晴忙安慰了他几句，之后拨了蓝又恩的手机和家里座机，果然都没人接。

她当下关了店门，带着温纪亚赶到又恩的公寓，试着敲门甚至请来管理员询问，都一无所获。

“她到底去哪里了！”他攥着拳头，只觉得五脏六腑焦灼到快要燃烧起来。雨晴想了半晌，赫然灵光一闪，拉着纪亚就走。

凌晨两点，雨晴终于靠着数年前的经验，将蓝又恩从酒吧找了出来。

她已经完全醉了，被安置在床上后仍拉着雨晴要酒。雨晴又气又担心，恨恨骂了她几句，嘱咐纪亚照顾好她，之后便带着一身的雨水和疲惫离开了。

少年帮她盖上薄毯，见她渐渐安静下来，便关了灯，拿着换洗衣服去浴室淋浴。出来时，窗外的雨已经停了，依稀有月光笼罩，床上的毯子已被踢落在地板上。

他上前捡起薄毯再度为她盖上，一抬头，却对上她迷蒙涣散的双瞳。

“你、你醒了？”那一刻，他脑中竟闪过那夜与她嘴唇相触时的画面，隔了这么久，原以为早已忘却的感觉此刻赫然在他体内炸开。他有些狼狈地瞥过视线，“你头痛不痛？我去帮你拿块毛巾。”说着就要起身，结果却被拽住手腕，他毫无防备，一下跌在床上。

柔软纤细的手臂围了上来，他的唇部被散着酒意的温软双唇贴上，那一瞬，他只觉脑中轰的一声巨响，身体几乎被震得麻木。

她在做什么？！

他狼狈而仓皇地推开她，却对上一双水润深邃的漆黑眼瞳："亚……"她声音有些沙哑，带着致命的性感，她专注而温柔地凝望着他，眼底似乎带着无尽的忧伤和依恋，"为什么这么久都不回来……我好累……"

"又恩姐，你醉了……"他尴尬地拉着脖子上的手臂，她却再一次吻了上来。之前是细碎的摩挲，这次却是热情主动的深吻，带着馨香的柔软舌尖探入他唇间，撬开他颤抖的牙齿，与他缠绕在一起。

他的呼吸仿佛停了，身体深处，有一种奇异的渴望蔓延上来，瞬间袭向他全身。这样与她唇舌相缠，是他连想都不敢去想的罪恶。他花了那么多努力，才让自己忘记心底涌动的欲念，却在这刻被她破坏殆尽。

凭着残存的理智，他再度推开她。他告诉自己，她只是喝醉了，不知道自己在做些什么，这并不是平日的她，他不能当真！不能当真！他一遍遍在脑中警告自己，可身体在不自觉地发烫灼热。

"亚，我想你……"她低低呼唤了声，又一次吻住他，仍然是热情至极的缠吻，他僵着身子推开，她再吻，如此反反复复数次，他几乎快被这样的亲密接触弄疯！

"你到底要干什么！"他低吼着将她重重推开。这次，她整个人倒在床上，再也没有力气起身，半缩着身体，目光迷茫地看着他。

淡淡的月色里，她身上的薄衫因之前的动作而大开，露出肩膀和胸前丰盈的圆润，雪白的双腿在凌乱的床上散发着致命的吸引力。

少年死死盯着床上的人，呼吸变得极其缓慢而沉重。她半靠着枕头，眼睛也慢慢闭了起来，似乎因为已用掉了所有力气，现在只能作罢，不再试图做什么。

他将拳头握得咯咯作响，身体却动也不敢动，只是看着她。她的唇微微动了动，无意识的呢喃飘了过来："亚……别走……"

大脑里面，仿佛有什么东西咔嚓碎裂。

他眼瞳骤暗，突然俯身吻住了她。

这是个不顾后果的吻，辗转厮磨，深深探入她口中，狂野而蛮横地勾缠。他很快得到她的回应，柔软的手臂重新搂住他的脖子，这次他没有推开，手指着魔般摸索着她的身体，用不太熟练的动作狠狠揉着她的每寸肌肤。

有些事情，就算不懂，就算是第一次，也会被身体的感觉自动自发地引导。

他的身体变得那么热，仿佛在烈火里烧，她的身体却细腻柔软，带着淡淡的凉。他死死将她压在身下，恨不得拆碎糅进自己体内，好以此平息下腹那股焦灼的炽热。

已经没有理智了，也不要理智了。

就算前面是地狱他也无所谓!

前面的不适感很快过去，她重新回应他，一点点热烈起来，攀着上方健硕的身躯，喘息低吟。

落地玻璃窗里，只看得见床上男女相互纠缠的四肢和年轻光裸的身体。

漆黑的长发在床上散开，激情的曲线缠绕着他们。

她竟然做了个春梦。

睁眼看着天花板，她只能无力地笑。

她恐怕是第一个喝酒喝到做春梦的女人。蓝又恩起身，外面天已经大亮，七月的阳光透过落地玻璃前的白色纱幔，亮得有些过分。

她闭了闭眼，掀开薄毯想下床，却立刻发现了异状。

她、她居然一丝不挂？！

等等！这是怎么回事?

她拉起薄毯捂住胸口，四下查看。敞开式二层卧房，左边是衣帽间和浴室，右边是落地窗，右前方的窗边是书桌，对面的墙壁上是壁挂式电视，左前方是小小的旋转楼梯。没错，是她的公寓！可是，这散落一地的衣物又是怎么回事！

她拎起地板上破破烂烂的薄衫，简直不敢相信自己的眼睛——这是……被人撕坏的吗？！

昨天到底发生了什么？难道那不是梦，是真的？

直到在浴室的镜子里看见自己全身遍布的瘀青和红印，她才确定昨晚的一切都是真的！她……带了男人回家？

楼下传来平底锅倾翻的声响，她眼皮一跳，那个男人该不会还在吧！

她套上睡袍，小心翼翼地走出浴室，探出头倾听。楼下的厨房安静下来，好一会儿都没有动静，那人似乎走了。

她裹紧睡袍，赤脚走下楼梯，一览无余的公寓一层果然没人。

蓝又恩稍稍松了口气，绕过L型餐桌，为自己倒了杯水，边喝边平复情绪。结果情绪还没平缓，一旁的洗手间里却走出一人。他手里还拿了块湿毛巾，正在擦T恤上的污迹，想来是刚才打翻平底锅时沾到的。

噗！蓝又恩一口水没咽下，喷了自己一身。

怎么会是纪亚！

她震愕地看着他，他不是应该在英国吗，什么时候回来的！

昨天那个人……难道是他？！这个念头仅在她脑中闪了一下，她随即暗笑自己异想天开。怎么可能是纪亚，她一定是被昨晚莫名其妙的一夜情吓傻了！

见她站在厨房里，少年止住了脚步，与她对视片刻，脸却诡异地红了。她眼皮又是一跳，想到他可能与她的一夜情对象打过了照面，顿时有些尴尬，紧了紧睡袍："你继续吧，我再上去睡会儿。"

她放下水杯，匆忙转身，然而还没踏上楼梯，便被人自身后牢牢抱住。

有些不稳的炽热呼吸自后颈贴上她的耳郭，带着再熟悉不过的木樨淡香，他压低了嗓音，唤她："又恩……"

她霎时僵住了。

他叫她……又恩？！

赫然间，仿佛有什么事清晰起来。昨晚那些激烈而缠绵的画面，自她眼前断断续续地跳过。

“又恩……又恩……”他的声音已近沙哑，带着无尽的欢愉，仿佛既甜蜜又痛楚，一声声喊入她的灵魂。他温柔地抚着她的脸颊，她遂抬起了头，入目的却是张年轻俊朗的脸孔。湿漉的栗色刘海下，熟悉的眉宇间洋溢着深沉炽热的情欲。他用指腹轻轻蹭着她的嘴唇，之后缓缓吻住了她……

是纪亚！昨晚的人——竟然是纪亚？！

“又恩……”耳旁的声音变成了细吻，带着小心翼翼的热情，印在她颈间。她几乎快被吓昏，呆呆地站在那儿，一动不动。

搂着她的手指用略带生涩的动作一路向上，她差点惊叫，他却在这时扳过她的脖子，贴上来又吻住了她的唇。

她愕然地睁着眼，只能看见他密如羽翼的修长睫毛，还有不时擦过她前额的栗色刘海。

她已经完全呆滞了，竟忘记自己应该反抗，就这样被他吻着，直至身体被压上墙壁，他才猛地放开了她。

他抵着她的前额，呼吸混乱，目光仿佛火一般烫人，似乎是费了很大劲才克制住自己。

“我现在要出去，等我回来。”他揉了揉她的唇，忽而快乐地笑了起来，又在她的脸颊上吻了下，之后在沙发旁的行李中取出干净的衣服，也不避她，就在客厅换了，然后换鞋出门。

整个过程里，蓝又恩始终木木地站在楼梯口，就像是突然被闪电击中的人，差不多已经焦了。

楼上的手机响了很久，她一直没动，之后公寓的电话响起，她挪动着脚步，好歹接起了电话。电话那头是一个严谨的女声，蓝又恩听出是她在PL里的助理。

她已旷工三天，所以对方好心来电询问。这时接到这种以关心为借口实为监视的电话，蓝又恩只觉得烦躁无比，匆忙几句打发了她，说要继续请假。

对方一板一眼地问她请假的原因，她不耐烦地揉着太阳穴，冷冷道："酒精中毒，住院！"

挂掉电话，她迅速拨通了另一个号码，听见那头的声音，她犹如溺水之人抓住了稻草："出事了，雨晴，救命……"

画廊，咖啡桌旁，任雨晴惊愕地看着面前以掌抵额的女人："你、你说什么？！你再说一遍！"

蓝又恩迷茫地抬起头，只感觉头痛欲裂。

雨晴等不及，伸手拉开她的衣领，只见雪白的锁骨间满是暧昧的红印，密密地朝着下方蔓延。她像是被吓了一跳，松开手时忍不住低叹："到底是年轻人啊，真有活力！"

"你这是在帮我想办法？"蓝又恩拉回衣领，"我都不知道事情是怎么发生的，醒来就已经一片混乱了！"

雨晴揉揉眉心，无奈道："好在纪亚已经成年，不然你还得负法律责任。"

"不好笑。"

"那你干脆当这件事没发生过，反正是酒后乱性，含糊一阵，估计也就过去了。"

"你觉得可以吗？"

"可以！当然可以！"依照雨晴的观点，这事说穿了也没什么大不了，只是对象尴尬了一些。毕竟她以前听又恩说过，她从孤儿院带他回来的那天，他还喊过她一声"妈"……

雨晴叩着玻璃桌面分析道："其实你有没有换个角度思考过，他在英国待了这么久，也许在这方面比你想象的开放得多。或许只是见你喝醉，然后你情我愿互相安慰一下彼此，可能他根本就没考虑那么多。年轻人嘛，也算是'海归'，在这方面应该比较放得开！"

"但愿如此。"她现在也只能这么想了，只是内心深处隐隐闪动着不安。那些不安的来源，却是他晨间赫然对她展露的笑容。异常明朗欢欣的笑容，仿佛遇到了一生中最开心的事，雀跃而鲜活，明媚天真宛若阳光。

"不过，又恩……"半晌，雨晴再次出声，"你最近是不是发生了什么事，岑寂对你做了什么，怎么又开始……总之，你真的不能再碰酒了！”

她嗯了一声，再次撑住额头，唇角缓缓拉出一抹无奈的淡笑。

Chapter 3 炽热

回家之前，她去了趟药店。

问店员买药时，她发现自己比想象中更尴尬。一想到早上紧贴着嘴唇的温热呼吸，她便窘得恨不得买张机票立刻飞走。

电话响起得刚刚好，这回不是小助理，而是岑寂本人。

“在哪儿？”略低的男声，平淡如水。

“药店。”

“真生病了？”话里透出一丝嘲讽，“不管在哪儿，现在立刻回PL。”

“我知道了。”她答应得爽快，令另一头的人有些诧异。她吃下药，随手将盒子丢在车里，开车去了PL。

公司会议室内，除了岑寂还有各部门的经理，而会议的内容，是关于如何以最赚钱的方式重组罗丽达。

她捧着计划书，手有些不稳。早知道他对罗丽达不会轻易罢手，但没料到这一刻竟来得如此快。

更新换代，彻底的大洗牌，解雇与招聘，除了已归入她名下的亚泰琪品牌，其他所有的代理品牌通通转为PL旗下业务。

解雇名单中，岑家几人的名字赫然在内。除此之外，所有的高层，一路陪伴罗丽达成长起来的骨干也无一例外，通通被解雇！

岑寂手上这把锋利的刀，终于还是斩了下去！

罗丽达旗下的公司和店铺分布在各地，不知道有多少人会失业，有多少人会痛哭唾骂！

蓝又恩继续向下看，两个熟悉的名字赫然入眼，她眉头一皱："等一下，为什么范青仁和钟倪也在解雇之列？他们是亚泰琪的主设计师，不能解雇！"

"他们是自己辞职的。"岑寂靠着椅背转动手里的钢笔，不在意地回了句，"我知道他们是亚泰琪的设计师，所以在重组计划出来前就找过他们，打算高薪调两人来PL这边，可惜他们都拒绝了。"

"就算他们拒绝，也不代表辞职！"蓝又恩盯着岑寂。

会议室的气氛一时有些凝滞，岑寂神色一凛，示意散会。经理们匆匆离开，偌大的空间内只剩下他们两个。

他放下钢笔，来到她面前，轻靠在桌沿，唇角多了抹嘲讽的笑："怎么，见过那两人后，还在我面前如此维护他们？"

"他们是亚泰琪的人，也就是我的人。你之前做的事是什么目的我心知肚明，现在我只问你，亚泰琪的事，你能不能放手不管？"她坐在椅子上半仰着头看他，男人清俊的脸孔一片漠然，目光却灼灼，似乎要透过她的眼，看进她的内心。

"以前和岑家那帮人斗时，可没见你这样犀利过。"他抽走她手中的文件，啪地合上，"这两个人既然已经被解雇，就和我不再有关系，你如果需要，自己去请吧！"

"谢谢。"她推开椅子起身，准备离开。

"蓝又恩。"她走至门口，他却突然叫住了她。她回头，他仍然斜靠在桌沿，半侧着头看她。

"还有什么事？"

"周舒妍最近还有找你吗？"

用如此生疏的称呼问起自己的女友，果然这才是岑寂应有的风格。蓝又恩不知为何，竟记起许久许久前，他柔声喊她“又恩”时的神态，那时的音容笑貌，现在想来的确是幅画。

一幅可以命名为虚伪的画作。

“没有。”她答完立刻推门而出。

蓝又恩试着再次联络钟倪和范青仁，只可惜两人都没接她的电话，想到这一切都是岑寂引起的，就心里堵闷。她又不敢再去酒吧，便到超市买了几罐啤酒，上到公寓顶层的天台喝完，之后借着酒意才能洗澡入睡。

睡到半夜，不知为什么觉得脸上痒痒的，耳边还拂过温热的风。

她头有些痛，不愿醒来，便侧过身继续睡。然而，身上很快感觉一沉，接着有什么东西贴上她的肌肤来回摩挲。她整个人都不舒服起来，又动了动，此时脖子上赫然传来湿软的感觉。

这是——有人？！

她立刻惊醒，结果还没看清，唇上就传来热热的触感，她嗯了一声，用力把人推开，伸手开了床头灯。

淡橘色的灯光铺满了夜晚的房间，她的上方是少年带着情欲和红晕的俊朗脸孔，凝视她的目光很深很浓，仿佛子夜的天空。

他轻微喘息着，见她醒来，缓缓笑起来：“又恩！”

蓝又恩只感觉脑中嗡的一声，似乎某根弦断了。被公司的事一闹，加上回家时并没有看见纪亚，她就将之前的事忘了。

趁她发愣，他低头在她唇上舔了下，仿佛小猫一样尝着味道：“你怎么又喝酒了，我不在，真有这么寂寞？”他似乎在和她调情，炽热的掌心抚着她的脸颊，眼看又要吻下来。

蓝又恩手脚并用，将他踢下床：“温纪亚，谁让你这样和我说话的！”

他有些发蒙，无辜地看着她：“你怎么了？”

她拉上被弄开的衣襟，平复气息后，沉声道：“下楼去，以后不许随便上来。”

他发现她是认真的，脸色顿时有些暗沉，站在床边不出声。

蓝又恩闭了闭眼，心绪纷乱却还是开口："昨晚……是个意外。"她解释得极其费力，"我是说，昨天我和你之间的事，只是个意外！"

灯光下，少年的脸唰地白了，他盯着她，那表情让她心里有些发毛，只得硬着头皮说下去。

"一夜情，你这么大也应该懂吧？就是说，不管昨天和我一起的人是谁，都没有关系，也无所谓……所以这件事，就到昨天为止。纪亚，你还是你，我还是我，就像以前一样，你不用对此负任何责任，明白吗？"

他没有说话，也没有移动，就只是看着她，垂在两侧的手指却缓缓收紧，直至掌心传来刺痛。

见他没有走的意思，她只得再度开口："要说的我都说完了，你可以下楼了。"

一直紧抿的唇动了动，终于出声："一夜情吗？"

蓝又恩看着他，又尴尬起来，只得移开视线，无声地点点头。

空气里传来他没什么温度的嗤笑，之后是衣料的摩擦声，一个小小的东西被他抛到床上，她用余光一瞥，是个白色的小盒子。

"又恩姐，难为你解释得这么清楚。一夜情，我当然懂。这东西，就算是一夜情的小礼物吧！"他说完，转身走向楼梯。

她微微抬头，他一点点走下楼梯的背影似乎带着一丝倔强的怒意。

片刻后，楼下浴室传来声响，她叹了口气，有些无力地扶住前额。

白色的盒子里，装着一条银饰手链。

细细的手链落在掌心，明明轻若无物，却仿佛沉甸得让她握不住。

之后，纪亚和她的关系一直不冷不热。他几乎每天都要外出，蓝又恩大约知道他在忙学校的事，还要为学费四处打工。

虽然从四年前开始她就一直资助他的所有生活费与学费，但因为这些年他一直在国外，所以对于她真正的背景身份，他并不清楚。

他眼里的她，亦是个在孤儿院长大的孩子。她或许有份不错的工作，加上颗同情心，就决定资助他。

出国读书，自然要花费一笔庞大的费用，他从没说什么，但在国外时就时常打工，只为减轻她的负担。她亦不多作解释，一是觉得这种锻炼对他有好处，二是她实在不想多提自己的事。

见他打工，她曾表示过，大学学费不必他担心，她可以解决。之前为了岑家的股份，她的确倾尽家财。但与那笔巨款相比，她手头总是有些零头的，负担他的学费和他们的生活绰绰有余。

可是，他拒绝了。

开始她没有追问原因，后来见他日日早出晚归，就又提了一次，但他还是拒绝，她终于忍不住发问。

“没什么，只是不想继续用你的钱。”客厅落地窗左侧的日式软榻上，他靠着玻璃窗斜坐，一手支在曲起的膝盖上，一手随意翻着榻上的杂志。

这话让蓝又恩听着不太舒服：“你的学费本来就是我该负担的，以前也是这样。”

“这种事哪有应该不应该，你这只是一种资助，又不是义务。以前我还小，没有能力，现在不同了啊，我已经成年，可以自己解决！”他边说边继续看杂志，刘海下的脸孔平静，看不出他的思绪。

蓝又恩听完他的话，觉得也有道理，可心里总是怪怪的有些不舒服，顿在那里踌躇了片刻，又开口：“其实，你是不是因为……”因为之前那晚的意外，所以对用她的钱产生了反感？这个问题太尴尬，她问不出口，虽然那晚她醉得厉害，对整件事的记忆很模糊，但他是清醒的，每次意识到这点，她总觉得纠结，怕他会说些什么。

与他相处如此之久，她一直将他视为弟弟，并不希望这种关系发生改变。

她没说下去，他却合上了杂志抬眼看她。

“又恩姐！”他凝视着她，浅色的瞳仁流光微动。

她眼皮一跳：“什么？”

“我想煮个消夜，你饿不饿？”

她舒了口气：“不饿，你吃吧。我有点困，先上楼了。”

近来，蓝又恩为亚泰琪的事伤透脑筋，打了无数电话加上屡次登门才得以和范青仁再度坐下聊天。他算是比较理性的，虽然还未对她改观，但为了亚泰琪，还是答应了她来PL工作，而钟倪那边，也由他去搞定。

只是还没工作几天，彼此都在磨合，大家难免会发生冲突，尤其钟倪，简直视岑寂为敌人。每每挑起事端，只能由她来调解收尾，让她憋了一肚子闷气。

她在公司不好发作，回家也不能对纪亚说，唯一的去处只有画廊。

“你可真是劳碌命，去年你离开罗丽达时，我还以为总算能脱离苦海，结果转了个身继续游，还摊上最阴险的老板和最拎不清的下属！”雨晴念叨完，丢了两张旅行套票给她，“放个假吧，跟我去北海道泡泡温泉！”

她失笑：“才刚入秋，而且这应该很贵吧。”

“正合适啊！你就别和我客气了，之前拜那位周大小姐所赐，我这一年的营业额都完成了！”雨晴想了想，又道，“票我给了你两套，至于带不带你家纪亚，你自己决定！虽然好久没见，我也挺想他的，不过……你说了算！”

“他刚开学，让他忙自己的事吧。”她又是一笑，收了票，“至于这个，我自有要贿赂的人。”

蓝又恩本想想找范青仁一起去，相比钟倪，他在PL至少算是公私分明，她想借着旅游和他拉近关系，方便日后工作。

结果，她还没来得及找范青仁，旅行套票就被纪亚看见了。

“你要去旅行？”他发现票是双份的，眼底漾过一丝微波，唇角不自觉地勾起些许，“怎么是周一到周四的？”

“嗯，我知道你要上课……”

“没关系，我可以请假！”她还没说完，他就打断了她。

年轻的帅气脸孔上笑意飞扬。她已经许久没见过他如此笑了，明朗而单纯，由心底扩散出来。她的心赫然软了几分，缩回本欲拿回票的手：“不会被视作翘课？”

“别人也许会，我不会！”他摇着手里的票，颇为得意地搭着她的肩膀，“教授和我关系很铁！”

“铁？”见到他如此表情，她很自然地朝他脑门上戳了戳，“你进学校是读书还是搞交际的？”

“现在的大学和以前可不一样了！”他低头凝视她，那眸子明明清澈剔透，却仿佛深不见底。她下意识地移开了目光，朝厨房一瞥：“快去做饭吧，我饿了。”

在机场碰头那天，又恩和雨晴都有些意外。

雨晴意外的是跟在蓝又恩身后那道矫健利落的帅气身影，而蓝又恩，意外的却是另一个人的出现——淡雅的白色休闲衫，衬得对方风度翩翩，俊秀的脸上挂着殷切的笑容，一见到她，立刻大步迎上来。

“好久不见，还记得我吗？”他想去拎她的行李，结果发现她两手空空。

蓝又恩按了按太阳穴，用余光瞥了眼正朝她挤眉弄眼的雨晴，还是展露了笑容：“好久不见，行李在后面。”

她这一说，周绍丰才发现她身后跟着的年轻男孩，然而仔细一看，立刻又窘了。

“温纪亚！”为什么他每次有机会见她都会碰上熟人？

“嗨，周教授！”少年懒懒地抬抬手，算是打过招呼。他看了眼放在蓝又恩手臂上的手指，上前两步，展臂勾住她的肩膀，边说“时间到了”边快步朝前走。

蓝又恩还在品味那句“周教授”，不由得看着身旁的少年笑问：“就是很铁的那位？”

“是啊！”他皱皱眉，又补充了句，“不过，我请的是病假。”

蓝又恩怔了怔，随即笑出声来。

数小时后，飞机在北海道札幌降落。

札幌，洋槐之都，温泉之乡。

此时尚早，还未到真正泡温泉的季节，因此大部分酒店都是空着的。札幌的温度比S城稍低，天气却是晴好，由车窗看去，天空纯净得犹如巨大的蓝色镜子，白色云絮低低地飘浮其中，下方则是排列整齐的无垠农田，空旷而自由，呼吸里满是清新宁和的气息。

他们入住的酒店在半山腰，是周边一带最有名的五星级露天温泉酒店，凭票拿到房卡后，温纪亚随即取过一张，揽着蓝又恩就朝电梯走。

周绍丰有些愕然，但没出声，直到四人来到酒店房间前，看见温纪亚打开门，非常自然地要带她进房时，才忍不住开口："你们两个一间？"

"怎么了吗？"少年一手拎着两个背包，一手推着蓝又恩的背，看了眼周绍丰，"周教授，难道你想和又恩一间？"

"你应该叫又恩姐！"雨晴拍了拍他的脑袋，自他手里取走一个包，"又恩当然和我一间，这间房留给你们。又恩，咱们在对面！"她揽住一直未出声的好友，自顾自开门进房。

温纪亚看着关上的门，表情有点不爽，周绍丰交叠双臂，笑了："她是你姐？"

"关你什么事！"他打开门，硬邦邦地回了句。

周绍丰将行李丢在床上，丝毫不介意他的无礼："我可是听说，某人请的是病假！"

"我还听说某人是去学术交流了呢！"他冷声回嘴。

"小子，就这样和你的教授说话？"

"现在又不在学校，一件事归一件事！"

温纪亚一点都不客气，周绍丰却不生气，反倒看着他微笑。说来也怪，学校里那么多严谨礼貌的好学生，他一个都不喜欢，偏偏这个待人爱答不理，处处都要和他作对的倔强小子，他看着异常顺眼。除了因为他在设计方面的天赋，追求另类新奇，极富创造力，其他原因他也不甚明了，或许是一种缘分，人与人之间独特而玄妙的缘分。

周绍丰整理完行李，换了件衣服，又来到纪亚面前："好，既然你说一件事归一件事，那我们在札幌这几天你就别叫我教授了，叫周大哥吧，亲切点？"

温纪亚淡淡瞥了他一眼，拎上浴巾无声走人。

周绍丰本以为能借此和蓝又恩拉近关系，没料热脸贴冷脸，当下觉得无趣："小子一点都不可爱，整天跟面瘫似的！"

温纪亚去敲对面的门，结果蓝又恩和任雨晴都不在。这时周绍丰也挂着浴巾出来，两人便一前一后朝酒店后的露天温泉走去。

"又恩姐！"还没走近，便听见走在前面的少年愉悦的声音，周绍丰抬眼见到"面瘫儿童"那飞扬的眉宇，还以为是自己的眼睛出了问题。

"我刚才还想找你一起过来呢！"纪亚揽住蓝又恩。

"我们想趁天黑前先泡一下。"蓝又恩回头看雨晴，对方正盯着纪亚搭在她肩膀上的手，朝她努努嘴。蓝又恩冲她摇了摇头，松手任凭浴巾落地。

她借着捡浴巾的动作脱开了少年的手，没料有人比她更快一步捡起浴巾，递到她手中。

"又恩，我这样叫你可以吧？"周绍丰的笑容如春天般和煦。这一路上，蓝又恩基本没同他说话，他心里想着她之前说过的不适合，总有些忐忑，生怕她会为这次的私下安排而不高兴。

她如此聪慧，应该早就猜到这次旅行是他安排的。

任雨晴给出旅行套票，本就是他求了她许久后才答应帮忙的。虽然和蓝又恩见面只有两次，可这几个月他像着魔般想着她。想着她念《一剪梅》时的柔软嗓音，想着她的雪肌红唇，想着她婉约知性的独特气质，还有她说就此再见时那抹清淡背影透出的萧瑟。

他从未见过像她这样的女子，明明那么年轻，却仿佛历经了沧桑，不语时眼底的寂寥清冷，说话时明婉的眼神笑容，充满了矛盾和秘密，让他渴望再一次的见面。

他看着她，眼神里充满期待，蓝又恩笑了笑："可以，就这样叫我吧。"

周绍丰顿时心中一热，当下拉着她朝温泉走去，一路絮絮叨叨地介绍着这家温泉的特色，以及周边比较好玩的景点。

任雨晴看着两人相携离开的背影，啧啧感叹了两声，不知为周绍丰那注定成空的殷勤，还是为蓝又恩那抹只流于表面的笑容。

她回头想叫纪亚一同走，却发现他正无声地看着前面的两人，往日里在蓝又恩面前明朗欢欣的脸孔，此刻黯淡得仿佛阴雨天空。

“喂！”她上前，弹弹他的手臂。少年皱着眉看了看她，仍然一言不发地跟了上去。

在房间里的时候，雨晴和她说，纪亚有点怪。

蓝又恩听了，眉头一跳。

雨晴的直觉有时候很准，大约是看人看多了。

那夜意外后，雨晴一直没机会见纪亚，不过有时听蓝又恩的描述，总觉得他就像自己之前说的那样，对那事的态度很随意，过去就过去了。会有冷淡也是正常的，毕竟两人本来情同姐弟，突然这样，总会尴尬。

可这次，看着他如以往般揽着她的肩进进出出，她反而心生诧异。

那种感觉，只是微毫，并不清晰，一闪而过。她也不想做不确定的判断，所以只对蓝又恩说纪亚有点怪，建议她还是与他保持一定的距离。

蓝又恩听她这样说，不免担心，问是不是不该带他来?

“来了就来了呗！又不是只有你们两个，主角可另有其人！”雨晴暧昧地朝她眨眼。

“多事。”蓝又恩回她两个字。

“给人家一点机会嘛，他很有诚意耶！上次你拒绝他的事我听说了，这么不给他面子他居然还巴巴地凑上来，就冲这态度，你也不能给人家脸色啊！”

雨晴想，大概是她的话奏效了，四人在温泉碰头后，蓝又恩对周绍丰的态度好了很多，有问必答，笑容也没有落下。

温泉是混汤，也就是男女泡在同一处。

池子是全天然的，大大小小许多个，开在山腰的石头与树林间，冒着如烟雾般的白色热气。正好是傍晚，人很少，日本人喜欢裸泡，一般只围个浴巾就下水了。

在这方面，蓝又恩和任雨晴很难入乡随俗，所以在浴巾底下都穿上了泳衣。

水温不冷不热，带了股淡淡的硫黄味，蓝又恩在池底坐下，水刚刚到肩膀，她靠着池壁，觉得浑身上下每个毛孔都舒展开了。

刚想闭眼休息会儿，只听哗啦一阵水声，周绍丰拎着浴巾穿着泳裤直接跳了下来，水溅了她们一身。雨晴骂了几声，直嚷池子太小，让他去另一个，他死赖着就是不肯走，一双温润的眼直勾勾地盯着蓝又恩，却也没有靠过去。

雨晴见状，翻了翻白眼，自己爬到隔壁池子。周绍丰如鱼得水，立刻哗啦啦地走过来，坐在蓝又恩身边又开始寻话题和她聊天。

蓝又恩头正痛着，却听见雨晴一声低呼，双眼发亮地看着不远处的来人："哇！这小子的身材什么时候变这么好了！"

那人正是温纪亚，他穿了条紧身的泳裤，边走边从肩头拉下浴巾，宽肩窄腰的完美身材展露无遗。

雨晴上次和他们一起游泳还是两三年前去伦敦时，那时的纪亚根本还是个小孩子，虽然脸蛋帅气个子蹿得很高，可浑身上下瘦得像根竹竿，根本没看头。现在再看，古铜色的诱人肌肤光滑如玉，无可挑剔的胸肌并着八块腹肌，线条强悍而优雅，还有下腹随走动若隐若现的腹股沟。除了性感，雨晴再找不到其他形容词。

"又恩，你家纪亚的身材也太好了吧！"她还在感叹，"之前穿着衣服只觉得瘦瘦高高，以为还和以前一样，想不到原来这么有料！"她不知道想到了什么，眼神里忽而透出"你好有福气啊"的羡慕之色，惹得蓝又恩一阵尴尬。

"喂，你都这么老了，别总盯着人家小孩看！"周绍丰打趣道，"要看也得看我这类型的啊！怎么，难道我还比不上一个小孩？"

雨晴脱口就想说当然比不上，不过想到这次旅行的费用都是他一手包办的，自然要给他些面子："我觉得怎样不重要，重要的是我们又恩觉得怎样！"

"那你觉得怎么样？"周绍丰还真去问蓝又恩，话语间，倾慕之情分外明显。

蓝又恩揉揉额角，浅笑盈盈：“月满西楼，你在学校教什么？文言文？”

“服装设计。”

“设计？！”雨晴插嘴，“纪亚读的是服装设计？”

周绍丰点头，他不觉得这有什么好惊讶的：“纪亚在设计方面有很高的天赋，怎么了，你们不会连他念什么专业都不知道吧？”他看看两人，雨晴和蓝又恩对视一眼。她们的确不知道，大学的事都是纪亚自己去办的，从挑学校、入学考到专业选择到学费，蓝又恩根本什么都不知道。

“真是太巧了。”雨晴呢喃，回头想找纪亚，却发现他靠在离他们较远的另一个池子里，刘海下的双眼正波澜不惊地看着他们，不知在想什么。

“难道又恩读的也是设计？”周绍丰发问。

“没，我没读过大学。”她正用手拨着水面，浑然不觉另一旁少年的视线。

“哪有，她读过的，只是很早就退学了。”雨晴解释，“她是念美术的。”

“怪不得这么有气质！”周绍丰连连点头。

“你也太假了！”雨晴抚抚手臂上的鸡皮疙瘩。

“我这叫坦诚，你不懂的，只要又恩明白就好！”

蓝又恩没再开口，靠着岩石，微笑着凝望上方橘色的余晖。此时此刻，只感觉天穹无际，尘嚣遥远，所谓的岁月静好，也许就是如此了。

泡完温泉，周绍丰依然殷勤，晚餐带众人去吃了豪华的刺身宴。他一晚上笑谈风趣，引得雨晴大笑调侃，却始终不曾动气，神态自若地继续他的殷勤追求。

蓝又恩话虽然不多，但脸上的笑容不落，让周绍丰看着很安心。

纪亚虽然坐在她身边，但她的目光一直没转过来，他几次想和她说话，都被周绍丰岔开。他沉闷地坐了会儿，始终不见蓝又恩回头，于是没吃多久就先回房间去了。

他走后，雨晴朝蓝又恩挤了挤眼，她没说话，心绪却没来由地有些乱。

第二天早餐后，雨晴提议去烧烤，周绍丰见蓝又恩也有意，便打了电话去烧烤场让工作人员先准备好东西。

这日是个阴天，气温比前一日低不少，蓝又恩在T恤外只穿了件单薄的开衫。纪亚本还默不作声，见她穿得如此单薄走在前面，还是忍不住脱下外套披在她身上。

“纪亚。”看着他安静的侧脸，蓝又恩想起昨天对他的刻意冷淡，不由得心里一软，“昨晚睡得好吗？”

他看看她，连着外套将她揽在怀里，温软的唇附到她耳旁，轻声道：“不好。”

耳郭被撩得一阵酥麻，她想挣扎出来，却被他揽得更紧。

“你和周绍丰怎么认识的？”他不再凑在她耳边说话，却故意放慢脚步，落在前面两人之后。

“酒吧。”

他脚下一顿，愕然地看着她：“你们在酒吧认识的？”

她明白过来他是想歪了，脸上一阵不自在，曲起食指敲敲他的额头：“乱想什么，那天我没喝酒！”解释完，心里却开始不舒服，她取下外套还给他，快步追上了前面两人。周绍丰见她快步跟上，心里高兴，又拽着她开始天南地北地胡侃。

雨晴瞥了瞥后面的人，笑着冲他招手：“快来呀，小纪亚，在发什么呆呢！”

烧烤时，亦和昨晚一样。周绍丰始终贴在蓝又恩身边，帮她烤东西、加调料、拿盘子、拿筷子、端饮料。两人边聊边吃，从古至今，天上地下，无所不谈。

纪亚几次烤了东西给她，她都只是笑着摇摇头，说自己有了，让他自己多吃点。她朝他浅浅地笑，依然是关心呵护的语气，他却突然看这样的她很不顺眼！

他不懂，以前蓝又恩从不会这样，无论家里还是外面，她总是由着他照顾，吃东西或者喝饮料，即便用同一双筷子同一个杯子，都不会说不！

为她烤东西、加调料，做这些做那些，做这所有一切，本该是他的事！

浅色的瞳仁直直地盯着周绍丰——那本该是，他的位置！

"又恩！"他硬生生打断了他们的谈话，将她拉住，"你过来，我有话和你说！"

"是又恩姐！"一旁的雨晴讪讪搭话，不过没人理她。

"怎么了，纪亚？"蓝又恩回头凝视着他，唇角仍带着笑意，可落在他眼里十分刺眼。她根本不知道，也不在乎！他介意的东西她都无所谓，对她来说，任何人都可以在她身边，做那些他原本以为只有自己可以做的事！

少年突然觉得莫名愤怒："我不要在这里说，我们去那边！"

"纪亚。"她的神情淡了几分，"大家都是朋友，没关系的，就在这里说吧。"

"你到底来不来！"

"纪亚，不可以没礼貌。"她完全敛起了笑容。

他似乎有点不可置信，愣愣地看了她一会儿，又看看她身边的周绍丰，赫然转身离开。

"他怎么了？"周绍丰不解。

"青春期，心情总是易暴易怒！"雨晴继续吃她的烤肉。

"这是更年期的症状吧。"他直摇头，"要不要去看看他？"

蓝又恩转过头，轻声道："没关系，他一会儿就好了。"

纪亚直到晚上都不见人影，蓝又恩嫌房里闷，雨晴拉着她到酒店花园的长椅上聊天。

一开始雨晴都在聊周绍丰，说这人有趣，长得一副文质彬彬的书生模样，追起女生这么大胆，却又是个正直君子，不像一般的花花公子，稍微付出一点就总想着占便宜。

后来，不知怎么的，话题转回到纪亚身上。

“不过说真的，这次如果他没来，事情就不会这么麻烦了。”雨晴搂着她的肩膀，将脑袋靠在上面，“你之前问我是不是不该带他来，我现在改答案——你的确不该带他来！”

“我可是真的没想要带他来。”蓝又恩无奈。

“那你还带！对了，你之前不是说要用这票贿赂一个人吗？”

“是啊，不过票不小心被纪亚看到了，我见他那么高兴，就没忍心说这不是给他的。”

“不是吧！”雨晴咋舌，“你也太宠他了！”

“宠什么，早知道这样，宁可和他……”她话未说完，便被一道熟悉的声音打断。

“你为什么不直接和我说！”那声音透着不同于往日的沉冷，听得蓝又恩心头一跳。

两人回头，只见寂静的树林前，一道挺拔的身影正立在那里。他上前一步，路灯落在他俊朗的冷硬面容上。

“纪亚！”

“我还以为你想和我来旅行，原来是为了别人！而我，甚至连个附属品都算不上……”他攥着拳头，唇在轻微地颤动，瞳底压抑着气到极点的怒意，嘴边却浮起嘲讽的冷笑。

“纪亚！”

“既然如此，你为什么不直说！不过就是旅行而已，我没说一定要来啊！”

“纪亚！”她绕过长椅朝他走去。他见她过来，扭头就走，蓝又恩立刻追了上去。

她一直追到酒店外，好不容易在围墙边一把拉住了他：“好了，别生气。我知道是我不好，这么晚了，你要去哪儿，先和我回去，我坐在那里慢慢给你骂好不好？”

他倔强地别着头，看都不看他。

她没有办法，继续试着劝说，本以为他会听，结果他一动不动，只是咬着下唇不作声。

“回去好不好？”她拉着他的手臂，柔声轻哄，就像是在哄一个耍脾气的孩子。他赫然间觉得悲凉，满腔的怒意仿佛变成了笑话。

他抽出手臂，背对着她：“你回去吧。”

她在他身后站了一会儿，实在没有办法，只得轻声道：“那好吧，我先回去，你不要待太久，过会儿就回来吧。”

她的脚步声消失在背后，他深深吸了口气，只觉得这秋日夜晚的山间，空气如寒冰般冷澈，透过他的呼吸渗透到他的心里，直至四肢百骸。

当晚，纪亚没有回来。

到了次日，还是没见他的踪影。

按照原定计划，这日是留在札幌的最后一天，第二天他们就要退房坐班机返回。

他的行李连同护照都还在房间，周绍丰见蓝又恩着急，便安慰说如果他今晚还不回来，就延长逗留时间。再不行，直接报警，让警方来处理。

“再等等吧。”她一夜未睡，极其劳累。晚饭也不愿出去吃，雨晴本想叫东西到房间，蓝又恩知道她还有几处地方很想去，就让周绍丰陪她，自己留在酒店。

“放心吧，我只是有点累，睡会儿就好，至于纪亚，他这么大了，不会出事的，你们不用担心。”她嘱咐两人要好好玩，送走他们后，便拿着衣服进了浴室。

从浴室出来，房里却多了一人。

她不知道他是怎么进来的，房间里只开了一盏鹅黄壁灯，隔了数米的距离，她看不清楚他的表情。

她本以为自己会狠狠教训他几句，然而想起他一夜都在外面，心中不由得泛起疼惜：“去哪儿了！大家都在担心你！”

少年没有动，仍沉默地凝视着她。她走上前，对上他半掩在刘海下的瞳仁，或许是灯光的问题，浅色的眸子弥漫着暗色，显得专注而浓烈。

她轻轻叹了口气："算了，你也累了，早点回房间休息，饿的话就自己叫吃的。"她转身，他却自背后抱紧了她。

"又恩……"沉重而炽热的气息喷在她的后颈，紧跟而来的，是他湿软的双唇，"我想你！"

她全身僵硬，挣了挣，没挣开，眉头随即皱起："纪亚，放开！"

"为什么要放开？我就想抱着你不行吗！以前可以，为什么现在不可以！"他收紧手臂，将她整个嵌入怀中，她几乎被勒得没法呼吸。

"温纪亚，别闹了！"

"这算闹吗！我又不是小孩子，我们两个早就已经……"他沿着她散着浴液清香的脖子一路吻到耳垂，在此流连，"……我没有闹，我只是受不了别的男人那样子看你！受不了他装模作样待在你身旁，更受不了你对他笑得那么开心！"

这一席话，让蓝又恩听得手脚冰凉。

"我不想再叫你又恩姐，也不要继续当你弟弟，我要做站在你身边的男人！"随着这句话出口，她突然被他推倒在床上，少年低头吻住了她的唇。

木樨花的气息弥漫在鼻端，她被压得动弹不得，再用力都推不开他。从什么时候开始，两人力量上的差距变得如此大。

依稀记得从前他在伦敦发高烧，她扶着他去洗手间，小小的少年，挂在肩膀上几乎没什么分量，只是软软地靠着她，虚弱乖巧得像只小猫。

她喂他吃药，他觍着脸唤又恩姐，本想趁她不注意吐掉，结果被她发现，只能老老实实全部咽下。

还记得她和他初到伦敦，安顿好后本想一起去闻名已久的餐厅吃饭，结果她看错地名，一路地铁乘到迷路。她揽着他在伦敦郊外狼狈地寻人问路，别说品尝美食，两人差点在冰天雪地里冻死。

还有，每次在她即将飞离伦敦时，总会看到他快乐笑容落下后的思念与寂寞，那双浅色的深邃眼瞳中，装着对她的依恋，总让她的心酸酸涩涩，只想搂着他给予他更多。

以为情同家人一般，以为会是一辈子都珍视的弟弟，蓝又恩完全料不到此刻这一幕！

他激烈地吻着她，就像男人对待女人，他的手指嘴唇呼吸甚至皮肤发丝都散着炽热的欲念。

那一声声低哑的“又恩”，让她全身发痛。

她张开嘴，在他的手指探入浴袍时，用力咬在他的唇上。舌尖品尝到了血腥味，他赫然停止动作，撑在她上方皱眉看她：“为什么？”

“我上次说过了，之前的事只是意外。”她拉上浴袍，静静回视他，既不喘息，也没有动情，冷静得让他心寒。

他狠狠咬牙：“我会让你记起来的！”

“纪亚，我真的会生气！”她挡住他下压的肩膀。

他浓眉紧蹙，眼底燃起怒意：“既然如此，那你从一开始就不该来招惹我！既然已经惹了，就该负责到底！”

“我说过，这件事不必谈责任！不管是怎么开始的，既然你情我愿地发生了，事后就不必说责任！我无所谓，不在乎，也不用你负责！”

他深深地看着她，那眸底翻涌的情绪越来越剧烈，就在她以为他要甩手走人时，他却赫然敛去了所有情绪。漂亮的瞳仁重新恢复了一片寂静的浅色。

“谁说不用负责？”少年触了触她的脸，居然笑了，他拉着她的手，强行贴上他的胸膛，笑容里透出几许迷离而邪气的光，“你不需要我负责，可我需要你负责啊。”

她愣愣地看着他，他轻轻说出了下面的话：“又恩姐，那晚……是我的第一次。所以，你要对我负责。”

她凝固了。

“是你主动，是你的责任，可事后你又想甩开我不管，哪有这样的事？你要对我负责，而且是必须要！一直到我能够忘记你，到我看上别的女人，到我找到一个自己喜欢的女孩为止！”

“后来呢？”面前的短发女人一副听故事的表情，真叫蓝又恩哭笑不得。

“他该说的都说了，就走了。再后来，你们都回来了。”

“没有那个？”

“你在想什么？”

“嗯……他真的是第一次？”

“雨晴！”

“好吧，我正经点。”雨晴捋捋短发，趴在画廊咖啡区的吧台上，“他所谓的要你对他负责，具体是怎么个负责法？”

“这个，我也不太清楚。”她当时都蒙了，哪里还会想到问这些。

“那你答应了？”

蓝又恩直按太阳穴：“不答应他不肯走。”

雨晴翻了翻白眼，随即自吧台下方取出一瓶红酒和两个高脚杯，倒了两杯，将其中一杯推到她面前：“喝吧，今天我允许你喝。”

“这么宽容？”蓝又恩无奈地笑。

“其实，这件事是我的责任！”雨晴推测道，“如果不是我要你和他保持距离，也不会引得他生气，更不会有后面的事了。不过，我真没想到这小子口才居然这么好，这种理论都说得出来！要不你干脆从了他吧，反正他是你养大的，肥水不流外人田……呃，你别这么看我，我开个玩笑而已，你当我没说！”

两人无声地喝了会儿酒，雨晴又忍不住问：“那你现在到底打算怎么办！”

蓝又恩看着指间盛着酒红色液体的水晶杯，缓缓道：“你有年龄适合的漂亮女孩介绍给我吗？”

Chapter 4 逃避

她停住脚步，将手里的鲜花搁在灰白色的石碑前。

深秋的风袭来，一点点卷起她纯黑色的薄呢大衣。

同以往每次来一样，仍旧没有说话，只是静静地站着，凝视着碑上照片里年轻的脸庞，让思绪在回忆的海洋里漂浮。

下山的路上，她遇见了岑寂。

这是她第一次与他在墓地相见，去年这时，他曾说过要陪她一起来，然而她尚未答应，他已先她一步亮出了底牌。

数月来，这是她第一次在公司以外的地方见到他，只是这地方，似乎有些不合适。

在岑家，亚然对谁都好，待岑寂也不例外。可岑寂，对谁都淡淡的，就算笑也礼貌而疏离，待亚然也是如此。

她看他一眼，没有开口，绕过他，打算继续走。

"在这里见到我，不惊讶？"男人低笑一声，旋身看她。他只穿了件薄羊绒衫，显得很随意，不像是来悼念的，反倒像是在散步。

“你做的事，我何必惊讶？”她微微挑眉，对上他精致狭长的眼眸，唇角的笑意并未扩散至眼底。她见他不作声，礼貌回道，“岑总，如果没什么事，我先走了。”

她还没抬步，手已被他快速捏住。那张如画清俊的脸已敛起笑意，冷冷地看着她。

她皱眉，心中一阵不耐烦，却不想与他扯破脸皮，只好继续客气地开口：“岑总，如果有吩咐，请在公司里找我。我还有事，就不奉陪了。”她想抽手，哪知被他反手一拉，人向斜坡外倒去。她一惊，等反应过来时，已被他揽着腰扣在怀里。那张薄软的性感嘴唇，就在她面前。

熟悉的气息喷在她脸上，夹带着淡淡的古龙水味和烟味，他优美的眉紧锁，看着怀里的人，眼底却生出了一股厌恶来。

她不惊不怒，反倒笑了：“既然相看两厌，不如保持距离的好。”她见他不动，自己动手去拉腰际的手，正在这时，身后不远处传来一声软软的“岑寂”。

她听出这声音的主人，回头果然看见那个娇柔可爱的女孩正睁着水润润的大眼，无措又惊慌地看着他们。

蓝又恩眉一皱，叫了声岑寂，对方手一松，终于放开了她。

周舒妍几步小跑来到他身旁，拎着男装外套的手紧紧缠上他的胳膊，表情不胜委屈地看着蓝又恩：“又恩姐，你也来了？”

“是啊。”她淡淡一抬眉，温柔轻笑，“刚才多亏你男友，不然现在你只能在山坡下看见我了。”解释完，她没兴趣久留，说了声再见，自顾自离开。

“为什么不待在车里？”他的目光回落周舒妍身上。

“岑寂。”她怯怯地咬着下唇，将手里的衣服递给身旁的男子，“我怕你冷，特意给你送上来的。”

他嗯了一声，接过衣服，轻轻在她脸上抚了抚：“既然上来了，就一起去吧。”他难得温柔，她欢欣地应了，依偎在他身边，早把刚才心底的酸楚抛开。

蓝又恩最近总是早出晚归，第一个上班，最后一个下班，有时拖着范青仁和钟倪问亚泰琪新一季服装设计的事，一聊就是一个晚上。

两人虽然仍不喜欢她，但见她如此劳心的模样，心里也多少对她有些改观，于是各自埋头设计和制作样衣，不再故意刁难。

一时间，蓝又恩手下众人分头忙碌，只剩下她一个闲人，每日处理完事务，也不好意思死赖在公司发呆，只能准时下班。

雨晴那里虽说随时欢迎她，但画廊毕竟有关门时间，加上雨晴爱玩爱闹，夜生活丰富，她也不能每天拉着她闲坐。实在没有办法时，她就一个人点杯咖啡，在星巴克坐到深夜再回家。

雨晴说她自作自受，先前明明介绍了两个好女孩给她，她却偏偏不带给纪亚认识，弄得现在他日日缠她烦她，实在活该!

“夜店的小姐也叫好女孩？纪亚一不抽烟二不喝酒，她们却样样都会，第一次见面就拉着我划拳，还问我认不认识有钱的阔少！”

“要求别这么高嘛！你也知道我的朋友都和我差不多年纪，去哪里找十七八岁的小女孩？碰巧那两个是我的客人，我怎么知道人家是做小姐的？”雨晴也没办法，虽然满大街都是女孩，可一时之间要她怎么找!

“你就忍忍吧，纪亚不是在上大学吗，大学可是恋爱的摇篮，我就不信全校那么多女生，他一个都看不上！就算他看不上，以你家纪亚那脸蛋那身材那个性，保证倒追的人一把一把地来！”

蓝又恩也是这样以为的，只可惜，这两个月来，他没有丝毫恋爱的迹象。

她喝光第二杯咖啡，看看时间已经过了十二点，便起身开车返回家中。

枯坐了一晚上，人已经极其疲劳。公寓一层一片漆黑，她以为他困倦先睡了，心里不由得松了口气，轻手轻脚地上了楼，准备洗浴后快快上床睡觉。

哪知她脱至内衣拎着毛巾打开浴室门后，却看见少年正泡在她的大木桶里悠然地闭眼养神。

听见开门声，他迅速睁开眼，那瞬间炽热起来的目光让她心头一跳，进退两难地卡在门口，用毛巾挡着身体。

“你回来了？要洗澡吗？我让给你！”他似乎在笑，随即从木桶里站了起来。

蓝又恩边说不用边迅速退了出去。

“又恩姐！”少年对她的尴尬不以为意，语调痞痞地叫住她，“没事啦，我也洗很久了，本来就打算出来！你帮我把床上的浴巾和衣服拿进来，好不好？”

又来？蓝又恩穿上浴袍，看了眼床角的衣服，面色难看。

这小子也不知从哪里学来的。之前一次，他在楼下浴室洗澡，进去后才说忘记拿毛巾，要她帮忙。她无奈，只得从淋浴房的门缝里将毛巾递给他，结果走的时候太着急，滑了一下，好在他及时抱住了她。否则那一跤摔下去，她恐怕得在床上躺两天。

她记得他当时衣服正脱到一半，却抱着她死活不肯松手，她花了好一番工夫才摆脱。

又有一次，她洗完澡下楼喝水，那时已经凌晨，楼下灯全熄了，她以为他睡着了。结果才倒完水就被他自背后抱住，水洒了一身不说，差点被他按在厨房里吻。

她生气地教训他，他却说这全是她的错，是她先招惹他，现在想撇清，哪有这么简单！

他时而耍赖，时而撒娇，时而偷袭，时而装无辜，她被弄得头痛欲裂，连睡觉都不安稳，最后就演变成早出晚归，能不在家尽量不在。

她靠在浴室外的墙壁上发呆，等回神时，纪亚已自己走出浴室。

暗淡的光线下，他裸着身体，手臂撑着头两侧的墙壁，将她困在狭小的空间里，正低头注视着她：“又恩姐，让你帮我拿衣服，怎么都不理我？”

他浑身散发着浴液的香味和潮湿的热气，肌肤光洁的匀称身体在迷蒙灯光下仿佛透着诱人的蛊惑力，她想低头避开，却看到了更不该看的，无奈只得仰头对着他的脸。

“去穿衣服！”她揉揉额角，头又痛了。

他贴近她，灼烫的体温透过她薄薄的浴袍传了过来：“为什么不看，我不够帅吗，还是身材不够完美，你不喜欢？”

她真快要吐血了：“你快点去穿衣服！”

“为什么？”他皱起了眉，瞳底仿佛带上了悲伤，“你就这么讨厌我，讨厌到一眼都不想看？”

她最见不得他如此表情，仿佛被主人遗弃的宠物，她心里一软，只能开口：“不是，我……”

她的话被他突然收紧的双手打断，那手臂的力量根本不是她可以对抗的。

在他即将吻上来之前，她突然不挣扎了，镇定地开口道：“你是想自己搬出去，还是让我搬出去？”

他撑着她身后的墙，看着她的瞳底带着不可置信。

她叹了口气：“纪亚，我会对你负责，但不是这种方式。之前的胡闹都算了，可再继续下去，我真的会生气。”

他安静地看着她，眸底闪过各种不同的情绪，她亦安静地与他对视，许久后，他起身拎起衣服穿上，下了楼。

那夜后，她以为他会像之前那样与她冷战，但只是几天，他又恢复了原样，甚至还收敛了不少，不再缠着她。只是会在她上班时打来电话，询问她是否回家吃晚饭，想吃什么，又或者霸着电话线和她聊天，但并不会说过分的话。

她有些意外，轻松之余并没有深究。

亚泰琪的春季时装发布会就定在半个月后，模特那里，却临时出了问题。

PL集团是上市公司，有长期合作的模特公司，亚泰琪的业务一点点从罗丽达转移后，虽然表面上所有经营事务都归于蓝又恩负责，但实际操作起来，很多程序都是在PL里进行的。她只是单独一人，加上两个设计师，如果没有完善的流程，根本没法应付庞大的订单。

所以，目前来说，亚泰琪仍依附于PL。这次模特的事，是因为PL其他几个牌子同时调人，这才导致了他们原本预定的模特被抽走。她为此找过岑寂，可大老板高高在上日理万机，只说了一句知道，其实根本就是敷衍。

钟倪气愤不已，说这根本就是岑寂在捉弄人！

蓝又恩又何尝不明白这点，只是当前的首要任务是完成春装发布会，其他的她通通不理。

PL不提供模特，她就自己找。

可没料到的是，她居然会在模特公司碰见纪亚。

人是雨晴先看见的，她和这家模特公司的总监认识，于是介绍她来。

总监说正巧有几个不错的女孩在拍摄杂志，于是带她们去了摄影棚。明亮的灯光下，雨晴一眼就从几名模特中间看见了熟悉的人。

“原来这小子在模特公司打工，怪不得能自己应付学费！”雨晴摇头感叹。几名性感明艳的少女中，面对镜头裸着上半身的帅气男生正是纪亚。

“嗯？你们认识他？”总监颇为意外，“他是几个月前才来我们公司的，因为还在读书，不能全职，本来没打算要他。不过利昂正好经过，说他五官轮廓眼神都很有个性，身材也好，所以就留下了。”

“利昂？是你们那个摄影大师？”

“对，就是他！”

雨晴戳戳蓝又恩，低声道：“不错嘛，你家纪亚果然一流，居然被大师点名留下。你这位培养人有何感想？”她问完，见蓝又恩仍看着聚光灯下几名模特出神，只得用力推了她一把，“想什么呢！”

蓝又恩这才回头朝她一笑，缓缓道：“你觉得，那几个女孩如何？”

“很好啊！很适合你们的春装发布会！”

蓝又恩唇边的笑容里添了些许莫测：“我是说，你觉得她们和纪亚站在一起如何？”

雨晴明白过来，想了想又说：“可是那几个女孩条件那么好，未必会看上你家纪亚啊……等等，你觉不觉得，站在纪亚左边的那个女孩眼神有点……怎么说呢，好像黏在他身上一样！”

蓝又恩又是一笑，转头朝一旁的总监道：“麻烦你，那几个女孩的资料可以给我吗，尤其黑头发的那个，越详细越好，谢谢！”

看完模特，三个人静静退了出去，自始至终，全身心投入拍摄工作的温纪亚，根本不知道刚才谁进来过。

知道蓝又恩解决了模特问题，范青仁和钟倪总算放下心，全神贯注地投入工作。

她不懂设计和裁衣，所以重点负责模特这一块，这天与她们签完走秀合约，她将那日见到的黑发女孩留了下来。

女孩今年才十七岁，名叫肖可伶，十五岁就签了模特公司，十六岁正式出道，专为杂志拍照，也会接些服装走秀。

她年纪虽小，个子却比蓝又恩还高，与纪亚的身高正相配。她见自己被单独留下，不知是何事，巴掌大的蜜色小脸上，一双美瞳正一眨不眨地看着蓝又恩。

“没什么，只是觉得你和亚泰琪这个品牌很适合，想问问看你有没有与我们长期合作的意思。”真正的理由，蓝又恩当然不会说破。年轻一代都独立成熟，直说反而会有反效果。

“是这样的。亚泰琪在国内也算小有名气，我们最近除实体店铺之外，还打算开个网上专卖店，也会定期制作目录杂志，所以需要找几个固定的模特，为我们拍摄照片。”这个主意她早就有了，虽然还未和范青仁、钟倪说，但她已基本决定在来年春季前将网页制作出来，所以模特也是真的需要。

肖可伶果然有兴趣，但见对方主动问自己，又想着拿捏着要价，蓝又恩另有目的，见她的要求不算过分，也就一一答应了，并约定了下次的拍摄时间。

几次见面后，肖可伶已与蓝又恩混熟，经常喊着又恩姐跟在她身后。

她带她外出逛了两次街，直到第三次约她喝茶时，她算着时间，知道纪亚会打来。

“今天不回去吃了，在外面。”

“和谁？”他在电话里闷闷地问。

“你要来吗？”她浅笑着问他。之后报了地址，十几分钟后，他果然一阵风似的来了。

之后的见面很富戏剧性，两个年轻的少男少女彼此惊讶了一下，几句问答解开疑惑，而蓝又恩很配合地做出原来如此的表情。

茶室的座位不是沙发座，而是单独的藤椅，这是蓝又恩特意挑选的地点，这样无论纪亚坐在哪里，都不能说着说着就朝她身上黏。

很明显，她这样的安排效果很好。两人都没怀疑，喝茶聊天气氛不错，虽然基本都是肖可伶在说，纪亚在听——直到蓝又恩安排的另一个人出现。

事后，她曾回想过这次安排，觉得唯一的败笔就在这里。但当时她为了能脱身，只有再度麻烦可怜的“月满西楼”。

周绍丰自北海道之行后一直有找她，喊她十次，她只会出去一两次。不过，他这人虽积极，实际上却不敢对她做什么，尤其是在她完全无意的情况下。

所以见面数次，两人却依然维持着朋友关系。

从周绍丰出现在视线里开始，温纪亚的脸色就有些暗沉。蓝又恩把他的反应归在可预见之列，鉴于北海道的教训，这次周绍丰坐下后，她并没有刻意冷落纪亚，只要他和她说话，她总会温柔地微笑着回复他。

喝完茶，周绍丰提议去李公堤的西餐厅吃饭，他已经订了包厢。

肖可伶当然愿意和纪亚多相处，当下四人都坐上了周绍丰的奥迪A6。蓝又恩坐在副驾，纪亚看了她一眼，只能坐去后面。

一晚上，肖可伶都在打听纪亚的日常生活，爱好什么，喜欢什么，有什么娱乐活动。如此明显的好感，连周绍丰都看出了她的意思。

“纪亚擅长游泳和篮球，而且厨艺很好！不过，他语文很差，尤其是古文，连苏轼和白居易都会弄混。”蓝又恩边说边看向纪亚，他也正看着她，似乎没料到她会知道得这么清楚，漂亮的瞳底带了些欣喜，可听到数落时又有些窘迫，暗沉了一晚的脸颊上浮起可疑的红晕。

晚饭后，蓝又恩说要回去拿车，让纪亚负责把肖可伶送回家，自己坐上周绍丰的车，率先走了。

肖可伶在初冬寒风飕飕的夜晚眼巴巴地看着纪亚，希望他会脱下外套为她取暖，结果他只是抬手拦下一辆出租，递给司机钱后甩手走人。

肖可伶始终带了点傲气，见状心里一堵，立刻让司机开车。

扬着抒情音乐的车内，周绍丰看了眼身侧的人："我今天，怎么有种被利用的感觉？"

"你发现了？"蓝又恩抿唇轻笑。

"看起来，那女孩很喜欢纪亚。只是我不明白，纪亚还小，你何必着急帮他物色对象？"

蓝又恩瞥了眼车窗外的夜景，缓缓道："不小了啊，能自己打工赚钱交学费，已经长大了。"

"他，不是你亲弟弟吧？"其实他早就想问了，"你们不同姓。"

"是不是都一样，同一个孤儿院出来的，都是家人。"

这是他第一次听她说起自己的事，虽然之前也曾听过罗丽达的蓝总裁出身低微、乌鸦变凤凰之类的八卦，但听她亲自讲来是另一番感觉，似乎在无形中拉近了距离。

"怪不得你们之间，总有种微妙的默契，旁人很难插足。"

她不语，只是安安静静地笑。

"既然今天我帮了你的忙，你也该回报我一下吧！"周绍丰立刻把握时机，"别太早回家，去吃消夜？"

"我们好像刚刚才吃过晚饭。"

"那，去唱K，还是到酒吧坐坐？或者去看电影？"

"去酒吧我能不喝酒吗？"

"当然可以！"见她不反对，他立刻掉转方向，朝蓝枪鱼开去，"第一次在酒吧见到你，你也只喝饮料。不会喝酒？"

"不是。"她实在不想多谈酒，便道，"这样吧，今天我请，算是谢谢你的帮忙，好吗？"

“就这么定了！”

这是个很轻松的晚上，周绍丰是个直爽幽默风趣的人，与他在一起没有压力，不必思考，只需微笑，他自然就会兴高采烈地和她讲自己游历各国的见闻。

在周家，他算是最另类的儿子，不喜欢生意，不喜欢权力，只爱旅行、画画和文学。颇有些流浪艺人的飘逸气质。

他心情好，多喝了几杯，没法开车，叫了代驾送她回茶室外取了车，这才和她道别离开。

蓝又恩驱车返家，尚未走进公寓，便在楼下的花坛前见到了熟悉的身影。

温纪亚插着裤袋，脸带愠色：“去哪儿了？为什么不开手机？”

“没有电了啊。”她见他一脸担心，伸手勾住他的脖子，将头轻靠在他肩侧，“和肖可伶玩得开不开心？”他不语，只轻轻揽住她的腰，她笑了笑，轻轻戳他额头，“纪亚，你要乖，要听话。好好读书，找份好工作，找个漂亮的女朋友，然后结婚生子，幸福美满地度过你的一生，懂吗？”

听到她近日来难得的软语，他又气又好笑，搂紧她低头想吻，却闻到她身上的酒气，立刻放开了她，压低了眉，神情莫测：“你喝酒了？”

她摇头否认：“只是去了酒吧。”

“和那个男人一起？”

“你应该叫他周教授。”月色下，她的脸颊有些红。

他站在她面前，沉沉地看着她，眼底有翻涌的怒意，可他握紧了拳头忍着没有发作。今天见到周绍丰出现之后，他就明白了她想做什么。

原来莫名其妙介绍个女孩给他，就是她所谓的对他负责？！

他深深吸气，直到寒冷的空气充斥全身。

“上去吧。”她去拉他。他避开，转身径自上楼。

天越来越冷了，蓝又恩每日开车上班尚不觉得，纪亚却是每天走去车站坐公交上课，而且身上只穿两单。所谓两单就是T恤配外套，下面则是万年不变的牛仔裤。

这是从伦敦回来后他在S城的第一个冬天，周一早饭时蓝又恩提议他以后坐她的车，反正她上班时间比他晚，可以先送他去学校。

“这样太麻烦了，而且你还要早起，我习惯了，没关系。”他低头吃早餐，也不看她。

“那你以后多穿点，这样看着都冷。”

他停住筷子，视线从细碎的栗色发丝下透过来：“你这算是在关心我？”

“你这算是在找碴儿？”蓝又恩瞥他一眼。

一句话被顶回去，温纪亚脸上不快，几口吃完，拎起背包出门。

“等一等！”她绕过L型餐桌，自电视柜中取出一个纸袋，拿出一条咖啡色的软呢围巾，来到门口处，为他细细围上，打结，“天冷了，就算年轻有本钱也要爱惜身体，尤其是脖子不能冻，好好戴着不许拿下知道吗？”

面前的女人不穿鞋子只及他的下巴，雪肌明眸，长发如丝，五官算不上很漂亮，却有种独特的魅力和气质。她总是静静的淡淡的，笑容娟好，温婉动人。

他凝视着她，目光深邃，忍不住想去触摸她的脸。

“你不要误会。”她明明在专注地为他围围巾，却仿佛看见了他手的动作，“这些事，以前我也一直为你做。现在做，和以前是一样的，没有任何区别。所以你不要多想。”弄好围巾，她又帮他拉上外套拉链，这才退后一步，笑道，“去上学吧。”

他怔怔地看着她，那笑容异常美，却让他的心逐渐空落。

他打开门，又忍不住回头：“又恩姐，晚上想吃什么？”她下班总比他晚，所以晚饭一般都是他负责。

“乖了，今天我不回来吃，你爱吃什么就做什么。”

“又要出去？”突然间，他只觉得满口苦涩，“和……他吗？”

“不是。”她诚实地答道，“公司快开服装发布会了，今天要彩排。”

他的眼瞳忽而又亮了：“今天彩排？那，你晚饭怎么吃？”

“可能点外卖吧，彩排很多事要忙，我得盯着。”

“你们在哪里彩排？”

“你要过来？”她轻轻挑眉，说了地址。

他暗暗记着，嘴上却说：“也不一定，到时再看吧！我走了，你开车小心！”

她又笑：“你才是，自己路上小心点！”

彩排时，温纪亚果然来了。

除了背包，他手里还拎了两盒比萨。他出现时蓝又恩正在与灯光师音响师谈当天的舞台效果，对方弄错了一首歌的顺序，她忙着要他们重新录制。

待她忙完回头，才发现其他工作人员都人手一块比萨，吃得不亦乐乎。

“这么阔气，请我的员工吃饭？”她看了眼空掉的盒子，挑眉，“不会吧，居然没给我留一块？”

他眯起眼睛笑，将她拉到一旁，从背包里取出一个保温盒，里面是炒得香喷喷的咖喱牛肉饭，旁边还配着几样蔬菜，之后又取出一个保温壶，她打开一闻，居然是鱼汤。

“独家菜式！”见她开心，他的笑容越发明亮。一旁的工作人员见了纷纷摇头，直说太偏心了。

“我家的人，偏心也正常吧！”蓝又恩将他们赶走，开始专心吃饭。她并没有注意，她说刚才那句话时，少年俊朗的脸孔绽开了怎样温柔的笑意。

她吃了会儿，见他只看着自己，不由得奇怪：“你怎么不吃？”

“哦，下课忙着买鱼买菜，匆忙间只做了一份，你吃吧！”

“晚饭吃了没？”见他摇头，她叹息，“你等等，我再去找把小勺！”

“不用了！”他一手拉住她，一手握着她的手，将小勺里的炒饭送入自己嘴里，“这样就行了，何必那么麻烦！”

见她看着自己，他冲她噘嘴：“怎么了，以前我们也这样吃过东西啊，用同一双筷子同一个杯子。现在和以前是一样的，没有任何区别，所以你不要多想。”他学着她早上的语气，把那些话又丢还给他。

言毕，额头立刻遭她一戳。

“再学我试试？”她语调淡淡的，斜眼看他。他见她不恼，干脆拿过小勺，挖了饭送到她嘴边：“我喂你！”

“自己吃吧，我也吃掉一半了，剩下的都是你的。”她将饭盒递给他，起身就要去忙。

“等等！”他放下饭盒拉住她。她回头，还没问什么事，他已拿着纸巾为她擦拭唇角，少年的呼吸就在面前，他动作轻柔，擦完对她笑了笑，“好了，去忙吧！”

另一边飘来了好奇又探究的目光，她知道他是故意的，但她没说什么，转身去工作了。

纪亚吃完饭仍不走，就在一旁看她，她搞定灯光音乐，招手叫他过去，让他把一旁的纸箱搬去后台休息室，再顺便取3号样衣过来。

他本以为她要赶他，见她不仅不赶还让他帮忙，立刻动手做事。他走得匆忙，没注意到蓝又恩瞳底一闪而过的笑意。

他这一去就是足足一个小时。

3号样衣因为尺寸问题临时要改，钟倪正在后面赶工，而穿这件衣服的人正是肖可伶。她见到纪亚出现，以为他是来看自己的，心里高兴便不计较他之前的冷淡。肖可伶将纪亚领到一边的临时工作室，让他稍等，说一会儿就好。之后匆匆来到舞台进行了一轮彩排，完毕后又马上回到工作室，陪他边等衣服边聊天。

钟倪工作时不喜欢说话，肖可伶又直说一会儿就好，他本以为也就一二十分钟的事，结果却等了一个多小时。等他拿到衣服出来后，那几个工作人员告诉他已彩排完毕，蓝总监刚走，至于这衣服，交给他们就可以了。

纪亚这才明白自己又被算计了，看着身旁眼巴巴望着他说肚子好饿的肖可伶，两道帅气的眉毛皱成一堆。

回家之后，他丢下背包，上楼将她从被子里拉起来。

蓝又恩累了一天，早已睡着，被他吵醒浑身都不舒服，拍拍他的手，直说让他乖点，别吵她。

“我不喜欢肖可伶！”他半跪在她床边的原木矮榻上，“如果你想撮合我们，最好到此为止。她不是我喜欢的类型，你不用白费心思了！”

她把头使劲往枕头里埋了埋，实在没办法，只能睁眼：“那你喜欢什么类型啊？不喜欢肖可伶没关系，这么多女孩，总会有你喜欢的！”

“我不喜欢小女生！更不喜欢你随便安排我的事，总之这件事不用你操心！”

她叹了口气，头又开始痛了：“不是你自己说要我负责？”

她这话不说还好，一说他的脸色更糟，扭头就走，留她一个怔在那里，也不知道这算怎么回事。

亚泰琪春装发布会于深冬在S城五星级的湖畔花园酒店进行。

发布会当日，原本约定到场的媒体记者缺席大半，连预留的贵宾座也有一半人没到场。新装发布会基本以失败告终，次日还以“亚泰琪易主声势大落，春装发布会门可罗雀”为标题上了新闻。

钟倪气得连桌子都差点砸了，范青仁心情也不好。发布会失败将会直接影响新一季的销售订单，订单减少营业额下降，他们将不得不去面对PL公司的脸色。

他们本来就是借船出航，本想早点将生意推上正轨，储蓄资金建立独立公司，之后彻底脱离PL。

如此一来，计划全盘落空。

“一定是岑寂那小子在搞鬼！之前模特是这样，发布会也是这样！”设计室内，钟倪恼火地关上电脑，把自己陷入沙发。

范青仁站在窗边，修长的浓眉紧锁：“这事有点奇怪，模特的事还可以说是刁难，但发布会是直接与收益挂钩的，岑寂这么做岂不是搬石头砸自己的脚？”

“嘁！谁说砸自己！分明是打压我们！亚泰琪又不是PL旗下的产

业，只是互相合作，利润分成，那点钱他说不定根本不放在眼里！”钟倪气呼呼的，怎么坐都不舒服，他看了眼一旁始终没开口的长发女子，不满道，“喂！你是总监，倒是说话啊！该怎么去质问岑寂，好好和我们讨论讨论！”

蓝又恩抬头，放下咖啡杯，声音平缓：“这个情况，当初和他签约时我就料到了。虽然没具体想过他会用什么样的方式，但我清楚，对于岑家的一切，他没有这么容易放手。”

“你早料到怎么不和我们说，也能有个准备啊！”

“早说有用吗？他的财力势力根本不是我们能应对的，别说一半记者，就是全部记者，他也照样有办法弄走！”蓝又恩缓缓起身，重新将电脑打开，“在某些方面我们力不从心，可还有另外一些事能做。”她打开刚才那则新闻，点着屏幕道，“网络，是最好的宣传渠道。不知道你们有没有想过，将亚泰琪从实体店铺的形式逐渐转向网络专卖店？老实说，就算这次发布会成功，亚泰琪的服装以后还是得在PL集团下的店面里销售。具体销售量是好是坏，还得看岑寂想怎么做！可网络就不同了，只要服务好，质量好，款式好，销售量是我们自己说了算的！”

一番话不紧不慢，娓娓道完，钟倪的眼里已燃起希望的火光。

范青仁点点头：“你说得有道理，就算这次他没成功打压我们，只要有这个心思，这种事会没完没了。借船出海始终不是办法，我们得开拓新的销售渠道！”

“既然全票通过，那大家就好好努力吧！”钟倪又来劲了，“我有个兄弟是搞网页的，我找他帮忙，可以节省费用，不用PL的钱他就不知道我们在干什么！到时再想打压也迟了！对了，在这之前我们还得找几个模特来拍杂志目录！”

“已经找好了，随时可以约时间拍。”蓝又恩淡淡道。

钟倪吃了一惊，范青仁却展颜笑开。两个人第一次如此刻般，将心中对她的成见完全抛开！他们明白，一个能为亚泰琪做到如此地步的人，当初绝对不可能会背叛罗丽达！

“好，从今以后，我们三人齐心合力，把亚泰琪推向国际！”

网络店铺的事一启动，蓝又恩是真的忙了起来，拍照、定目录、制作网页、清点库存、招募网店工作人员、联络快递公司……她每天几乎都要深夜才能下班。当然，因为不想让PL事前知道，他们在公司外临时租了套两室户，用以加班。

“你说我们现在这样是不是有点像地下组织啊！”钟倪已经两夜没回家了，累了就在沙发上躺躺，好在房子水电齐全，也能凑合过夜。

蓝又恩和范青仁皆笑了，大家都累，但累得开心。

这样一直忙过了元旦，网店顺利开张，几十万册的第一期产品目录也发去了各家各户，新春套餐及开业优惠等活动，使得营业额一时间直线上升。

之后，蓝又恩将网络销售部门搬入PL内部，开始正式运作。这日，天朗云稀，她等待了一上午，终于等来岑总裁的召见。

“看来，我要重新给你定位了。”从那似笑非笑的表情和眼底的犀利，她知道他正处于盛怒状态。蓝又恩不想继续激怒他，于是正色道：“关于这次的事情，我得和你说声抱歉。没有事前通知，的确是我不好。只不过，亚泰琪业绩上升对PL也有好处，还希望岑总不要和我计较了。”

他沉默着看了她一会儿，她也安静回视。男人眼底的犀利似乎退了些，他自皮椅起身，一步步来到她面前。她在椅子上端坐，合体的套装领口露出一截雪白的颈脖，透着珍珠般诱人的色泽。他俯身，手指突然触上她的脸颊：“是为了亚然，对不对？”

她眉头一蹙，想躲，双颊却被他牢牢控制在手指间。

“为了岑亚然，你可以做到什么地步？”

“岑寂！”她去扳脸上的手指，然而他一用力，将她整个自椅子上拎了起来，他转了身，她倒退两步，后腰贴上办公桌，被他往下一推，压倒在办公桌上。

男人强健的身躯压了上来，充满烟味的呼吸几乎快贴上她的嘴唇，那双墨黑的瞳底，似乎酝酿着某种危险讯号。

她心底生出慌乱，看着他不敢动弹。

就在这时，她的手机铃声响起。那一瞬间的紧张气氛减弱不少，她推开他，翻身离开办公桌，急忙接听。

电话是纪亚打来的，听见她在这头微微的喘息声，他忙问她怎么了。

“没事，你等一下。”她捂住手机，对身后人道，“如果岑总没什么事，我先出去了！”言罢，不等他开口，便推门而出。

“后天晚上你几点下班？”纪亚在电话里问，她没有多想，随口答了个时间。

“那后天我们去外面吃吧，吃你喜欢的韩国料理好不好？我请客！”从他的语气里能听出情绪甚好，约定时间地点就挂了电话。她不禁有些奇怪，之前为肖可伶的事，他对她总不咸不淡，怎么突然又这么开心？

蓝又恩回到办公室，瞥见台历上的日期才恍然。

1月21日，后天是他的生日。

明明是他的生日，却反而弄得好像是她的生日一般，还神神秘秘地打算弄个意外惊喜，莫非他以为她真糊涂到连他何时生日都会忘记？

她取过台历，看了片刻，开始拨电话。

吃饭那天，蓝又恩准时到达，温纪亚却迟到了。然而当他走进包厢时，她眼前不禁一亮。

他今天居然一改往常两单一牛仔的穿衣风格，换了件黑色的修身风衣，脱下后，露出里面的浅灰色西服。西装是休闲款式，领口的剪裁有些独特，市面上还未见过。西装里是黑色的条纹衬衣。他本来就高，身材又好，是个天生的衣架子，如此一穿，再加上特意打理的栗色发丝，立刻敛起了男孩的气息，透出属于男人的成熟魅力来。

那是种介于男孩与男人之间的味道，很微妙，熟悉里带了几分陌生感，帅气非常。

见她盯着自己看，他很高兴，放弃她对面的位置，硬是坐到她身旁，搭着她的肩膀痞痞地问：“是不是没见过这么帅的？”

她笑：“这一开口就打回原形了。衣服什么时候买的？”

“不是买的。是昨天才做好的样衣，仅此一件，觉得怎样？”

“你的设计？”她真是惊讶。

“嗯！期末作业，周绍丰那家伙也被我唬得一愣一愣！”他颇为得意，“又恩姐，我这么厉害，有没有奖励？”

他只是随口一说，没料她真的拿出一个盒子来。里面是一块卡地亚的男表。

“你也长大了，需要有一块属于自己的表。”她取出表，亲自为他戴上，“你啊，以为不说我就会忘记今天是什么日子？虽然我有时糊涂了些，却不至于连你生日都忘记。除了去年，年年都是飞去伦敦陪你过的，真以为我不记得？”

她戴好表，冷不防被他用力搂入怀中。

“纪亚？”她想推他，却被他抱得更紧。

“以后，我每一年的生日，都要和你一起过。就像以前一样，永远都在一起过，不分开。好不好？”他的声音微颤，她听得哽咽。他们都是没有家没有亲人的孤儿，生日对他们来说，总是充满了寂寞和凉薄。去年她没有去伦敦陪他过生日，虽然他没说，但她知道他很失望。其实她真的不该这样，因为自己的私心，硬生生将他丢去英国，一待就是许多年。

她拍拍他的背，软声道：“好，以后生日都一起过。”等了等，他却还抱着她，甚至将脸颊也一并埋入她的颈窝，完全没打算放手。她无奈，只得说自己饿了，他这才放开她开始点菜。

晚饭后，纪亚直缠着蓝又恩说要去看电影，见她不同意，又开口说可以买碟回家，两个人一起看。

蓝又恩只是笑，随后将车子开到了一家娱乐会所前。

“下车！”她不多说，只让他跟着她走。见他在门口磨蹭，她只能拖了他的手朝里走。

她在前面寻着门牌房号，他却在后面看着自己指间的小手。

纤细的手指，柔白细腻，比他的手小了很多，捏在指间仿佛无骨一般。他张开五指，趁她不注意偷偷与她十指交握。

她将他带入一间颇为华丽的包厢，里面卡拉OK、酒吧柜台、电脑、棋牌桌一应俱全。

“在这里等我一下。”趁着他摆弄音响的时候，她拿包走了出去。和服务生确定完饮料食品单子，便结账离开。

来到外间走廊时，她与一伙年轻人擦身而过。

“又恩姐！”人群中，个子高挑的漂亮女孩叫住了她，那人正是肖可伶，也是受她委托，安排这次生日会的人，“你怎么走了，不和我们一起玩？”

“我？”她失笑，看了看身上的职业套装，“你们中间最大的不过二十岁出头，就算我不介意，你们也会介意吧！”

“谁说的！今晚是你买单，谁敢介意！”

“傻瓜，好好去玩吧，酒水和食物我都点足了，不够就签我的名字，这家的经理和我很熟，没有关系！”

“又恩姐！你太好了！”肖可伶冲上来给了她一个热情的大拥抱，随后飞也似的朝包厢而去。

看着她雀跃的背影，蓝又恩笑了笑，转身。

她与他的生日已经过完了，接下来的夜晚，应该是属于年轻人的。

车子开出没多久，质问的电话来了。

“你什么意思！”

“公司临时有事我得回去加班。你好好玩吧，包厢都开了，单我也已经买了，别浪费钱啊！”电话那头没有出声，她无奈，又道，“这么多人都来为你庆祝，当是补偿去年我没陪你过的十八岁生日，好不好？纪亚，你乖了，好好招待人家。还有，今晚玩多晚都没关系，酒也随便喝，如果喝多了，也可以在那里过夜。我已经在会所五楼给你们开了一个套房，你……”她话音未落，电话里却突然传来嘟嘟的忙音。

他挂断了？

她对着手机，无奈摇摇头，将它重新丢回包里。

睡下没多久，她搁在床头的手机急促响起。

她正困着，懒懒地取过接听。

电话那头有点嘈杂，她喂了半天，才听见有人幽幽开口："你已经睡了？不是加班吗？"

"纪亚啊。"她揉揉太阳穴，头疼得厉害，似乎有点感冒了，"加班结束，我当然回来睡了。"

又隔了片刻，他才问："那你现在来不来？"

"不了，我睡下了。你们好好玩吧。"

"你真的不来？"他追问了一句，声音似乎有点异样。

"不来，你怎么了？"

"没什么！"那语气冷了几分，"既然这样，你睡吧。我今天可能不回来……"

"嗯。"

"我是说，我可能会在楼上的房间过夜……和肖可伶一起！"

"好，玩得开心点。"她觉得他好像刻意咬重了后半句话。

"你……"他的声音陡然高了半分，凝滞片刻又赫然落下，似乎还笑了出来，"好，我一定会玩得开心！"

电话挂断，蓝又恩只感觉得头越发昏沉，卷着被子重新入睡。

门铃响了很久。

她缩在被子里，头痛欲裂，一点不想动。

门铃继续响，她没办法，只能睁开眼。窗外的天还是暗的，她看看闹钟，凌晨四点多。这种时候，谁会敲门？

她想起身下楼，门铃却在这时停了。

之后传来窸窣的钥匙声，门开了又关，接着是拖沓沉重的脚步声。

原来是纪亚。她哭笑不得，他明明有钥匙，还按那么久门铃，存心就是不想让她睡。

楼下传来哐啷的声响，她被吵得太阳穴突突直跳，反正也睡不着了，干脆披着睡袍，慢慢下楼。

下层没开灯，楼梯旁的厨房里，钢化水杯翻在地上，看来是他喝水时打翻的。

可是，他人呢？

她绕过厨房，浴室门缝传来光线，她推开门，发现他正伏在盥洗台前一动不动。

“纪亚？”她叫了叫他，他没动，似乎晕了，她忙绕过他去取架子上的毛巾。哪知下一刻，却突然被他自身后抱住。

浓烈的酒气喷涌而来，他扣紧她的腰身，低头在她脖颈上乱亲。

“纪亚！”她没料到他会突然这样，震愕过后，立刻开始挣扎，“温纪亚！”

他将她用力抵在瓷砖墙上，死死锢在自己的怀里。

他应该喝了很多酒，连眼神都有些涣散，瞳底却燃着一丛火焰，跳动着赤裸炽热的怨愤！

“你说！你是不是一点都不在乎！”他哑着嗓子开口，仿佛咬牙切齿般质问。

她身体不舒服，根本没耐心多言：“你说的话我听不懂！”

“你当然不懂！你根本什么都不懂！”他愤怒地低吼，看着近在咫尺的唇，忽然狠狠地吻了下去。

感觉到她的挣扎，他更加恼火，将她揽身一抱，走出浴室，直接压倒在沙发前的地毯上。

他听见她在叫他的名字，叫他住手，还说了其他的话，每一句都让他更加生气，只想紧紧抱住她，吻住她，让她完全属于自己。

“温纪亚，你是不是疯了！”她几乎在尖叫，“我让你喝酒，不是为了让你回来对我做这些事！”

“那你是想让我和谁做这些事！肖可伶？还是任何人都无所谓！你以为我不明白你的用意！”他发狠般死死扣住她的手腕，她几乎能听见自己的骨头在咯咯作响。

疼痛让她倒吸了口冷气，她侧着脸，努力躲避他的唇。挣扎中，她身上一凉，原本就没系紧的睡袍竟被他拉扯开。

一股恼怒涌上心头，她抬头，狠狠甩了他一耳光：“温纪亚！你继续疯下去试试！如果你敢，你就继续！”

所有的动作都随着这一巴掌停住，微弱的光线下，少年侧着头，维持着被打的姿势。原本怒意汹涌的脸上，缓缓滑过透明的痕迹，沿着他的下巴，滴落在她身上。

明明是冰冷的触觉，却仿佛灼烫了她。

“纪亚？”她扳过他的脸，刘海下的眼瞳果然在流泪。她赫然无力，他哭什么，现在该哭的人是她吧！

他甩开她的手，有些狼狈地扭过脸，迅速将泪擦掉。

她趁着这空隙赶紧将睡袍披上，后退几步，平复着翻腾的内心和战栗的身体。

片刻的死寂。

他缓缓跪坐在地毯上：“因为你喝醉了，所以把我们之间发生的事当成一个错误，只要事后纠正，就能将一切抹杀？需要的时候利用，利用完了又想丢给别人，是这样吗？”

“纪亚……”她拽着衣襟，手指却仍在颤抖。

“可是，蓝又恩！”少年仰起头，唇边泛起自嘲的嗤笑，“那晚喝醉的人只有你！我没有喝醉，我是清醒的！我是在清醒的状态下，和你发生关系！你知道这意味着什么吗？！”

她盯着他，只感觉惶恐。她从不知道，这个在她眼底一点点成长起来，总是笑容满满围绕在她身边的少年，居然会让她有这种强烈的窒息感！

那笑容逐渐透出哀怨，终究，还是她做错了事。

她的心软下来，欲走上前去。然而，浴室的灯光随着她跨出的脚步蔓延而来，他刘海下的俊朗眉眼在这一刻分外清晰，映在她瞳底，触目惊心！

她赫然收紧手指，冷声道：“无论意味着什么，都与我无关！还有，我再说一次，以后没有我的许可，不准随便上楼！你若不愿意——我这里就没办法让你再住下去！”

他的眼瞳似乎在刹那间透出绝望。

她别过头，不去看那眉眼，转身上了楼梯。

Chapter 5 意外

蓝又恩和温纪亚彻底陷入了冷战。

那晚的失控后，她第二日还是做了早餐，可他没有吃，只是站在沙发前远远地看了她一眼——那目光几乎没有温度，接着无声出门。

她低头，随手将他的那份早餐倒进了垃圾桶。

之后很多天，一直都是这样。

连着三天做了早餐没人吃，她也就不做了，每天晚起一个小时，然后在公司附近随便买个三明治充当早餐。

至于晚餐，她更加不指望他会做，有时在餐厅一个人吃，有时去雨晴那里吃，或者接受周绍丰的邀请，跟着他从市中心吃到郊区。

大约是跟她见面的次数多了，周绍丰越发觉得和她距离遥远。那种距离是看不见的，就像周遭的空气，无形却存在，生生隔在他们之间，让想再近一步的他动弹不得。

慢慢地，他似乎也释怀了，美女虽然追不到，但做个朋友也不错！

“舒研这丫头，最近似乎有烦恼，我这个做二哥的，长年在国外，她和我也不亲，什么都不跟我说。”某日吃饭时，周绍丰的神情颇为黯淡。

蓝又恩轻笑几声，没说什么。在这个话题上，她尽量避免涉及。

后来送她到公寓楼下，他想了想，又下车追上她：“如果你有时间，我的意思是……假如可以的话，你能否约她出来谈谈。”

蓝又恩目色一凛，无声地看着他。

“其实，你和岑寂之间的事，我后来听说了一些。”说这些话，似乎让他很尴尬，“具体怎么回事我不清楚，但我也明白，他们之间的事一定和你没有关系。只是我觉得，她这个心结，可能只有你可以解开。”

她静静地看着他，仍是不语，唇边那抹若有似无的笑容令他分外不安，情急之下，忍不住握起她的手：“又恩！你可千万别生气啊，我不是说你故意让他们产生什么误会，我只是觉得，应该是她单方面误解了一些事！你知道，岑寂这个人很闷，不会低声下气哄女孩。而舒研从小被家里宠着，和他在一起一定会很不习惯，会受委屈也说不定！”

蓝又恩听了这番话，只是觉得好笑，脸上的笑容反倒更盛了。

“你怎么还笑，说句话啊！笑得我心里都慌了！”他有些无措，拉着她的手捏来揉去。

“麻烦让让！”突兀的清朗男声自一旁响起，夜色中，少年一手勾着肩上的背包，一手插着裤袋，正冷眼注视着两人。

“纪亚？你、你怎么会来？”

“我住这里！周教授，请问你们聊完没有？不要挡在路中间！”

被学生看见自己的窘态，周绍丰自然有些不自在，又怕放手后蓝又恩会就这么上楼，干脆将她往自己身旁一拉，给温纪亚让道。见他不动，忙说：“你先上去，我和又恩还有事情要谈！”

纪亚经过他们时微微停步，回头看了她一眼，她的手还被周绍丰紧紧握在手里。他眉头一拧，扭头上了楼。

周绍丰也没多想纪亚和蓝又恩住在一起的事，只顾着问她生没生气。

蓝又恩实在有些无奈：“我看起来是这么小气的人？其实这件事，

我也不是没有和舒研解释过，她的心结其实不在我这里。不过，既然你已经这么说了，那就让我考虑一下，时机适合的话，我会找她谈，好吗？”见他释然，她举起了自己仍被握着的手，“月满西楼，你打算握到什么时候？”

“一辈子不放行不行？”话里玩笑的成分占了大半。

“行！”她说着，作势就要去踹他，他大笑着躲开，跳上车朝她挥手说拜拜。她同样挥挥手，这才转身上楼。

与此同时，公寓客厅的落地窗前，抵在玻璃上的十指赫然收紧。

这已经是第四次，她听见他在公寓里聊电话。

虽然每次都是对方打来的，虽然每次他的口气都冷淡不耐烦，但每次，他也会静静地坐到玻璃前的软榻上，听对方说完。

蓝又恩一直在猜对方是谁，直到某个假日，他带着那人来公寓，她才彻底松了口气。

那个怯怯地踏入公寓，小心翼翼察看四周的女孩，是肖可伶。

他低头从鞋柜里拿拖鞋给她的时候，蓝又恩正从旋转楼梯上下来。那对少男少女，如此看去真像杂志上定格的照片。

其实她本来一直疑惑，为什么纪亚会告诉她，肖可伶不是他喜欢的类型？

她年轻有朝气，身材高挑，脸孔更是漂亮水灵，正值最美丽可爱的岁月，哪个男孩会不喜欢？

“又恩姐！”见到她，肖可伶笑得格外甜美，就像初次登门拜见家长，带了点窃喜和不安，“又恩姐！你今天好漂亮哦！这件最新款的晚礼服衬得你皮肤好白！”

听到赞美，蓝又恩笑了笑。她没有告诉她，这件晚礼服已经在衣柜深处躺了一年多了，若不是此次PL周年宴会，她根本不会再去动以前的衣服——或许是作为品牌服饰经营者的小小固执，还在罗丽达的时候，同一件晚礼服她从不会穿两次。只是现在，离开那个五光十色的世界太久，她的衣柜，也只剩这件没有皱缩成一团。

“哼，什么新款，这明明是CHANEL前年的款式！”温纪亚随手丢下背包，冷冷说道。

蓝又恩眉头一挑，一眼就能认出女装的牌子和年份，纪亚在服装方面，倒是观察敏锐。

她看看表，时间已经差不多了。她将搭在手腕上的黑色皮草挽上肩头，自鞋柜取出很少穿的细高跟鞋换上。

“又恩姐，你这就要出门了吗？”肖可伶站在她身后眨着眼看她，那眼底，带了一抹暗暗的欣喜。

她是为能和纪亚独处而高兴吧！蓝又恩点点头，朝她温柔地笑：“你难得来，今天好好玩，冰箱里有很多吃的，若是饿，可以让纪亚煮东西给你吃，他手艺不错。还有，我可能会很晚回来。”最后一句话说完，女孩眼底的欣喜果然又多了几分，她暗自好笑，这个年纪的女孩真好，什么都掩藏不住，那么直白透彻。

“纪亚，好好招待人家！”开门前，她回头看了他一眼。他与她目光对视，她探不出他视线后的思绪。片刻，他却突然笑了：“可伶是我朋友，我当然会好好招待她！”

“那就好。”她不动声色地轻叹，转身出门。

公寓的门咯吱一声关上，她在他看不见的地方一步步离开。他突然像是失去了斗志的小兽，眼底只剩下倔强和委屈，还有掩藏在那些之后的深深绝望。

他本以为，她或许会有一点点在意。

在他数次和肖可伶讲电话时，在他带肖可伶回公寓时。

这是属于他和她的公寓，不是吗？这样不事先通知就随便带一个女孩回来，她应该会生气才对！

年轻男女，还有无人的公寓，她应该明白这意味着什么！

可是，她居然还在笑。

他是了解她的，那笑容绝对不是假的，她在高兴，为他终于准备和别人在一起而高兴！为她自己，终于能摆脱他而高兴！

在她面前，他所做的一切都没有意义，所有都只是笑话！

肖可伶正打开冰箱寻找可以吃的零食，不料却听见客厅传来玻璃的碎裂声。

她慌忙赶去，只见雪白的地毯上，散落着玻璃碎片，鲜红的血液正沿着他手里的残杯蜿蜒而下，滴落在地毯上，犹如雪地上绽开的艳丽血花。

她光是这样看着，就已经觉得痛了，可面前的俊朗少年仿佛完全没有感觉般怔在那儿。那双美丽的浅色眼瞳，如死寂般暗默。

肖可伶捂住了嘴，好久都没敢出声。

这次PL集团周年宴会，是收购重组罗丽达后的首次宴会，自然大张旗鼓，不仅包下了五星级酒店的水上花园宴会厅，还请来了众多名模与名设计师。

PL很少在大众面前亮相的总裁，此次也一改往日的作风，高调亮相在记者面前。

“哼，他好像生怕别人不知道他姓岑一样！”开着强烈暖风的花园宴会厅一隅，钟倪将杯子里的香槟狠狠倒入喉咙，鄙视地看着远处水上高台正发表开场讲话的清俊男子。在他身旁，周牧的爱女周舒妍，也首次以女伴的身份与他一同亮相。

钟倪看看台上两人，再看看一旁的蓝又恩，皱起了眉头：“你啊你，眼光实在太差了！”

“钟倪，你喝多了！”对于钟倪的指责，范青仁出声制止。

“他说得对啊，我眼光真的是很差。”蓝又恩帮钟倪取了杯香槟，浅笑，“今天就算为亚泰琪庆祝吧，祝不久的将来，我们便能彻底脱离PL，建立属于自己的服饰公司！”

一句话，将两位同伴的情绪又拉了回来，三个人举杯畅聊，想象着未来的新天地。

总裁的开场白结束，宴会进入觥筹交错的社交时间，轻快的音乐中，名人、名模、名设计师在设计精妙的水上宴厅里穿梭，互相恭维、炫耀，抑或猎艳。

“真看不惯这些有钱人的嘴脸！”钟倪喝了几杯，就萌发离开的念头，范青仁示意他少安毋躁，因为不远处，那位总裁大人，正朝他们走来。

“岑总！”蓝又恩执着酒杯上前两步，正好挡住钟倪愤慨的脸，“今天的宴会很成功，祝贺你！”

“你客气了，如果没有你，PL不会有今天这番盛况。”男子一袭剪裁精良的黑色修身西服，将他修长的身形完美展现出来。他薄唇微勾，目光里却带了丝戏谑。蓝又恩知道他的言外之意，身后的钟倪已隐隐有发怒的趋势，她笑了笑，喝光手里的酒，转身示意范青仁先拉钟倪走。

两人匆匆离开，蓝又恩又取了两杯酒，一杯递给他。

“这杯又是祝贺什么呢？”岑寂眯起眼。

“祝贺你不久后，将成为周家的乘龙快婿！”蓝又恩眉眼弯弯，笑容甚是灿烂。

周家，自然是指周牧。谁都知道，周牧为人强悍霸道，曾经在公开场合说过膝下只有周舒妍一个女儿，以后不想她嫁出去，希望能招赘，而且绝对不会亏待对方。岑寂何等心性，入赘这种事等同于侮辱，加上如今他自身实力雄厚，就更没有入赘的念头。

蓝又恩说出这点，是在讽刺他未来定然要面对的尴尬处境。

岑寂的眼底闪过冷光，两人正在僵持，却听见宴厅入口处一片惊呼，宾客们纷纷仓皇退开。

“岑寂！你给我滚出来！”来者已年过半百，衣衫不整，面容憔悴黯淡，眼底却带着偏执与疯狂。他扫视会场，很快从分开的人群中发现目标人物，立刻猛冲过来。

岑定国？！这张扭曲的脸让蓝又恩惊异，然而更让她惊骇的是对方手里捏着一个玻璃瓶。

“好啊！你这个女人也在这里！很好！你们两个，一起去死吧！”岑定国已然失去理智，手一扬，玻璃瓶里的液体照着两人头部淋去。

剧变来得太突然，那一瞬间她竟然怔在原地，脑海中闪过亚然的面容——温和的笑容，明朗干净的眉宇，最后变化成另外一张年轻的脸庞！如果她死了的话……

千钧一发之际，身体被人猛地抱住扑向一旁，他们的边上就是幻灯水池，她被扑进水池，小腿在石台上重重一磕，登时传来钻心疼痛。

这一抱一扑的时间，酒店的保安已经赶到，立刻将岑定国扭住胳膊按在地上。

“你有没有事！说话啊，有没有受伤！”上面的男子在浅水里捏住她的胳膊，力度大得惊人。蓝又恩没好气地皱眉道：“你这么摇……我怎么说话！”闻言，他立刻撤走力气，小心翼翼地托着她的腰将她抱住：“没事吧？”

“只是腿断了而已，死不了……”她拼命吸着气，希望能缓解这种疼痛。

周围散开的人群又围了上来，周舒妍泪眼婆娑地跳下水池：“岑寂！你没事啊！吓死我了！刚才真的吓死我了！”

“我没事！快点叫救护车，又恩腿断了！”他不耐烦地甩开周舒妍，将蓝又恩轻轻抱出水池。

身后，周舒妍又是一声尖叫，岑寂越发不耐，冷冷回头，却看见对方捂着嘴指着他的手臂：“你被泼到了！”

他抬起手，果然，手腕上方延伸至小臂处，衣服被腐蚀了一个大洞，里面的皮肤也有小部分被灼伤。现在看见才感觉到刺骨的痛，之前竟然完全没有觉察。

蓝又恩拉下腰间的手，忍着疼靠在前来扶她的保安身上：“行了，你也受伤了，不用管我。”她在保安的搀扶下坐在旁人搬来的椅子上，一低头，却对上岑定国那双混沌的眼。

距离她最后一次踏入岑宅的那个夏夜已经半年多，她没料到，这位昔日的二叔竟会沦落至今日这种地步。

在大庭广众下行凶，他这辈子，怕是只能在监狱里度过了。

只是，她并不明白。就算之后罗丽达重组，也已经和岑家没有任何关系，她的七千万应该能给他们一个稳定富足的生活。岑定国只是喜爱购买华丽饰品，不好赌也不好色，不可能这么快就用完那些钱，为什么会不惜一切向岑寂行凶？

难道？某个猜测浮上心头，她转头看向身旁的男子。他托着受伤的手臂，冷眼凝视着脚下的人："二哥，你这是何苦呢？"

"你不用假惺惺，什么二哥！呸！从头到尾，你都只是个来历不明的野种！早知道你会这样狠毒，当初就不该让老爷子领你和那个贱女人进门！"

岑寂的眼瞳骤然紧缩，蓝又恩从那眼神里读出一丝阴冷。他不再理睬仍在怒骂的岑定国，挥手让保安将他带离宴厅，一回头，目光又落在她身上。

"岑寂，救护车还没来，我先开车送你去医院吧！这伤不能拖！"周舒妍眼泪汪汪，却还是注意到他凝在蓝又恩身上的视线。

"你怎么样，要不要一起坐车去医院？"

"不用，我等救护车。"危机之后再回想刚才那一幕，若不是关键时刻他用手臂挡着将她抱住，现在毁掉的恐怕是她的脸。岑寂，为什么要救她?

两人的目光在半空中交汇，他仿佛意识到了什么，皱了皱眉，转身朝外走去。

接腿骨时，蓝又恩痛得死去活来，最后撑不过，竟晕了过去。

再次醒来时，她已躺在病房床上，左腿被高高吊起，手被人紧紧拽着。

"你醒了？还痛得厉害吗？如果不舒服我去叫医生！"身旁人说着就要出去，她忙抬头示意自己还好。

"真的不用吗？"他又凑到床边，脸庞在灯光前清晰起来，瞳底纠结着满满的焦虑、担心，以及汹涌的温柔。

"你怎么来了？"她坐起一点，他立刻将枕头垫在她腰后，又为她拢好被子，之后坐在床侧，重新握紧她的手，少年的手掌围了一圈厚厚的绷带，还看得见隐约的血迹，她触了触那伤口，"怎么回事？"

"不小心打碎了个杯子。"他轻描淡写地回道，伸出另一只手，为她细细捋着垂落脸颊的发丝，她正要说话，他却突然倾身，扶着她的脖颈，在她脸颊上用力一吻，"我不会再放手！"他用受伤的手握住掌心的纤细手指，宁可流血疼痛，也不肯松开。

“纪亚！”他眼底的认真让她心乱，她试着抽手，却被他握得更紧。他的脸近在咫尺，呼吸拂在她脸颊上，温热而绵长，仿佛硬生生将她禁锢在他的气息里。

“又恩，给我个机会。我并不需要你给什么承诺，或是一定要有未来……我想要的很简单！”

“你要的我给不了！”她蹙眉。

“你有没有在乎我，哪怕只是一点点？”

那嗓音带着哀求，她到底不忍心，只能叹息：“我当然在乎你。只是，这种在乎是家人一样的在乎。我关心你疼爱你，但……不能像刚才那样。那些事，你只能和其他女孩做。”

“可是……”他抚着她的脸颊，将额头贴上她的，“我只想要你！”

她突然有些仓皇地闭上眼。太近了，那眉、那眼、那神色……都太近了。

唇上传来湿软温热的触觉，他又在吻她，不同于之前的热烈纠缠，只是细细轻柔的摩挲，一点点感知着她的温度和柔软。

她侧头避开，他索性将呼吸埋在她脖间：“就算这种关系不被承认也无所谓，我只要你别再拒绝我……”她不会明白的，他对她的感情如果可以停止，在他回伦敦时就停止了。

去年春天，那个仓皇的偷吻，即便隔着半个地球，也无法从他心底抹去。春夏的校园，到处是靓丽性感的年轻女孩，她们热情洋溢，迷人可爱，可他眼前，只有微翘唇边的温婉笑容。

简直，像一个令人痛恨的魔咒！

她闭上了眼：“纪亚，你知道吗，家人可以是一辈子的。可是一旦这种关系变质，所有的平衡都将被打破，前面的路没有人能看到。换作别人，我可以无所谓。但你不一样，你是我现在唯一的亲人，我最重要的人，我不能这样若无其事地去破坏和改变！”

“已经改变了。”他抬起脸，朝她轻笑，“无论你怎么决定，改变都已经成为事实。你的选择对我来说只有一个区别，那就是让我快乐，或者是痛苦。”

她长长地叹息："纪亚，你小时候很乖的，从来不会这样任性……"

"那是以前，我已经长大了，不再是需要你保护的孩子。"他将掌心的手按在自己胸前，"现在换我来保护你，陪伴你，不再让你寂寞孤单。"他的余音，结束在她主动贴上的双唇里。

只是轻轻一吻，十分短暂，却带着惊天动地的震撼，让他的心脏再次不受控制地剧烈跳动。

她闭着眼，眉宇间带着隐隐的忧伤和彷徨："我曾经做过太多错误的选择，也许这次，又将是其中之一。"

他扶着她的后脑，将朝思暮想的双唇重重吻住，唇齿辗转间，他喘息着呢喃："就算是错误的，也没有关系。我宁愿这个错误，永远持续下去……"

雨晴来看她的时候，纪亚正坐在床上，一手牵着她，一手翻看腿上的杂志。

这画面很和谐，却透着诡异。她用眼神询问好友，后者只是拍拍少年，吩咐他去帮她买些点心回来。

他放下杂志："我去去就回，你们慢慢聊。"

少年拎起外套出了门，雨晴立刻扑到床边，睁大眼盯着她，"你老实说，你们两个人是不是……"

"大约算是。"蓝又恩的答案让她很不满意："他求我别拒绝他，你知道的，每次一看到他的眼神，我就没有办法……"

"那你们现在这样算什么，把他当成替身，过家家？"雨晴愕然。

"当然不是。其实，这世上的事从来都充满变数，我不答应，他说不定会一直坚持。我不拒绝，可能过一阵，他自己就没兴趣了。"

"你的意思是，你现在是在等他什么时候对你没兴趣甩了你？"雨晴啧啧摇头，蓝又恩自己也被自己这种想法弄笑了，只是眼底那抹无奈让雨晴看得感慨。

"有时候我真不了解你！你还年轻，有房有车，也有点钱，不是没有男人追求，为什么不好好重新开始？找一个适合的男人，结婚生子，这样不好吗？”

“结婚生子？”她脸上的笑容遥远而轻淡，“这曾经是我人生唯一的梦想，但现在已经不可能了。”

“谁说的！亚然都离开那么久了，你也该重新……”

“雨晴，换个话题吧。”

雨晴实在拿蓝又恩没有办法，只能另找话题聊天，没说几句她就注意到蓝又恩的病房。这是间单人病房，物品十分齐全，于是打趣地说她连骨折住院都是五星级的招待。

“病房不是我开的。”

“那是谁？”

“不清楚，醒来就在这里了。反正也算是因公受伤，账单由公司付，不用理会。”

雨晴明白过来：“是岑寂？他倒是很有心啊！”说完不由得骂自己，“呸呸！说错了，那种人会有什么心，不过钱多爱显摆，你可别理他啊！”

“我不会理他，没有理会的必要。”被骗过，付出了那么惨痛的代价，她不可能再回头，无论他做过什么，救她也好，安排这一切也罢，对她来说都没有任何意义。

腿伤让蓝又恩在床上躺了近一个月，能下床时已是春天了。

头两周，她还能待在医院，纪亚每天都来给她送饭，不上课的时候就陪在旁边。在医院的日子很是难熬，她看到他在一旁翻看杂志，或者画设计稿，就忍不住和他说，如果无聊不用每天都来，医院也有饭菜。

“怎么，不想见到我啊？”他丢了手边的东西，坐到她身旁，将原本就不大的床铺占去一半。

“是啊，一见到你就烦。”她半撑着额头，似乎还真的颇为烦恼。结果脖子立刻被他圈住，赌气般倔强的声音自耳旁传来：“烦也没办法！我就爱缠着你，你能拿我怎么办！”

“凉拌行不行？”她轻笑，结果被他低头吻住，一开始只是带点惩罚意味的浅吻，然而一触上她的唇，他脑中的理智就退了大半，硬是缠着她深吻下去，探入她口中纠缠了半天。

“纪亚！”她好不容易夺回呼吸，然而他却不肯下床，干脆与她靠在一起，闻着她发间的气息，慢慢平稳自己的心跳和喘息。

他吻完她后，总是不愿意回沙发继续做自己的事。一两次还好，后来有一次正好遇上周绍丰来医院看她。

虽然听见有人敲门，她已经拉下搂着自己的手臂，但纪亚一见进门的人是周绍丰，立刻又不屈不挠地搂了上来，直到她说自己想吃馄饨和小笼包，他才不甘愿地跳下床。临出门时，还深深看了眼房里的男人，弄得后来周绍丰诧异地问她，是不是他今天衣服没穿好，还是脸上粘东西了。

“他就这样，你不用理他。”

周绍丰倒也没说什么，反正从北海道之行后，他就知道纪亚对蓝又恩总是这副模样，并不是他想不到另一方面，而是在他的潜意识中早就将这种可能性排除在外。

周绍丰问了几句她的脚伤后，说到了这次意外的始作俑者。

据闻，岑定国现已因故意伤人罪被关入拘留所，只等审判结果出来，牢狱之灾是肯定免不了的。罗丽达最繁荣的那一阵，岑定国曾数次出席各类宴会和拍卖会，当初风光无限，如今却惨淡至此。他入狱后，岑家豪宅外连着很多日都有记者聚集，而岑家始终紧闭大门，里面的人从头至尾都不曾露面，连他的老婆和儿子也一样，大有与其撇清关系的意图。

媒体找不到人，便开始追寻蛛丝马迹，并发了很多捕风捉影的推测报道。大部分报道至最后，都说他是因为罗丽达重组，被踢出公司加上自暴自弃，山穷水尽，才会心生报复。

所有报道中，受害者岑寂始终都是正面形象，岑定国则被批得一文不值。

蓝又恩明白舆论都是盲目的，事实真相如何，恐怕现在也只有那个“受害者”才清楚。

纪亚回来时，周绍丰已经走了，她懒懒地靠在床上闭目养神。

她听见他放缓脚步慢慢走到床边，接着脸颊上传来温柔的触感。

先是脸颊，然后从额头开始，一路经过她的眼睛、鼻子、唇、下颌，最后又回到她的唇上，温柔地摩挲。

她实在痒得忍不住，唰地睁开眼，却对上他略带尴尬的浅瞳，原来他俯下身子，正打算吻她。

她无奈："等我腿好一点，就出院吧，反正家里也能养伤，省得你每天都往医院跑。"

两周后，她在雨晴的陪同下出了院。她的吉普车是纪亚开来的，雨晴原本还在说他无证驾驶胆子太大，结果他痞痞地一笑，取出驾驶证朝她们晃了晃。

"考出来了？"蓝又恩唇角带笑，"那下次出游，我可以趴着看风景了。"

"想去哪里？五一你腿该全好了，我们找个地方玩上几天好不好？"

"这个主意不错！"后座的雨晴插嘴，"到时叫上周绍丰，问问这次有没有什么免费招待券！"

"叫他干吗？"纪亚瞥她一眼。

"他不是你教授？"雨晴很明显是故意的。

"我和他不熟！"他拉过副驾驶座上女子的手，握在指间，连拨档时也不放。

他不爽的表情逗得雨晴直笑，趴在蓝又恩的椅背上，朝她挤眉弄眼。

"好好开车！"蓝又恩朝她摇摇头，将手抽了回来。

据医生说，小腿上的石膏还要两周才能拆，这期间她可以走动，但要小心不能弄湿也不能负重。

因为打着石膏上下楼梯不方便，所以蓝又恩打算拆石膏前都睡在楼下沙发上，让纪亚上去睡她的床。雨晴帮她铺好床铺，就陪着她在客厅聊天，纪亚则在厨房准备晚餐。他回来后雨晴还没尝过他的手艺，这次特意留下，准备大快朵颐。

看着厨房里忙碌的身影，雨晴朝蓝又恩摇了摇头："他一点不像十九岁的人。"

"那像几岁？"蓝又恩抿了口手中的热茶。

"二十九岁咯！现在这种年纪的男孩子，谁肯在厨房忙进忙出啊！"

"不一样的，纪亚是孤儿。"

"孤儿怎么了，你领他出来后，供吃供住，照顾得比普通家庭的孩子还要好，换个没心的，早在英国享受自由舒适的大学生涯了！谁还回来理你啊！"

"那等会儿你帮我说服他吧。"这才是她理想中的状态。

"开玩笑，想让我被人憎恨啊！"

"憎恨什么？"应该在厨房的人，因好奇而介入她们的聊天中。

"纪亚！偷听闺密之间聊天是会被雷劈的！"雨晴被吓了一跳。

"我只是过来问你牛排要几分熟！"他站直身子，摊摊手表示自己的无辜。

"五分。"雨晴说完看向蓝又恩，"你呢？"

"又恩只吃七分熟的肉眼！"纪亚赶在蓝又恩开口前道，颇有炫耀的意味。

"知道你了解！快去吧，都饿死了！"雨晴几句赶走了他，转向蓝又恩时，笑容却带了些无奈，"听他理所当然地喊你又恩，我居然起了鸡皮疙瘩，满脑子都是当年那个跟在你身后来画廊的瘦弱男孩！"她顿了顿，终于忍不住问，"你们现在除了握手、接吻，有做更进一步的事吗？"

这问题自然遭到了蓝又恩的白眼。

只是，她没有料到，这问题会在接下来的日子，成为困扰她的难题。

握手或者拥抱，她不会反对，以前他们也经常如此。

接吻，她勉强接受，虽然大多数时候，她还是会产生避开的念头，但往往念头尚未转化为动作，他就已经攻城略地，长驱直入。

纪亚一直很热情，这个年纪的男孩大多如此，不懂含蓄为何物，更不懂察言观色，只是凭着感觉，接吻往往不合时宜。

他的唇不算很薄，与岑寂那种薄薄的寡情唇形不同，但也不是很厚。下唇稍丰满些，中间有很好看的唇纹，上唇较下唇略薄，棱角线条柔和，带了点微翘。有时她推开他，他不高兴也不说话，但会微抿着唇，用略带撒娇的眼神凝视着她。

他的眼瞳明明色泽很浅，可凝视她的时候分外深邃，让人有些莫名地心慌。

她总是一笑，随后岔开话题，他虽有无奈，但每次仍会顺着她。

她的伤腿，在家中休养了两周多后才得以拆去石膏，医生说伤处恢复得很快，但未来几个月仍属于调养期，仍然要注意。

石膏拆去，她总算舒了口气。这一阵她睡楼下沙发，他临睡前总是不肯上楼，硬是挤到她身边，要她陪他看碟片。

公寓的沙发很大，尤其是转弯处又宽又长，几乎可以摆下一张床。

早春的天，虽已脱离酷寒，但夜晚还是冷的，雨晴帮她铺上了厚厚的被褥，她行动不便，晚饭洗浴后便偎入被子，开着一旁的落地灯看书或上网。

而他，洗完碗碟后则在软榻上开始画设计稿或者翻看资料。

这时的纪亚很专注，灯光下的脸孔透着一股深沉的肃静，室内满是他笔尖触纸时的沙沙声。偶尔，他也会停下笔沉思，帅气的眉宇间拧出小小的褶皱。

那神情，她不经意瞥见，总会出神地看上许久。

他以前画稿时也会露出这样的表情。

那时，他明明工作很忙，却总希望她陪在身边，于是拉着她在一旁。看书的习惯，就是那会儿养成的。

或者应该说，她很多很多的习惯，都是因为他而养成的。

从十几岁第一次见到他起，她就明白自己以后的人生，将与岑亚然这个名字密不可分。他温柔善良正直，丝毫不因傲人的家世而看低别人。他给予她的，不仅仅是一份资助，更是温暖与关怀。他让她明白，就算被遗弃了，就算是在寒冷的夹缝里成长，也可以得到与正常人一样的呵护，甚至是幸福的爱情。

“在想什么？”原本在画稿的少年不知何时坐了过来，那眉宇突然近在咫尺，她竟有片刻的恍惚。

她垂下视线，拍了拍手里的书：“在想书里的主角，你怎么不画了？”

“完成了啊。”他说着，很自然地脱去外套和牛仔裤，朝被子里的她偎去。

“你好像应该睡楼上。”她淡淡瞥他一眼。

他的脸颊似乎红了红，但依旧坚持：“我还不想睡，看碟片嘛！”

“可你还没有洗澡。”她继续瞥他。

“睡觉前再洗啊！”他嘟囔，“再说你现在腿这样，我又不能干吗，洗了也没用。”话落，前额立刻被她一戳。

“你成天都在想些什么啊！”她又好气又好笑，“这次买的什么？”

“《豚鼠特工队》。”他见她没有再反对，连忙掀开被子挪到她身旁。

蓝又恩直摇头，这家伙似乎对动画片有特殊的爱好。她放下书，再转过头时，他已伸开手臂越过她的肩膀，将她搂在怀中。

见她转头，那双明亮的眼瞳漾起笑意，他在她额角轻轻一吻，之后心满意足地抱着她看电影。

她在电影播放时微微侧目，总能看见他的笑意，他似乎真的很高兴。

有莫名的不安自她心底滋生蔓延。她微微皱起了眉心。

拆去石膏的第二天，她搬回楼上睡，以为能恢复之前的安宁，哪知当天晚上却被人吻醒。她睁开眼，就对上了一双深邃火热的瞳仁。

是纪亚！

呼吸在瞬间变得急促。他拉开阻挡两人的被子，倾身覆了上来。她想出声，但唇被堵住，只能发出细微的呜咽。她用力扭头，伸手想开灯，手腕却被他扣住，压在头顶上方。

她看着上方的人，想到接下来要发生的事，竟然有些怕。

虽然之前曾有过一次，可那是在她醉酒的情况下，具体过程她根本就不记得，脑海里只有零星片段。所以事后，她才可以要求他将已发生的当成没发生过。毕竟没有记忆，也不会如此尴尬。

她的确决定不再拒绝他，但事到临头，才发现似乎办不到。

拥抱和亲吻可以，但发生关系……这种事换成任何一个男人，甚至是岑寂，她都能够接受，唯独纪亚是不同的。

这么多年，家人的概念已根深蒂固，更别提她是一点点看着他成长的，如何能轻易改变?

觉察到她的抗拒，他蹙了蹙眉，伸手轻抚她的唇角。

“纪亚……”她模糊地低唤。

“又恩，我想要你……”

“纪亚，等等……”她不是不明白，之前她的腿还没有好，他一直在忍耐。可是，她没有料到会这样快。她尚未完全接受，这样的接触让她觉得尴尬和怪异，“纪亚，你等一等……”

“等什么？”清朗的嗓音此刻沙哑而低沉，“你还要我等多久？”

“可是……”

“又恩……”他微微抬头，轻柔地打断她，紧紧凝视她漆黑的杏瞳，眼神从未如此认真深邃，“听好了。蓝又恩，我爱你。”

什么?她还没来得及消化，上方的人已再度压了下来……

夜色深沉，今夜没有月光，那浓浓的黑色自玻璃那端蔓延而来，如潮水一般，她无处可逃……

她抵着他的肩膀，慌乱而迷茫地看着他，像是仍不能接受此刻两人之间发生的事，明明是再熟悉不过的脸庞，却泛着让她感到陌生的情欲。

她在蒙眬中微微睁眼，视线掠过他发丝下的眉眼，最终落在他左耳的耳钉上。

两个小小的耳钉，紧紧扣在耳垂之上，去年春天他回国时她第一次见到，总觉得眼熟。现在她想起来了，这两个耳钉都是她的，几年前去伦敦陪他时，曾有两次找不到耳饰，因为并不太值钱，所以她未在意，只当是丢了。却没料到，是被他拿去，并戴到了现在。

她想着他片刻前突然说的那句话，隐隐感觉事情正朝着一个她无法控制的局面而去。

纪亚，他究竟还有多少事情是她所不知道的?

或者说，他说的那些话，究竟有多少是虚假，有多少是真实?

“又恩……”他圈紧她的腰肢，在她耳旁低吟，那么灼热的气息，几乎快将她融化……

早晨醒来，她侧身朝外，人却依然在他的怀中。

她动了动，背后立刻传来轻笑，他吻了吻她的后颈：“早，又恩！”

看到窗外明媚的阳光，想起昨夜后来的疯狂，她突然尴尬到了极点，拉高被子，整个人都埋了进去。

“干什么？”被子被他掀开，晨光中，他的笑容格外俊朗帅气。

“你……快去上学！”她伸出食指，点上他的额头，“再不去会迟到的！”

“我今天上午没课。”他捏过她的手指放在唇边轻轻一吻，“倒是你，不是说今天要上班吗？”他看看闹钟，“已经九点多了哦！”

蓝又恩悲哀地发现，自己居然错过了闹钟提时，无奈之余只能打给自己的小助理，说车子半路抛锚，可能要晚点到。

挂上电话见纪亚还侧撑着头，一脸暧昧地看着自己笑，顿时气不打一处来，立刻将他踹下床去：“不上课也要起床，下去做早餐！”

“遵命，女王！”他伸出手指，顽皮又宠溺地朝她飞了个额礼。

蓝又恩拖着酸软的身子起床梳洗，照镜子时自己都吓了一跳。身上除了吻痕，还布满了瘀青，感觉像是被人蹂躏过。

她挑了件高领的薄毛衣，以盖住青青紫紫的脖子，下楼时他已做好早餐，她匆匆吃过，取包就要出门。

“今天按时下班吗？”他在门口拉住她。

“还不知道。”

“好吧。”他有些失望，“路上小心开车！”说着，低头在她前额一吻，依依不舍地放开了手。

近两个月没有上班，蓝又恩一到PL就被范青仁和钟倪拉去设计室看夏装的设计稿。

一整天时间，她都在花花绿绿的图稿中度过，好不容易选定了这一季的新款，却发现已到傍晚。午饭三个人只简单地啃了几块三明治，工作顺利完成，钟倪提议请吃饭，顺便祝贺蓝又恩腿伤痊愈。

她正笑着答应，纪亚却来了电话，询问她有没有下班，说要和她一起吃饭。

“我今天拿薪水，请你吃大餐！”他听见她忙完了，催促她赶紧下班。蓝又恩无奈，只得和钟倪他们说改天再聚。

“男朋友？”钟倪很八卦。

她再度笑了笑，没说是，也没说不是，范青仁用手里的图纸拍了拍他，让他少八卦。蓝又恩离开设计室，回办公间取了包和外套，正要离开，小助理却追上来说岑总要见她，让她现在赶紧去。

她看看时间，眉头一皱进了电梯。

意外受伤入院后，她一直没见过岑寂。

从道理上讲，那天是他救了她，她也应该和他道个谢，只是心里想着岑定国的事，这个谢字一直不愿说。

顶楼的办公室内，岑寂正在吧台后面倒酒，见她敲门进来，又取了个高脚杯，倒了半杯红酒，推往她的方向。

“岑总，请问，找我有什么事？”她提着自己的外套和包，在吧台前两步的地方站定。

他稍稍挑眉，看她一眼，一语不发，只是示意了下吧台上的红酒。

空腹喝酒真不是个好习惯。她在心里叹了口气，执起杯子，朝他缓缓道："岑总，这杯算敬你的，那天多谢你了。"随后仰头，将酒红色液体喝尽。

他端着杯子，视线自细长的睫毛下射来，带了点审视："既然有心谢我，为什么等到现在？"

她提唇一笑，将酒杯搁在吧台上："我前天才去拆了石膏，之前找不到适合的机会，还请岑总不要见怪。"

他目光一凝，连着酒杯将她的手握住，用了十分的力气，她挣脱不开，心下生气，脸上的笑容却仍保持着："岑总，这又是干什么？"

他眉间浮了暗色，似是看透了她的表里不一，颇为不满。

握着她的手仍分毫不松，她实在不想僵持，终于收起笑容："岑寂！"

"我以为，你能坚持得更长一些。"他勾起薄唇，松开手指。她立刻抽手，转动发痛的手腕："你到底有什么事，直说吧！"

"还记得这瓶酒吗？"他目光一转，落在红酒上，"那年，我们第一次单独去吃西餐，你说很喜欢这个年份，只可惜很难找到。这瓶是我一个月前从别人手里高价买来的，今天刚开，怎么，你之前没有喝出来？"

"旧人旧事，我都忘了。"她淡淡道。

"忘了？是啊，你对于遗忘总是如此得心应手。可对那个人，无论过去多久，隔了多少世事，却永远记在心头。"

"我一辈子也不会忘。"她静静回视他，"今天叫我上来就是为了喝酒吗？岑寂，不介意的话听我一句。这瓶酒，你不应该和我喝。或许是你更善于遗忘，那么我来提醒你，如果不是亚泰琪，我不会来PL，我们的立场是对立的。从你运用计谋从我手里得到罗丽达的股份开始，我们就再没有一起喝酒的可能。现在已经是下班时间，而你只是岑总，所以不介意的话，我想我得走了。"

他眸底的冷意锐利而强势，可她不在意，拉开门时似乎想起了什么，回头朝他一笑："忘了说。其实我对红酒一窍不通，之所以会喜欢这个年份的酒，只因为那是我和亚然第一次见面的年份。这瓶酒，是属于我和他永远的留念。"

门在他眼前关上，他执着酒杯的手指慢慢收紧，直至手臂上的伤口开始隐隐作痛。

光鲜高级的西服之下，隐藏着丑陋的伤口。

那是那晚，为救她而留下的伤痕。

危机来临的那一刻，为了那个女人，他的身体居然背弃了他的头脑。

他应该早就觉醒了，应该早就清楚她的残酷，可为什么？

太不值得！

寂静的室内哐啷一声，那瓶红酒静静地碎在她离去的门边。

电话没人接，蓝又恩只能继续开车。

两人约见的地方在纪亚学校附近，离她公司较远，她在岑寂那里耽误了些时间，加上下班高峰路上堵车，等开到约见地点时，已迟了近一个小时。

她在路边停下车，透过前窗玻璃，立刻就望见书店门口的挺拔身影。

天气转暖，贴身长袖外他只穿了件轻便的黑色立领拉链衫，下身是牛仔裤帆布鞋，腰间扣着条白色带垂链的皮带，正勾着背包左右张望来往的车辆。他不时看一下表，仰头叹口气，然后继续看车。

蓝又恩不自觉地弯了唇角，正要下车，却看见有两个年轻女孩互相推搡着朝他走去。

她抿抿唇，还是取包下车，朝书店走去，正巧是他背对着的方向。

女孩之一拍拍他的肩膀，见他回头，不禁大喜，拿出手机示意没电了，想和他借个电话打。

他不咸不淡地看她们两眼，还是取出手机递过去，女孩高兴地接过，飞快地拨了个号码，结果她自己的手机响了起来。

“这是我的号码！我们都觉得你很帅，想问问看你有没有时间，请你喝个咖啡？”那女孩显然不是第一次这样在马路上搭讪，一番话说得顺畅无比，但在他帅气俊容的注视下，脸蛋还是掩饰不住地红了。

蓝又恩停下脚步，想知道他怎么回答。

他的目光还是淡淡的，取回自己的手机后，又问她们要手机。女孩以为他要输入的自己名字，笑着给了他，他接过只按了几个键就递回给她。对方一看，原来他删除了刚才打进来的号码。

“哇，你怎么这样啊！”对方面子有点挂不住，显然很少在这类搭讪上遭到拒绝，“人家好心想请你喝咖啡耶！”

“不必了，我没兴趣。”他转过脸，继续看来往的车辆，不再理会她们。

两个女孩对看了两眼，主动开口的那个显然还不肯死心，本想继续，结果被身旁的另一个拉走了。

两人自蓝又恩身边经过时，她听见其中一个在安慰另一个：“算了！这种有脸有身材的帅哥都自视甚高，别说他不搭理你，就算今天被你搭讪上了，就这脾气以后也够你受的！你还是和你的学长好好相处吧！”

“可是他真的好帅！又那么会穿衣服……”

“行了！走吧！”

蓝又恩有些无语，原来这女孩是有男友的。不过，看她的脸蛋，的确娇俏迷人，皮肤也好，又会打扮，纪亚的态度是不是太冷淡了点。

正想着，不远处的少年终于发现了她，皱着眉头来到她面前：“我等了你一个小时！你到了居然还站在这里发呆！迟到这么久，一点都不重视我！”他劈头一阵骂，她连忙说之前有给他打电话，但是没通。

“可能超市太吵了，没听见。”他看看手机，果然有未接来电，“算了，原谅你，拿去！”他将整个背包递给她。她不解，打开一看，里面全是她喜欢的零食，还有两听罐装热饮：“这就是你说的大餐？”难不成要她在路边吃?

“这个是为等会儿看电影准备的零食，你看看还有没有想吃的，我再买。”他取出热饮，一人一听，之后再度把背包搭在肩上。

“这么多还买，你当我是猪啊！”

“那去吃饭！就在前面，一会儿就到！”他打开自己那听热饮递给她，然后揽住她的肩膀。她看看手里的两罐热饮，瞥他：“都给我喝？”

“你帮我拿着，我要喝的时候喂我！”

她无奈：“那你的手呢？”

“要搂着你啊！”他理所当然地朝她笑笑，如此飞扬，倒让她怀疑，刚才对着两个女孩的是另一个人。

“刚才怎么对别人那么冷淡？”她到底还是问了，“你这个年纪，看到漂亮女孩不应该是这个表情。”

“原来你早就到了！”他搂紧她以示不满，“漂亮什么啊！睫毛一看就是粘的，戴着美瞳，眼线化那么浓，头发染得跟狮子毛一样黄，这也算漂亮？”

“现在谁不是这样打扮的？照你这样说，那些女明星还要不要混了？”她叹息，“你总对女孩没兴趣，我有时候真有点怀疑你是gay。”

他笑笑，贴到她耳旁暧昧道：“我是不是gay，我以为你昨晚已经很清楚了！”话落，他张嘴吮了吮她的耳垂。

“纪亚，大街上！”她连忙避开，他却不以为意，又在她脸颊上亲了亲，搂着她进了餐厅。

夜晚的缱绻缠绵，有了第一次，就会有第二次。

对此，她并不主动，还会尽量想办法避免，只是公寓的楼上楼下并没有可以关闭的门。没有门的敞开式卧室，也意味着他可以来去自如。

对此，雨晴用“风花雪月”来评价蓝又恩近期的生活。

“夸张了吧？”蓝又恩打掉她拉着自己领口的手，将领子朝上拉了拉。看着好友暧昧的笑容，她不禁怨起家中那位始作俑者。

“啧啧！”雨晴摇摇头，很是老练地说道，“看颜色，恐怕是好几次不同时间的吧！果然哪，上次去温泉看他的身材，就知道他在这方面绝对‘不俗’，羡慕死我了！”

“……”

“哎，对了，他不是在上大学，班里一定有很多‘不俗’的同学吧，下次他带你去参加聚会时，给我物色物色！”

“……”

“你也知道，三十来岁的男人虽然有气质有品位有钱有权，可这类人早修炼成精了！别说不会轻易看上一个女人，就算真的看上了，也会摆高姿态和你斗法！非要训得你服服帖帖，温存柔顺才会表示出他们的一点点爱意。就算真对哪个女人十分上心，也是表面纹丝不动，非要到你快跑掉时才出言挽留！真是太假，太没意思了！”

“你在说谁？”蓝又恩听出异样，“你有男友了？”

“现在不是了！其实都差不多，岑寂也属于这类人。所以啊，还是年轻男孩子可爱，直率热情，不做作也不会掩饰，想想就很心动！”

蓝又恩无奈地按按太阳穴：“我想我还是先走了。”

“这么快！那刚才和你说的旅游呢？”

“算了，我怕纪亚会对周绍丰不礼貌。”

“也是，现在你们关系不同，他对周绍丰恐怕不会像上次那么客气了。”雨晴赞同地点头，“还有，帮我物色男友的事，一定要记在心上啊！”

Chapter 6 沉溺

蓝又恩生日那天，纪亚送了她两张机票。

时间在五月之前，往返三亚的经济舱。

“你说过，要和我去旅游的！”

“我以为是开车去近郊几天。”

“那有什么意思，还不如直接飞到海边住几天。”

“你突然拿机票给我，就不怕我没办法请到假？”她看着手里的意外惊喜，挑眉看他。

“应该可以吧，虽然到现在我还不知道你在哪里上班，不过从你对着电脑管理那么有名的品牌服饰店来看，我想职位应该不低，七八天假可以请吧？”他绕过L型吧台式餐桌，站在她背后，将手肘搁在她肩膀上轻晃。

“七八天太长了。”

“那你打算陪我几天？”他将下颌一起搁到她肩膀上，语调像是在撒娇。

“三四天吧，最多五天！”虽然夏季新装发布会已经结束，但最近是销售期，她怕岑寂又使手段，不得不盯着，“其实去不去旅游都一样啊，我们现在不是每天见面？”

“当然不一样，我每天只能见你几小时！”他用手臂环着她的肩膀，将她揽在怀里，附在耳旁低低说，“我现在就算在学校，也满脑子都是你……”

她动了动唇角，原意是想笑，却怎么也没办法悠然地笑。

她闭了闭眼睛：“纪亚，你别这样……我们已经说好了……”说好只是现在，说好不一定有未来，说好了——只是不拒绝。

他一时没了声音，空间里只余下细细的呼吸。

这个沉默太久，久到她以为他已经生气不想再开口了，却听到他在她耳旁道：“我知道，我都记着。又恩，不要总这样提醒我，好不好？”

她点点头，嗯了一声。

他们的酒店在三亚湾，那是条沿海大道，道旁是形形色色的酒店。

尚未到五一高峰期，人不是很多。白天可以见到结伴的旅人和度假的家庭在海滩散步，在酒店里的泳池嬉戏。夜晚，酒店旁的各条小巷，纷纷冒出烧烤的夜排档。

成串的海螺、切成段的鳗鱼、整只的鱿鱼……配着冰爽的啤酒，边吃边倾听海浪拍打沙滩的声音，整个人仿佛完全忘记了都市里的烦扰。

纪亚很好动，白天总拉着她去游泳。

虽然近海，但是这一带的海浪较大，不适合游泳，所以两人去了西岛。

西岛是个配套设施很齐全的海岛，要坐船才能过去。

通常他们一待就是一整天。蓝又恩不太会游泳，尤其还是在有浪的海里，她又不喜欢救生圈，所以大多数时间都盘了发，涂了防晒霜躺在阳伞下。

她其实早就去过马尔代夫，那儿有全世界最清澈碧绿的海水，别人都说，去过马尔代夫，北半球的其他海域就没必要去了，因为绝对不会美过那里。

可其实，每一处的海都有各自的魅力。这里的天空虽然没有马尔代夫蔚蓝，这里的海水虽然没有印度洋那般梦幻，但依然天高海阔，远处还依稀能看到陆地上的山脉。风吹过来，带着潮湿舒爽的气息，将压抑的烦恼一扫而空。

纪亚总是诱哄她下海，她不愿意换泳衣，他就将她整个抱进海水里，把她弄得全身湿透，不得不穿泳装。他还尤其喜欢刺激的娱乐项目，摩托艇、游艇滑板还有滑翔伞都让他玩遍了。他精力充沛，见她泡了会儿水就赖在躺椅上不肯动，便去拖她，非要她回海里去。

“你自己玩吧，我不会游泳！”不过，这种时候她说什么都是白搭，他哪里肯放过她。于是只好在小腿深的地方泡泡脚，意思意思。纪亚见状，狡猾地绕去她身后将她推倒，她没提防，被灌了口咸涩的海水，听到他在笑，她伸脚一勾，他也倒在海里，却笑得愈加开心。

“你别和小孩一样嘛，老在浅水里有什么好玩的！”他拍拍自己的肩膀，示意她趴在他背上，他会带着她一起游。

“我真的不会游！以前去泳池你也知道，都只在一米四的地方装装样子而已！”

“知道你不会！所以说我会带你一起游啊！”他指指面前的蓝色海水，阳光照下来，仿佛在他湿漉的皮肤上镀了一层薄金。他朝她伸手：“你放心，我绝对不会松开你的！”

“真的？”他有时很顽皮，喜欢恶作剧，她真有些担心他会捉弄她。

“来吧！”他拉过她，将她的手臂绕在自己脖子上，背着她朝深处走去。水一点点漫过她的腰身，然后到了胸口，身体在水里感受到了浮力，还有涌动的潮流。可他还在继续朝前走。

“纪亚！”她不安地叫了声，他拍拍背后的人，让她放心。海水已到了他的脖子，她的脚已经踩不到沙地，有种本能的恐慌感。他笑了笑，身体朝前一倾，在她的低呼声里缓缓游动。

“放心，我最擅长的就是游泳，再多一个你也照样能游！”他踩着水，还轻松地与她聊天，她慢慢适应了这种漂浮的感觉，绷紧的手臂渐渐放松下来。

他见她慢慢适应，突然对她说：“憋住气！”

“你要干吗？”她立刻又勒紧他。

“我倒数了！3、2、1！憋气！”他侧着头大声喊，她只得照做。他身体一用力，带着她整个人沉到水下。海水瞬间漫过她的头顶，失去空气的恐惧袭来，他却在这时使劲拍她的手，她被他拍烦了，睁开眼，却看见一片与众不同的水下世界。

正午的阳光让海水的透明度变得很高，她可以清楚地看见自己的手及他朝她微笑的侧脸。他伸手指指前面，不远处，一条小小的海鱼正在游动，缓缓自她们身旁经过。她这才明白他叫她憋气的原因。

他将绕在自己脖子上的手解开，牢牢握在掌心，蓝又恩惊喜地发现，脱离了他的背，她居然没有沉下去。他做了个蹬腿的动作，她学着他的样子，身体竟也缓缓朝前游动。

水下世界安静悠然，外面的一切声音都听不到，所有的动作变得缓慢，她游了一会儿，憋不住气，搂着他的脖子借力冒出水面。

整个世界的喧嚣又在瞬间回来，这是种很奇妙的感觉。只是抬头低头的瞬间，就能在不同的世界里游走。她依然不敢放手，搂着他的脖子紧紧贴着他的胸膛，将脸上的湿发拨开。

“又恩，你难得这么主动。”面前的少年却在淘气地笑，海水与阳光令他古铜色的肌肤散着瓷釉般的光泽，挺直的鼻子正对着她的，她这才发现，他们的唇已近在咫尺，而他们的身体正在海水的浮动下隔着薄薄的泳衣细细摩擦。

她扶着他想退后一些，他却环上她的腰身，将她用力吻住。

“纪亚，好多人……”不但很多人，还有很多小孩。

他咬了咬她的唇，不以为意：“是吗，我才不管那些！海水好咸……”

又恩再不愿意，也不敢在这个时候推开他，这是在海里，她的脚还不着地，只好搭着他的肩膀任其胡闹。

整个海南之行，纪亚非常满意，除了最后一日坐出租时，碰上一个口无遮拦的司机。

兴许是热情，对于外地人，他滔滔不绝地介绍起海南的各种美景和特色，蓝又恩听得有意思，不禁回了几句，纪亚却并不以为意。

“小伙子，你别不相信，我说的可都是真的！才不像那些无良导游，净介绍你们去些又贵又不好的地方！”他似乎对蓝又恩比较有好感，顺便拍了句马屁，“像你姐就聪明多了！多问问，再慢慢做判断不迟！”

温纪亚的脸色唰地沉了：“谁是我姐姐！她是我女朋友！”

司机神色尴尬地僵了僵，嘴里说着抱歉，眼睛却不由自主地去瞄后视镜。后排的那一男一女，怎么看都比较像姐弟啊！

“怎么，没见过情侣啊！”纪亚语气不好，蓝又恩推推他，示意他别闹。

他干脆别过脸去，看窗外的风景。车内气氛尴尬，司机搔搔头，再不敢出声。

后来回到酒店，他说想散步，就一个人朝海滩走去。

夕阳斜下，天空的颜色暗淡下来，透出一种空渺的寂寥，海水依然美丽无垠，只是色泽深邃，不同于午间的明媚。

她踏上沙滩时，他已脱了鞋，背对着她站在不远处的海边，手插着短裤的口袋，凝视着海岸线上的最后一缕橘色阳光，用脚趾摆弄着沙子和涌来的细浪。

听见她的脚步声，他侧头，眼神有些落寞：“我们两个，真的这么不相配吗？”

蓝又恩的心赫然有种被揪紧的感觉，她这才明白刚才他只是表面强硬，内心其实是很在意的。她走上前，朝他微笑：“你何必在意陌生人的想法？”

“就是陌生人才客观。”他抿着唇嘀咕。

“那，你现在打算怎么样？”她仍是笑，就像看着一个故意使性子的孩子，那目光让他微恼，别过头不看她。她绕去另一侧，还是笑，“看来真生气了，好吧，既然这样也没办法，你继续散步吧。今晚在酒店叫的大餐我会顺便替你解决的！”

她身体一旋，装着要走，却立刻被他自身后抱住：“什么大餐？”

“就是有鲜花、香槟、牛排和海鲜大拼盘的大餐啊！明天要走，算是回馈你机票的礼物！”她顺从地任他抱着，没有挣开。

“原来是想给我一个惊喜啊！”他的语调又上扬了，“这么多东西，你一个人吃得完吗？”

“吃不完我就请那个送餐的服务生一起吃啊！”

“想都别想，那是我的！”他凑到她耳旁，低低道，“你也是我的……”

这句话让她有点不舒服，挣开他，玩笑似的道：“你应该说，你是我的！”她指的是当年从孤儿院带他回来这件事。

他好像没有不高兴：“我是你的？也可以啊！”他拽着她的肩膀，将她推到后面，然后叫她别动，接着用脚在沙滩上划动。她发现他画出的是一颗心。

画完，他站定冲着她笑，随后冲进“心”里，将她紧紧抱住：“是你说的，我是你的，千万不可以忘记啊！”他手一伸，打横抱起她，朝酒店的方向冲，“去吃大餐！”

“喂，你的鞋子！”

“等不及了，不要了！”

“神经啊你！快放下我，我去拿！”她戳他。

“你别乱动……”

她在他奔跑时用力挣扎，两个人一起摔在柔软的沙滩上，沙子撒了他们一脸一身。

远处，余晖悠远，海阔天高。

这一年的夏天异常闷热，白天户外温度飙升到四十摄氏度，在外面晃上一圈，整个人就像是从水里捞上来的。

纪亚开始放假，又多了一份工作，在一家红酒店兼职卖红酒。

据说店主聘请他的理由很简单，就一个字——帅！

他每天只需要在晚上人流高峰期工作三个小时，周末增加下午时段，就能拿到与其他店员一样的薪水。他原本是不想去的，因为工作时间在晚上，和蓝又恩岔开，一人白天一人晚上，见面的时间少了很多。

那天，他偶然走进这家红酒店，正巧有个难缠的女顾客在质问老板红酒的事。有钱女客买了瓶顶级红酒回去，结果因为不懂醒酒，直接倒了就喝，被那股酸涩的味道惹怒，以为店主卖了伪劣的酒给她。

店主一再解释，那女客却半点听不进去，直说要退钱。纪亚觉得那人实在太吵，便上前建议店主当场开同一瓶红酒，分别把醒酒前与醒酒后两杯不同的酒给她喝，让她自己分辨，如果酒的确还有问题，店主原价赔偿，如果酒没问题，她就将当场开的那瓶红酒也买回去。

那女客品尝后果然没了声音，皱着眉头走了，走的时候却多看了一旁的纪亚几眼。围观的其他顾客也都看着纪亚窃窃私语，片刻后好几个人主动上前和他搭话，说不懂红酒，想让他帮忙挑。他本来不想搭理，但店主在这时说，如果他帮忙，等会儿就给他打个大折扣。

结果那一个小时的营业额就顶了平时一天的量。店主高兴至极，免费送了他两瓶新西兰的红酒，并顺便开口邀请。

他只说考虑，但还是在店主的请求下留了手机号码。

之后没几天他就忘了这事，一次和蓝又恩吃饭时接到了店主的电话，她听后觉得待遇相当不错，就建议他去。

“那这样，我们每天见面的时间会越来越少的！”本来她就时常加班，两人不能一起吃晚饭，现在他每天七点到十点要打工，几乎等于见不到了。

“只是一个暑假而已，再说晚上总是要回家的，怎么会见不到？”

“除非这样，你以后如果晚上加班，中午就出来和我一起吃饭。”他提要求。

“中午用餐时间很短。”

“没关系啊，可以在你公司附近吃，而且到现在为止，我都不知道你公司在哪里！是不是该让我认认路？”因为她开车，所以以往在外面吃饭都是她去接他。以前是无所谓，但现在这一点让他有了种无力感。

“我不会在这个公司做很久。”待在PL只是权宜，等她和范青仁他们能承担起亚泰琪运转的所有资金，就会和PL终止合作关系。

她没有直接告诉纪亚公司的名字和地址，只答应他若以后有时间，会陪他一起吃午饭。

这之后，夏季销售进入高峰期，蓝又恩每天盯着库存和送货，忙得不可开交，午餐时常是买个三明治或者随便叫个外卖。纪亚打来电话，她只能说抱歉。自从他兼职后，两人的时间错开，每每她下班回家，他已经去上班了，等他回来，她又因为疲劳早早睡去。

对只有早上那一点点的相处时间，他自然是不满的，奈何她是为了公事，他也没辙。

这天，她本来答应他早早结束工作和他一起吃晚饭，结果一份大订单临时出了问题，她只能打给他取消："你不用出门了，我这边又有事，今天没办法吃饭。"

"好吧，我知道了。"他只能怏怏挂了电话。

她本以为没一两个小时搞不定，结果十几分钟后发现原来只是乌龙，她想到纪亚，便匆匆坐电梯下到停车场，还没来得及打电话，却在停车场遇见了岑寂。

"我正找你！"他降下车窗，示意她上车，"明天有个意大利的朋友要来，陪我去选酒。"

她看他一眼："这种事，岑总似乎不该找我吧！"

"现在你还没离开公司，这是上司的命令，先上车再说！"他见她不动，眉头一皱，"客户感兴趣的是你们亚泰琪！你自己想清楚，他与米兰那边关系很好，你不是一直想让亚泰琪国际化吗？怎么，现在机会摆在眼前，不要？"

"我一会儿还有事，自己开车过去。"

"马上就要到车流高峰了，开两辆车干什么，顶多选完酒我送你过去！上车！"

她考虑了一下，还是坐上了他的车。

后来她回想这一刻，并不能说她完全没预见到后面的巧遇。

他们去选酒，而纪亚在红酒店打工。

只是这时尚早，还没到他上班的时间，S城的红酒店又如此多，她根本不知道他在哪一家工作。会遇到的概率几乎为零。所以这个念头，只是轻轻在她脑中一掠而过，便消失了。

她坐在岑寂的车里时，一直在思考他说的事。

他的朋友对亚泰琪感兴趣，所以介绍他们认识，帮助她提升亚泰琪，如此热心——他的话里面，到底有多少是真实，又有多少是虚假？他的目的呢，这次他又想要什么？

这家红酒店很大，店内布置优雅，分大众选酒区和高级挑选区，高级区内以众多摆酒的木格为墙和隔栏，将偌大的空间变成宁静典雅的一块块小区域。

岑寂在意大利专柜前挑选红酒，蓝又恩对此一窍不通，只能静静站在一旁等待。

“过来。”他侧头，朝她扬了扬手里的酒，“这瓶如何？”

“岑总你挑就好，我上次就说过，我不懂红酒。”

他的目光瞬间有些冷，她再看时却已恢复常态，甚至还微微提起了唇角：“又恩，如果有求于人，做戏也该敬业些。我不是每次都有这种好兴致，帮你当中间人。”

“岑总从不做亏本的生意。”她也笑了，“虽然这次，我还没想到你要的东西是什么。但我相信，绝对有。”

“我知道你和亚泰琪那两个设计师一直计划着怎么独立出去，的确，你们做得很不错。”他将手里的酒搁下，来到她面前，“可是，游戏何时结束，不是由你们说了算。”他走得太近，她微蹙眉头，后退两步靠上酒架，他却继续逼近。小小的射灯打在他如画的清俊脸孔上，衬得他格外白皙俊秀，却与他眼底渐渐显露的阴寒形成对比。

“又恩。”他压低了音量，薄巧性感的嘴唇几乎贴上她的脸颊，“你猜对了，我不做亏本生意，这次也不例外。你想要亚泰琪成为国际品牌，就别计划着独立，因为在这两者之间，你只能选择一样！”

她的身体微微僵硬：“你想以亚泰琪打入国际市场，作为我们继续合作的条件？”或者说，一种威胁，“岑总，你是不是太抬举我了，如此舍不得我们离开？”

他的修长细指轻轻按住她的肩膀，然后一点点加重，看着她忍痛的表情，竟有种畅快感：“在岑家彻底完蛋之前，你必须留在我看得见的地方。哪里都不许去！”最后一句话，用他富有磁性的低沉嗓音说出来，竟透着些微暧昧的意味。

她惊骇地看着他，他亦无声凝视着她。

一时间，这片小小的空间里寂静无比，若此刻有其他顾客过来，一定会误会眼前这对年轻人是热恋中不分场合的情侣。

“啊，对不起两位！”突兀的抱歉声响起，对方转身就要避开，“我不知道你们……”

“你们”后面的话，在那个抱着一箱红酒的店员看清楚男人对面的女子后，噎在了他的喉咙里。

“纪亚？”这一刻，她说不清楚自己心里是什么感觉。这样狗血的巧合真令人无语。其实这样遇见，并不算什么大事，只是对面少年此刻的表情，让她有了种似乎瞒着他在做坏事的错觉！

岑寂仍维持着紧贴她的姿势，只稍稍侧头，用眼角的余光看着身后的年轻男孩。他的目光迎上对方的视线，眼神在空中交汇，岑寂微微眯起了眼。

“纪亚！”蓝又恩推开岑寂，“原来你在这家店打工！”

“我没说过吗？”他仍然抱着酒，语气却很淡。

“没有啊。”

“哦，我忘了。”他弯腰，将酒箱放下，再次抬起头时，唇边却带上了笑意，“你不是说临时有事？”

“事情结束了，被老板拖来选红酒。”她觉得自己似乎有解释的必要，不过看到他笑，她松了口气。

“老板？”纪亚眉梢一挑，一手搭上她的肩头，一手慢慢插入裤袋，“原来你就是又恩的老板啊，怪不得上次和我们在乌镇吃饭，一晚上都是一副很严肃的样子！”

“纪亚！”她反手拍拍他，却被他捏住包在掌心。她看着他，他却撒娇般地道：“那现在，你是不是有空陪我吃晚餐了？”他晃晃手腕，“六点还不到，我们还有一个多小时！”

“对啊，六点还没到你怎么已经在这里了？”

“你打电话说临时有事时，我已经在外面了啊，心想反正都出门了，早点来帮店主的忙！”他的手臂绕过她的脖子，手指仍握着她的手不放，将她半圈在胸前，“怎么样，想吃什么？对了，你们老板叫什么？”

“岑寂。”一旁的男人主动开口。

“嗯，我是温纪亚！我只是想问你，酒选完没，我能带又恩去吃饭了吗？要知道，我们已经很久没约会了！这对一个身心健康，功能健全的年轻男人来说简直是一种折磨啊！”他越说越轻，说最后几个字时嘴唇贴上了她的耳朵，蓝又恩微恼着用手肘顶他，他却伏在她肩头开心地大笑。

“不好意思，岑总，明天的红酒还是你自己挑选吧，我有事得先走了！”她示意纪亚搬起红酒，去和店主打招呼。经过岑寂身边时，她停下脚步，“关于岑总刚才的建议，我会好好考虑的！”

岑寂看着她和走在前面的纪亚，眼底的眸光复杂深沉，不知在思考什么问题，片刻后，才缓缓道：“明晚七点，派克五楼的一号包厢，我和我朋友，在那里等你。”

饭后，她准备打的回家，纪亚问她的车，她说停在公司，之前是坐老板的车过来的。

他哦了一声，没有多说什么，送她上车前，问她要了车钥匙，说等晚上下班，会去她公司帮她将车开回去。

她到家后，给范青仁去了个电话，简单说了说今天的事。

对方的观点和她一致，认为岑寂不可能如此做事，这背后一定有其他原因。

“他要我看着岑家在他手里彻底垮台！”她按着太阳穴，“虽然认识他这么多年，但有的时候我真弄不明白他心里到底在想什么！”

“你或许应该去了解看看，为什么岑寂会对岑家恨之入骨。说到底他也姓岑，岑老先生还在世时，并不曾亏待过他。可现在……”范青仁顿了一下，将不久前听闻的消息告诉了她，“岑凯然，你叔叔的大儿子，几天前因为酒后驾驶被警方扣留。后来，警方在他车里发现了剂量很大的粉，虽然现在还在调查中，但这罪名基本是扣死了，脱不掉了！”

挂上电话后，蓝又恩上网查了这几天的新闻，之前她太忙都没有注意。而这个世界，就在她没有注意的时候，悄悄发生着改变。

先是岑定国，然后轮到岑凯然。

身败名裂，锒铛入狱！这绝对不会是巧合，这是阴谋！

在这之后，下一个人，又会是谁？

这晚，她在忐忑中睡去，不知过了多久，被压在身上的人吵醒。

她低低叫他一声，他没有回应，反而去拉她的睡衣。

她慢慢明白过来，放柔了声音：“我还以为，你不生气呢。”

他停下，说了句“没生气”，随后整个人覆了上来。

她当然不会相信他这句话：“你现在这不就是生气！纪亚，岑寂他……”

“我不想知道你们的事！”他撑在她上方看她，目光幽暗，带了几分危险。

她叹了口气，其实她并没有要隐瞒的意思：“没错，他是我前男友，我和他……”一声痛呼掐断了余下的话。她还没有准备好，他的动作让她疼痛，下意识地就朝后挪动身体。

“我说了……”他扣住她的手腕，用力压在她头顶上方，那张年轻的脸孔迸出灼人的冷芒，“我不想知道你们的事！”

她叫他的名字，想让他停下这种反常的行为，可他却充耳不闻，仿佛要将那些他没有表达的情绪通通发泄出来。

她闭上眼睛，不愿再去看他……

蓝又恩看了眼手机上跳动的名字，按了挂断，继续对电脑工作。

纪亚打了一上午电话，她通通没接。

这家伙昨晚实在太过分了，她决定暂时搁置他一下。

午饭时，范青仁和钟倪一起来找她，三个人商量了晚上的事，最后决定由范青仁和她一起去派克。他们对岑寂没太大信心，多个沉稳的男人会好些。

他们很准时，对方却早到了，除岑寂外，还有两个外国人，一男一女，男的四十岁上下，身材保持得很好，穿了身T恤休闲裤。女的很年轻，丰满的身材包裹在紧实的套装里，妆容艳丽，执着红酒杯，正因为岑寂的一句话而笑个不停。

“蓝小姐！久仰大名！”外国男人叫雷克斯，经常会出现在欧洲时尚周刊里的名人。岑寂没有骗她，若是这个人，的确有可能在米兰为亚泰琪铺出一条康庄大道。

“蓝小姐身边这位是……”看见跟随她一起出现的年轻男人，雷克斯似乎有些意外，“难道是蓝小姐的男朋友？”

“范青仁——亚泰琪的主设计师之一！”那询问的方式让她心里有点不舒服，但依然微笑着为他们做介绍。雷克斯的确有名，他的私生活也同样精彩，而且专爱挑不可能的目标下手。她希望自己没有成为被他圈定的猎物。

话题一直围绕在流行、美食和时尚几个方面，雷克斯此刻来中国，除了度假外，的确有意向寻找新的品牌引入欧洲。

晚饭后，雷克斯提议上派克顶层的蓝调酒吧坐坐。蓝又恩吃饭时已喝了不少红酒，在酒吧半个小时又喝了两杯烈酒，胃部开始翻腾，便寻了个空离开包间，进洗手间用冷水扑了扑脸。

刚走出洗手间，裤袋里的手机又开始振动。

屏幕上，跳动的仍是“纪亚”二字。

这时已快晚上十一点，他应该已经下班回家。

她叹了口气，靠在修饰精致的廊壁上，接听电话。

“你终于肯接电话了。”少年的声音里带着疲惫和担忧，“又恩，还在生气吗？”

“我这边有些事，可能会晚……你先睡吧。”酒意上涌，她咬字不是很清楚，说话的语速也很慢。他听了出来，片刻才出声：“……你喝酒了？”

“公事应酬，喝了一点。”

“你们老板也在？”

“你想问什么？”

“什么时候结束，我过去接你。”

“纪亚！”她很不喜欢他这样凭空生事，“我有开车，不用了！”

“你喝了酒怎么开车？”电话那头传来窸窸窣窣的钥匙声，“在哪儿，告诉我地址。”

她想想也是，便说了地址，挂上电话后，她又靠着廊壁闭目休息了会儿，待到胃部的不适感压下些许才准备回包厢。然而一睁眼，却对上一双深幽漆黑的眼睛，离她那么近却又无声无息，她被吓得低呼，只感觉心脏在剧烈地跳动。

她深呼吸：“岑总，下次请不要这样无声无息地出现！”

“是你自己聊电话太投入，没有听见我的脚步声。”他薄唇轻动，气息拂在她面颊上。蓝又恩旋身退开：“我先回包厢。”

她才走出一步，手腕就被岑寂用力扣住，她跌跌撞撞地倒退，脊背甩在廊壁上。她不耐烦地皱眉：“岑总，下次如果还有话，直接开口就可以，不必每次都动手……”他眸光一冷，直接拉下了她无袖高领衫的领口，他果然没有看错，在衣料之后的雪白脖颈间，布满了青青紫紫的痕迹！

“你居然跟个孩子搞在一起！”他的眼底瞬间布满惊怒，气息似在颤抖，“蓝又恩！你饥不择食到这种地步吗！”

“放手！”她打掉他的手，他却将她固定在墙壁和身体间，手撑在她头两侧的廊壁上，“真这么需要，何不来找我？”他唇角扬着讥笑，一股浓烈的酒气混杂着香烟与古龙水味直冲她鼻间。

“你喝多了！让开！”她低喝，毫不客气，眼底尽是厌恶。他不动，就这样死死地盯着她，那眼神冰冷，充满凌厉，早已不是往日那种清淡俊贵的模样。他盯着她的眼，从里面看到了她对他的厌恶。她不知道，这种赤裸裸的情绪激怒了他。

他的唇来得猛烈而凶狠，蓝又恩甚至听见了自己后脑与墙壁撞击的声音，砰的一声——眼前一阵眩晕，唇已被强行占有。这是个完全陌生的吻，早已没有多年前的半分温软呵护。

她想咬，却被他掐住下颌。她抬腿欲踢他，但被他的身体压在墙上，动弹不得。

他的余光瞥见走廊不远处一间暗着的包间，立刻揽住她的腰身，将她带了进去。

门被关闭锁上，她被他推倒在沙发上。

他疯了，他真的疯了！她感觉到他的手在下滑，她再度想咬他，仍然被他的手指制止，他抬起头，那眼神让她感到害怕。

她从未见过此刻模样的他，就算是在他卸下面具，宣告背叛的那一刻，在他说要她看着岑家彻底完蛋时，都不曾有过这种感觉。只是对视，就让她的心颤抖不已。

她从不知道，一个男人能够可怕成这副模样，眼瞳里似乎随时会跑出一头凶猛的野兽，将她撕碎吞掉，让她血肉分离，只剩骸骨。

她的唇在他面前微微发颤，上面有他亲吻过后的痕迹，可是她的身体上，却布满了别人的痕迹！

他突然低头，狠狠咬住她的唇角，直到尝到血味，才松开牙齿，死死地盯着她看。

唇角的疼痛仿佛激醒了她，她伸手就给了他一巴掌，他的脸被打歪，额际的发丝甩在脸颊上，黑发玉颜，就算狼狈也依然拥有最优雅高贵的线条。

他的目光慢慢转过来，透过那缕发丝落在她脸上，他一扬手，一个巴掌重重回了过去。

这是他这辈子，第一次动手打女人！

如果不是恨透了一个人——如果不是恨透了她，他绝对不会动手！

“滚开！”她抬起身，拼力想挣脱他的控制，然而他却掐住她的脖颈，五指渐收，感知她疼痛的颤抖。

包间的门被人用力拍响，范青仁急切的声音自外间传来——他的视线正透过门上的玻璃，惊怒地瞪着里面的男人。

岑寂放开了指间的人，眼神阴郁深冷地看着门外。

“岑寂……你再不放开我的话，我的设计师应该会立刻报警！”她已被他折磨得头发凌乱，一身狼狈，她喘息颤抖着，唇上的伤口流出鲜红的血迹。然而即便这样，那纯黑色的瞳里仍带着对他的厌恶，唇角似乎正要抿出一缕笑意来。

他彻底放开了她，自沙发上起身，一步步走到门口开了锁。

"浑蛋！你刚才对她做了什么！"范青仁一把揪起他的衣领，却被蓝又恩低声喝止。

"放了他！"她撑着沙发，努力平复颤抖的身体。范青仁犹疑时，岑寂已甩开他的制约，他理了理身上的白色衬衣，一边擦拭唇角的血迹，一边头也不回地离开了包间。

那是她的血，所以他会擦个一干二净！

直到他的身影消失，蓝又恩才软软地倒在沙发上，范青仁担心地过来扶她："要不要报警？"

她借着他的力气站了起来，缓缓朝他摇头："不用。还有，今天的事……我希望你当作没看见，或者没发生。总之，我不想有别人知道！"

范青仁看了看她，明白她的意思。可是，为了亚泰琪，这样值得吗？以前发生的那些，都尚在她的承受范围之内，今天这些却……

"值得吗？"他突然觉得难过，这样的责任，要她一个女人去肩负。

"没有什么值得不值得，亚泰琪——我剩下的只有它了！"她松开他的搀扶，眉宇一点点冷下来，"比起失去它，刚才那些根本不值一提。我先回去，你记得回到包间时不要和岑寂起冲突，然后帮我和雷克斯说，我突然身体不舒服，过两天会亲自登门拜访他！"

如果连接的桥梁倒塌了，她就自己再造一座桥出来！

就算她是已被圈定的猎物，在被猎人吃掉之前，她一定会将猎人一起拉下陷阱！

走出派克，夏夜闷热的空气迎面袭来。

胸腔里鼓动着莫名的烦躁，派克对面的马路上，黑色T恤的少年正静静立在那儿，见到她，他立刻跑过马路，年轻的俊朗面容鲜活而生动地跳到她面前。

这一刻，她弄不清楚，此时心中因他而有的归属感是因为家人还是情人。

“我才刚到一会儿，这么快就结束了？”昏黄路灯下，他觉察到了她的异样，“没什么事吧？”

她低下头，靠在他胸前：“有点头痛，回家吧。”

蓝又恩在洗手间处理过伤口和仪表，所以她唇角的伤，直到他们回公寓，她洗完澡后才被纪亚看见。

伤口在唇上，周围尚有些红肿。

纪亚看着她，她侧头避开，他的拳头赫然收紧，拦住欲上楼的人：“他做的？”

她无声，算是默认。

少年的瞳底一点点燃起怒火，声音却出奇地冷静：“你明天还要继续去上班？”

“是。”她绕开他上楼，他跟了上去。她开了空调，拉过薄毯躺下，他看了她许久，脱掉T恤，取了毛巾进她的浴室洗澡。

裹着浴巾出来时，床头灯未关，她闭眼侧躺着，不知道是否睡着。

他坐上床沿，看着她的沉静睡颜，手指轻轻划过她的脸颊，最后在唇角的伤口上停留。淡色的瞳底翻腾着怒意与妒意，然而这所有的情绪都被他深深压制着。

她拉开他的手臂，侧身靠到他胸前。

仅仅只是这样一个简单的动作，他原本紧绷的身体就渐渐放松下来。

“纪亚，这唇伤是被强迫的，不是我自愿的。上班则是有非去不可的理由，你别生气了，好吗？”

“我又没有要你和我解释！”他别扭起来。

她笑着戳了戳他的额角：“小家伙，最爱口是心非！这毛病日渐严重了！”

“谁是小家伙！”他有些不满。

“难道你不是？”她轻轻笑道。他抓起她的手，放在唇边咬了一口，听见她喊疼才松口。

“不生气了？”她收回自己的手指，上面印着两个清晰的牙印。

他低哼一声，声音却明显软了不少，见她抚着手指，又忍不住将她的手拉过去：“痛不痛？”

“你说呢？”她笑。

那笑容明婉温柔，他根本无法继续生气。他揉着掌心的手指，动作轻缓，可嘴上却仍不肯服软：“知道痛就好！知道痛，下次就别惹我生气！”

见她眉眼弯弯地凝视自己，他到底没撑多久，伸手搂过她，亲了亲她的额角，关灯睡下。

范青仁的担心似乎有些多余，在那之后的几日，PL内部一切正常。他们忙他们的，岑寂忙岑寂的，除了偶尔在电梯碰见，基本连说话的机会都没有。

蓝又恩主动拜访了雷克斯，为投其所好，她带着范青仁轻装现身于高尔夫球场，陪打了一场友谊赛，顺便说明了自己的来意。

她很直接，亚泰琪的所有者是她，设计师也是她的人，PL的岑寂与她只是合作关系，而她在PL上班也只是暂时的。

她其实并不归PL管辖，随时有独立的可能，需要负担的只是一笔数额较大的违约金。

她告诉他，亚泰琪是必然要打入国际市场的，她很有意向与其合作——只是她与他之间的合作，与PL无关，若由于岑寂的原因令此事无法实现，也没有关系。毕竟，他和岑寂才是朋友，他们只是初次见面，在商言商，没有必要做任何妥协。

当然，如果他对亚泰琪仍然有兴趣，也不妨试着了解一下。观察一段时间，用市场表现来给予证明，再做出适当的判断。

谈话结束之后，雷克斯看待蓝又恩的眼神明显已经不同。

他的经验告诉他，这不是一个被束缚在游戏中的女人，而是一个真正可以与其谈论生意的女人。

他也很坦白地告诉她，以亚泰琪目前的实力和发展，想要去欧洲，还有很长的路要走，不过他欣赏她，愿意用一段时间来观察。

他给她两年，两年之后如果她能呈现给他一个截然不同的亚泰琪，他将与她达成合作!

聊到最后，两人间的气氛轻松了许多，蓝又恩半开玩笑半认真地问了句："其实我很好奇，岑寂他，究竟是如何向您介绍我的？"

雷克斯也笑了："他说，这个女人，是一个没有心且残酷的寡妇。"

"于是，您就有了兴趣？"

"呵呵，别当真，只是玩笑。"

"当然，我当然明白，这只是玩笑。"蓝又恩抿起唇，笑容婉约平和，微眯的杏眼却在低头时迸出一丝转瞬即逝的冷意。

闷热的夏天在一场秋雨后过去，范青仁和钟倪发现，蓝又恩对着窗外发呆的次数变得多了起来。

她的目光时常投进无垠的天空中，明明是万里无云的晴空，她却能凝望许久。

他们都知道这背后的原因，同时保持沉默，尽量用工作上的事吸引她的注意。那一年的惨剧是他们谁都不愿回想的，何况是蓝又恩。

"最近岑佩然好像在闹离婚。"偏偏PL里就是有些爱八卦的小职员。他们老板岑寂与岑家的关系大家都有所耳闻，对于岑家的动态也格外关注，"我听说是她老公最近又搞上了一个女人，那女人还是有夫之妇，结果被那女人的男人拍下照片威胁，说要告他，狠狠敲诈了一大笔钱，连岑佩然的家当也搭了进去。岑佩然为这事大闹不已，铁了心要离婚！"

"离婚了又能怎样？都三十多岁的人了，又没有工作，又没有存款，更没有孩子。要是我，就干脆不离了，赖着那个男人，要他养我啊！"

岑佩然，岑家第三个垮台的人，岑寂说到做到。蓝又恩叹了口气，她那七千万果然还是救不了他们。或许她真该如范青仁所说，去了解一下，岑寂如此憎恨岑家的理由是什么！

“你怎么了，身体不舒服？”注意到她的异样，纪亚伸手探探她的额头，“最近降温，要注意保暖，你看你穿这么单薄……虽然很好看。”

她早上随便取了件短袖裙装，没料到下午会突然降温：“没事，反正开车。对了，你说的那家店是这条街左转吗？”

“对，就到了。”他似乎有些犹豫，“又恩，其实今天我还约了几个朋友一起。”

“我不认识的朋友？”

“你不认识，不过……他们都听我提过你。”

“你提过我？”她将车停入车位，“怎么提的？”

他咬住唇笑，抚着她的脸颊凑上前亲了亲：“你说呢，我还能怎么提？”

“你的传奇长腿姐姐？”她调侃。遭到他不悦的一瞥，随后被催促着下车。他绕过车子，在店门口追上了她，扣着她的手与她十指相交，紧握不放：“我可先跟你说，那群人很闹的，尤其看到美女会很失态，你待会儿跟在我身边，别和他们多纠缠，听见没！”

“你现在怎么变成我妈了！”他每天除了两通固定电话外，还规定她加班必须提前通知，没事必须回家吃晚饭，她时常有种位置错乱的错觉。

“总之你记住就行，哪儿来这么多话！”他抿唇，不高兴地嘀咕了句，把她噎得有些发怔。

她被他紧握着手，一路拖入店里。

他的背影有些倔强。其实有时她也能感觉到，纪亚的占有欲很强，属于他的物品从来不许别人碰。像上次被岑寂强吻的事，他介意了很久，后来非问到她公司的地址，有时放学早就来接她，偶尔中午还会到她公司附近的餐厅和她吃饭。表面上他什么都没有说，却慢慢用一些行动，企图证明着什么。

这种变化，有时让她觉得无力，有时又会让她觉得愧疚。

其实是她不好，不能给他安全感。可是承诺这种东西，从一开始就不存在于他们之间。她想，连自己当初都没有料到，她和他的关系会延续这么长时间。

现在，他几乎每晚都在她床上睡。他年轻，精力旺盛，欲望强烈，技巧也越来越好，每每结束都缠着她不肯放，到后来演变成即使不做，也会拥她入眠。

雨晴和她开玩笑说，纪亚大概是恋上她的身体了，恐怕不会轻易放手。她听了，竟然觉得有些怕。她发现自己是这样自私，不能给予未来，却又不想失去家人。

她没有办法，将承诺说出口。

很多次，她觉得自己都在等一个机会，等着和他说结束，或者让他说结束。

她希望如果有一种方法，可以平和愉快地与他分开。

火锅店的包厢内围坐着四男三女，其中有两个女孩是男生带来的女朋友，其他几人都是纪亚的同学。大约因为是学设计的，几个年轻人的穿着都很另类，尤其是那个坐在最边上的女孩，五官其实很清秀，却扣着贝雷帽，一身宽松的T恤阔腿裤，打扮得像个男孩。见到纪亚拖着身后的女子进来，目光雷达般地扫了过去。

她接收到那目光，回看过去，女孩端起啤酒狠狠喝了一口，又继续不善地盯着她看。

蓝又恩看了眼身前的人。他扣着她的手坐下，介绍她时笑容灿烂，明亮的眸光里始终只映出她一个。

她在心底叹了口气，很多时候不是别人看不到他，而是他看不到别人。

蓝又恩的出现引起了一阵口哨声，尤其是还没有女朋友的两个男生，美女美女的叫个不停。饶是她再淡然，也被喊得尴尬。

“纪亚，你家又恩原来这么漂亮！皮肤这么好，怪不得你老藏着不肯带给我们看！”

“就是！又恩不光皮肤好，身材也好，又这么能干，管理亚泰琪这样有名的服饰品牌！”

男生们的原意是闹闹玩玩，这点纪亚心里也清楚，但见到他们一个个色眯眯地盯着蓝又恩，心里就开始不痛快，尤其在她爽快地答应和他们一起去唱K后。他在走出火锅店时朝她抱怨：“你今天怎么穿这件衣服？”

“……”

“这衣服不好看，以后别穿了！”

“……”

“还有……”

“还有？”她抬起手肘顶向他的腹部，见他吃痛闷哼，她笑问，“还有没有了？”

“没了！”他手一抬，自后勒住她的脖子将她拉向自己胸前，重重一吻落在她雪白的脖间，深嗅着她肌肤的气息。

“都是火锅味，闻什么啊！”

“只要是你的味道，都好闻！”他揽紧她，在软软的肌肤上咬了一口。走在前面的几个同学见他们没跟上来，纷纷回头，正巧见到这幕，顿时又是一阵口哨声。

“纪亚！如果你忍不住的话先带你家又恩回家好了，我们不介意的！”

“不行，我想听又恩唱歌，不如你们先去车子里解决一下再来？反正K吧就在前面！”

哄笑声一片，她去扳他的手，没成功，他就这样揽着她一路走去：“怎样，你们有意见？”

一伙人连忙笑着摆手，直说哪里敢啊。蓝又恩保持着淡笑，没开口。大家继续朝KTV走去，没多时，一个男生咦了一声，说少了个人，明明刚才还在的，又说本来今晚没有请她，是她自己非要来凑热闹，现在不声不响地离开，真是不像话。

不见的是阿琴，正是那个很清秀一副男孩打扮的女生。蓝又恩大约猜出她离开的理由，淡淡瞥了眼身边的人。他对此似乎并不上心，一句询问的话都没有。

回家的路上，纪亚感觉蓝又恩有些沉默。

“怎么了？”他边开车边握住她的手。

“没。”她简单答了一个字，伸手去翻装CD的夹袋，不着痕迹地离开他的手。他的掌心空落起来，心也似乎空落了几分。

“是不是累了？我说过他们很闹的，其实刚才你可以不去唱K，最近有新电影上映，我们去看电影也不错！”见她不说话，他继续道，“不然，下次聚会你选地方，想去哪里？”

“不用了。”她淡淡回了句。

“怎么，你不喜欢和我的同学相处？”

“纪亚。”她转头凝视他，“在学校里，是不是有很多女生喜欢你？”

车子慢慢停在路边，他熄火转身，看着她笑：“你在意这些？”

“不是。”她叹息，“只是你今天特意带我见你的同学，又在他们面前表现出和我关系亲密的这种方式，我不太喜欢。这种方式太直接太伤人——阿琴只是个女孩子而已。”

他唇角的笑容缓缓消失，眼眸黯淡下去。

“你可别告诉我，你不知道阿琴喜欢你！”

他别过头，盯着前方的路灯，许久才开口：“我当然知道，她和我表白过三四次，每次我都拒绝了。”

“因为她还喜欢你，所以你就用这种方式？”

“对！”他语调冷淡，“她太烦人了，我很讨厌。”

“纪亚！”

“别用这种语气和我说话，你根本什么都不知道！”他皱紧了眉宇，“你知不知道，为什么我拒绝了那么多次，她还是不死心？”他侧眼看她，眼底渗出惨淡的笑，“因为我和你在一起这么久，你始终不曾融入我的生活。你不知道我在学校的情况，不认识我的同学，没来过我的学校，没参加过任何一次我们的聚会……如果没有我的描述，根本没人知道你的存在！就像你的身边，同样没人知道我的存在一样！对彼此而言，我们的关系就像被无形的屏障隔离在虚空中，没有半点真实感！”

在那逐渐强烈起来的眸光注视下，她再次彷徨地避开。

车内陷入沉寂，耳旁只有他的呼吸声。

“你又来了……”她咬住唇，身体竟有些发痛。

“是，我又来了。”他有些自嘲地轻笑，“我怎么就是学不会呢？学不会像你这样淡然洒脱，学不会这种冷酷的收放自如……不过无所谓了，反正在你眼里，我始终都是个没长大的小鬼！”他发动车子，猛踩油门，车子飞快朝前方驶去。

从那晚开始，他重新睡回楼下沙发。

她心里有愧，想安慰又怕会给予他不切实际的希望，每每犹豫时，他已转身出门。

深秋的一天，她与以往一样带着鲜花，穿上黑衣来到墓园。

她在墓碑前遇见了亚然的父母。一年多未见，两人苍老了许多，见到她出现，岑庆国的情绪似乎有些激动，若不是亚然的母亲在一旁拦着，恐怕她手里的鲜花都没办法放到墓碑前。

继岑定国、岑凯然和岑佩然事件之后，他们的二女儿岑安然最近也出了意外，被医院检查出患了艾滋病。事情至此，即使他们再愚钝，也明白这些事情并非偶然，而是刻意。

有人在背后安排着一切，就像一个编剧，写好了结局，用各种手段千方百计地去达成。

而在岑家人眼中，她蓝又恩就算不是编剧，也绝对是和这个编剧一伙的。她是他们的仇人，是他们痛恨的对象。这样的她，有什么资格站在亚然的墓前？！

“岑先生，不管你相不相信，岑家发生的事和我无关。如果你愿意，我想和你聊一聊，问一些有关岑寂的事。我想知道，当年他究竟是怎么进入岑家的，为什么他会这样憎恨岑家，甚至不惜一切手段将岑家弄到今天这个局面。”她提出请求，结果当然是被拒绝，他们根本不会相信她。不过蓝又恩已有心理准备，于是在临走前，将自己的号码写在便签上交给他们。

“看在亚然的面子上，留下这个号码。万一……我是说万一哪天，当你们发现这些事真的与我无关，或者你们需要帮助，就打给我。这对你们而言，没有任何损失，不是吗？”

写着她号码的便签在岑庆国手心变皱，蓝又恩转身离开墓碑。话已至此，她没办法再劝说，未来会如何，只凭天意。

Chapter 7 招摇

纪亚还是不太和她说话，难得开口语气也冷冷淡淡，并且没再睡过她的床。

雨晴知道这个情况后不由感叹："长大了嘛，有自控能力了，居然能两个多月不碰你？"

"你到底是不是我朋友？"每次和雨晴谈起纪亚，蓝又恩都很后悔。

"我在说实际问题啊！不过我很好奇，他那么黏你，这次居然两个月不碰你，而且你们住在楼上楼下，连房门都没有，只隔着楼梯，你说他……是不是有新女友了？"

握着咖啡杯的细指紧了紧，她很快提起唇："那很不错啊！"

"你的表情告诉我，你在意！"雨晴按着桌面凑近她，"又恩，你是不是，爱上他了？"

她再度笑了："雨晴，不如你换个话题吧？"

"好好好，我知道你早就无力再爱，行了吧！"雨晴摊手投降。这个话题一点都不好玩，每次都是同样的结果。她转了话题，说最近自己新认识了个男人，正在努力追求他，但对方有些冷淡，不太肯同她单独出来玩，所以想叫上蓝又恩还有周绍丰，来个多人聚会。

“你多大了，还搞四人约会？”

“是不是姐妹？”雨晴瞪着她，很显然只要答案，废话一律免说。

结果，蓝又恩和周绍丰一起沦为雨晴恋爱新计划里的道具。

约定的地点是在一家娱乐会所内。

真没想到，偌大一个S城，就这样和岑寂及周舒妍遇上了。

一行七八人正要离开，似乎都是S城的富家公子和高干子弟，身旁都带着女伴。那些人的名字她叫不出来，但脸都是熟的。她尚是罗丽达总裁时，在餐会和高尔夫球场见过他们不少次。

两方人在走廊遇到，他们认出蓝又恩，脸色均有些尴尬，但都礼貌地朝她颔首。她浅笑回应，目光在岑寂和周舒妍面上一掠而过。周舒妍喊了声哥，甚至朝雨晴点了点头，却独独看着她不出声。

看来周大小姐的误会是一天比一天深，又恩摇摇头，正准备擦身而过，雨晴的朋友却笑着和岑寂说起了话，一副十分熟络的样子。

雨晴过来揽住蓝又恩，示意她先进包厢。

进包厢前，蓝又恩匆匆回了下头，立在岑寂身旁的女孩正直勾勾地看着她，那眼神有些空洞。雨晴的朋友说了几句，似乎是让岑寂过来一起坐会儿，周舒妍拉着他的衣角摇摇头，表示自己累了，想回家。

蓝又恩收回视线，与雨晴及周绍丰进了包间。

“没想到他居然认识岑寂，早知道今天不安排这约会了！”雨晴似乎在安慰她。

“算了，他现在是我老板，抬头不见低头见，随意就好。”蓝又恩这时却庆幸起自己没有将被岑寂强吻的事告诉她。

三个人刚点完酒水，话还没说上几句，包厢门就开了，岑寂和雨晴的朋友付宽一起走了进来。周舒妍没跟在后面，想是被岑寂打发回家了。

雨晴的脸拉下几分，拽着付宽问："你朋友？"

"我兄弟！"他心情甚好，简单说了些两人认识的事，难得话多一回。雨晴的脸色却更灰暗了，暗地里凑到蓝又恩边上说："人家都说狐朋狗友，看来这付宽也好不到哪里去，我今天歇菜了！早知道之前就不说我请客，现在真是赔人又赔钱！"

蓝又恩还没开口，她身旁偷听的周绍丰倒笑了起来，直骂她活该。

话是这样说，但雨晴照旧为付宽和蓝又恩他们做了介绍，彼此招呼了几句，就开了酒互倒互敬。喝了一会儿，雨晴拉付宽唱歌，岑寂就执着酒杯坐在一旁，周绍丰和蓝又恩则坐去吧台边，边听歌边聊。两人已经很久未见，她和纪亚的事雨晴虽然提得少，但偶尔也会漏几句口风，他当时只是半信，今天见到她本人，总归忍不住要问。可惜，她只是听歌喝饮料，话也只挑无足轻重的说，对于关键问题最多只是一笑。

"今天又不喝酒？"周绍丰没办法，只好转移话题。

"酒不是什么好东西，还是果汁好，营养健康。"包间朦胧的灯光下，她将脸颊伏在手臂上，朝他轻软地笑，那双杏瞳仿佛一汪池水，而他就陷在那汪池水里，动弹不得。

"你能不能别这么看我！"周绍丰很不争气地又被电着了，"每回你一冲我笑，我心里就像揣了只猫，被抓得直发痒！"

她被他这种可怜兮兮的坦率逗笑了，眉眼弯如星月，他重重叹了口气，伸手捂住她的眼睛："你要再看我，我可真不客气了！"

"你真是……"她拉下他的手，"难道我要看着其他地方和你说话？"

"别拉啊！让我遮！不然你自己用手挡住！"他干脆拉起她的手，让她自己捂上自己的眼睛。

"你这个人，怎么总是做些和普通人不一样的事情啊！"她捂着眼睛道，"你要我一个晚上都这样和你说话？"

"嗯！就这样！"

蓝又恩懒得理他，继续喝饮料，结果却看见周绍丰自己捂住了自己的眼睛，笑得她一口饮料全喷了出来，连忙拉过纸巾盒给他擦。两人的动静惊动了雨晴，她丢下付宽走了过来，很暧昧地损了周绍丰几句，将蓝又恩拉住在她耳旁轻道："岑寂最近和你之间是不是发生了什么？"见蓝又恩不解地看着自己，她忙解释，"从你和周绍丰单独坐这里聊天开始，他的视线就一直朝你这儿飘，尤其是你们刚才'打情骂俏'那画面，他几乎一眼都没漏掉。这男人明明长了张优雅清俊的脸，盯人的眼神却很阴郁，感觉……就好像要把你吃下去似的！"

蓝又恩听了抬起头，包间另一头的沙发上，本在喝酒的岑寂仿佛有所感应般回视过来，那双漆黑的瞳底沉淀了太多情绪。他瞪她一眼，喝光了杯中的酒。

最后，还是付宽买了账单。

离开时，周绍丰本想送蓝又恩，不过她没喝酒又开了车，他找不到借口只能作罢，自己打车离开。付宽没喝多少，雨晴装醉，硬要他送。

各人分别离开，唯独不见岑寂，付宽说他今天喝了不少，可能去会所楼上开房间休息去了。

吉普车行驶在凌晨的初冬，车速很慢，车内放着《醉清风》，舒缓的曲调，在此刻听来格外寂寥。

纪亚没有打电话给她。

这两个月，无论她在外面忙到多晚，他都不会打电话来催。

应该是自由了，她心头却有种微妙的失落。习惯，真是个可怕的东西。习惯了被宠爱，就开始不习惯一个人。

她摇摇头，对自己笑了。

车子没开多久，便被前面一辆开得歪歪斜斜的车挡住去路。她下车一看，前面的车是宝马X6，车牌很眼熟，岑寂的车。

她以为他是故意的，去敲驾驶窗的玻璃，他正靠在椅背上，一手抵着额头，一手降下车窗，浓烈的酒气扑来，她这才发现他喝醉了。

她不知道他到底喝了多少，印象中他的酒量还不错，现在却醉得连她都认不太出来。

她原想帮他拦辆出租车，可惜这条路不是大路，等了很久也没车来。她看看挡在路中间的车子，无奈，只得将自己的车子开去一旁停好，然后将驾驶座的男人塞到副驾，开了他的车送他回家。

车子拐过两个路口，来到较热闹的街道，她停车等红灯，不经意一瞥，却在某家店门口看到了熟悉的身影。

还是立领开衫配牛仔裤帆布鞋，还是勾着背包没有表情地插着裤袋，唯一不同的，是他的手臂上搭着一双白嫩纤细的手。

是肖可伶，她和他站在路旁的店门口，正在说着什么，笑容羞涩而欣喜，似乎在撒娇。

他不知道回了句什么，她高兴不已，拉着他就朝店里走。

街口的红灯在这时转为绿灯，她没动，后面催促的喇叭声响起，引得为数不多的路人侧目。纪亚也在这个时候侧过脸来，在车窗玻璃完全升起的前一刻，两人的视线对上了。

她动动唇角，还是没笑出来，一踩油门驶过那个街口。

她看得清楚，那家店门口的霓虹招牌上，闪烁的字母是——HOTEL。

将岑寂扶到客厅的沙发上，她后退两步靠着墙壁，昏暗的偌大空间里，她只能听见自己的喘息声。

房间还是一如既往地整齐干净。岑寂不喜欢烦琐的家具，所以室内看不见任何多余的摆设，也愈加显得冷清。

她捡起掉落在沙发前的包，正准备离开，手腕却被人拉住。

沙发上的人不知何时睁开了眼睛，正无声地盯着她看。她皱眉，旋开落地灯，突来的灯光让他不适地闭了闭眼，可能是因为喝了酒，他的薄唇显出一种淡淡的粉红色，衬着细致的眉眼、微乱的乌发，还有衬衣领口的白皙肌肤，散发着刻骨的艳丽。

她挣了挣，没成功，于是道："你别误会，我也是没办法才会送你回来。"

他不语，染醉的眼瞳专注地盯着她的脸，她只能继续道："原本想打给舒研，不过时间太晚，怕她误会，就直接把你送回来了。你休息吧，我还得回去取车。"

她再度尝试，然而他的指尖就像在她手腕上生了根。

"岑寂！"她开始不耐，一根根去扳他的手指。终于甩开了他，揉着手腕朝大门走去。

身后传来动静，他不知哪儿来的力气，赫然起身越过她，砰地靠上门板，挡在她面前。

她警惕地盯着他，他却像是突然没了力量，身体缓缓滑落在地，就那样坐在门前。

“什么意思？”她被弄得莫名其妙。

他沉沉吸了口气：“等一下……”用力按着额头，酒意上涌，酒精侵蚀了他的神经，麻痹了他的身体，然而感官和意识却增强了数倍。

“等一下做什么？”她淡漠地笑，慢慢在他面前蹲下，“你现在这样，以为自己还能做什么？这副模样，可不像我认识的岑寂。”

涣散的目光自睫毛下朝她投来，带了些许危险的气息，蓝又恩收了笑：“让开吧，岑寂，这样没有意义！”

他背靠着门，曲起一条腿，将手腕搁在上面，静静看了她一会儿，道：“你和周绍丰……是怎么回事？”她没料到他会突然问这个，这种质问的语气让她不悦。

他的眼神复杂纷乱，不知是因为酒精，还是思维。

她大约明白过来，只觉得他可笑：“你放心，我还没无聊到为了报复什么的，搅入周家和你斗！所以，你大可以放心去做周家的乘龙快婿！”无论如何，在这个男人心中，始终都只有利益二字。对她如此，对如今的周舒妍仍是如此。有时候她不太懂，钱和地位是否真可以买来爱情与婚姻？他现在什么都有了，却仍然算计着身边的每一个人，甚至连自己的人生也一同算计进去。

“你要知道的我说了，让开！”见他不动，她伸手去拽他，手指刚触上他的衣服，就被他反手拉住，仍是扣住手腕的动作，力度比之前大了数倍。

她挣了又挣，他却仿佛颇为满意地闭上眼，靠着门又睡了过去，薄薄的唇反反复复地说着同一句话。

他说：“你不该送我回来的……”

她坐了一夜。

他说得对，她真不该送他回来，就算打给周舒妍让她误会也比现在好。

这一夜，她的手机响了数次，但包掉落的地方她够不到，而在他指下的手腕已基本失去知觉，更糟的是，屋内没开空调，地板上冷得出奇，她本来就穿得不多，哆哆嗦嗦地坐了大半夜，直到快天亮才迷迷糊糊睡去。

半睡半醒间，她感到有人在抚摸她的脸。她一个激灵睁眼，发现岑寂正低头想要吻她。

她惊愕，立刻推他，但手脚蜷缩了一夜早已麻木，费了番功夫才挣脱出来。

“怎么了？”他抚着自己的唇，容颜肃然，似乎不满她的挣脱。

他居然还问怎么了？她无话可说，按着发胀发昏的头，对他说“请让让”。

“我送你过去取车。”他拎起沙发上的西服外套，又去取茶几上的车钥匙。

“行了！”蓝又恩忙不迭地拉开门，“我自己坐车过去，不用麻烦你！”

“等等！”他喊住她，她警惕地回头，皱眉看他。

他捡起地板上的包，递给她：“你的。”

“谢谢！”她拿了包，头也不回地出了门，匆匆走进电梯。

门内，清俊的男子有片刻恍惚，似乎对她睡着和醒来之后截然不同的反应还不太能适应。当那双纯黑色的杏瞳紧闭时，她的脸庞出奇静淡婉约，让他不自觉地想要吻她。那唇的味道他还记得，那一年的顺从接受，辗转回应，如烙印般深深留在他的记忆里，不管用任何方式也无法忘却！

然而当她睁开眼后，一切都不同了，她看着他的时候眼底只有犀利与淡漠。

那是埋藏在她温婉外表下的本质，他深恶痛绝的本质！

取了车，蓝又恩直接开回了家。昨天冷了一夜，她现在浑身不舒服，怕是要感冒。

开门时，昨天在街口旅馆前看到的画面突然自她眼前闪过，钥匙在指间顿住。她不知道这个时间他会不会在家，还是仍在温情无边的小旅馆里搂着另一具年轻的身体?

如此想着，头越发地痛，她低咳两声，门却被人自里面猛地打开。

“又恩！”温暖的手臂将她紧紧围住，熟悉的木樨淡香袭来，她一时有些发怔。两个多月来第一次的主动拥抱，然而在他的臂弯里却隐约带着另一股陌生的香水味。她突然觉得有点恶心，将他推开了。

“又恩？”他跟在她身后进门，“你到底去哪里了，我找了你一晚上！”

“找我一晚上？”她笑了笑，丢下包进浴室洗脸。盥洗台的镜子里，映出他担忧的脸。

“你去哪儿了？我昨晚看见你的时候，你开的不是自己的车……”

“我送一个朋友回家。”她将长长的黑发束在脑后，洗漱完毕后往脸上扑了点润肤水，“我有点累了，上去睡觉，你去学校吧！”

他在楼梯口将她拉住，沉闷的声音自身后传来：“你看见了，为什么不问我？”

她轻叹，并未回头：“既然已经看见，还问什么？其实你不必介意，我……”

“昨晚我打了很多电话给你！”他急着打断，似乎怕她会说出一些他不想听的话，“可是你都没接，我以为你很生气……所以很着急！你现在却让我不必介意！我以为，你起码会有一点在意，哪怕只是一点点！”

“那你到底是想看到我在意还是不在意？”她忍不住转身，“现在说这些已经没有意义了，纪亚，你知道的，我从来不反对你交女朋友。其实，应该说我一直希望你能谈个正常的女友。所以这并不是坏事！我希望你能拥有属于自己的生活。我承认，我心里是有些不舒服，但那也是因为你在这件事上对我的隐瞒，并不是因为这件事本身！”她握紧着楼梯扶手，谨慎地措辞，“所以，只要你摆正位置，好好地交往，我不会有任何反对意见。”

她觉得自己说得很详细也很完整，把所有想说的都交代得很清楚，说完长出了口气。

然而，当她目光落下，触及他的眼瞳时，心中却是一惊。

浅浅的美丽眼瞳，平日多是温柔笑意，时而闪烁着倔强和叛逆，时而会带着别扭或者怒意。然而此刻，那眼底却只剩下伤痛，仿佛因为什么事伤心到了极点，成了脆弱的玻璃，一碰就会碎裂。

“就这样？”他缓缓低下头，从她的角度只看得见他栗色的刘海和挺直的鼻梁，“你要说的只有这些？”

“纪亚。”她突然觉得不安，走下一格楼梯，他却立刻倒退两步，仿佛在躲避什么可怕的东西。

他拎起包，打开门：“我也曾经希望我能抱着别的女孩，若无其事地重新喊你又恩姐。可是，事情发生了就是发生了，你想要回到原点是不可能的！”他微微勾起唇，笑容黯淡无光，“昨晚是我第一次答应和她出去，可我没有碰她。因为看到了你，所以我根本没办法做到！不过肖可伶说这只是借口，无论昨晚我有没有看到你，我都不会碰她……连她都懂的事情，为什么你不懂？”他没有关门，就那样头也不回地走了。

她反应过来追下楼时，早已不见他的身影。

车子在校门外停下，后视镜里的面容有几分倦意，眉心紧锁，带着忧心和不安。

熟悉的身影出现在门口时，她按了按喇叭，少年挺拔的身姿停住，朝车的方向看了一眼，转头朝前走。

她无奈，立刻跟上去降下车窗：“纪亚，上车！”

他一言不发，勾着背包继续走。

“纪亚，先上车，我有话跟你说！”她自知理亏，只能继续跟着。

正是离校时间，越来越多的学生投来好奇的目光。

“纪亚！你快点上车！”她又按了按喇叭，他仍然不理会，反而在路口拦了辆出租。她无奈，只好跟在出租车后面，一路开到市中心的购物大厦。

待她停完车出来，纪亚早已不见人影，她开始一层层找人。

大约半个小时后，她自四楼的扶栏边看到了站在下一层精品服装店门口的他。

人很多，但他并不难找。挺拔的个子和无可挑剔的身材气质使得他在人群间十分显眼。她在他反应过来前拽住他，将他拖进了服装店。

她随手拎起几件男装，推着他进了更衣间。

她锁上门，将衣服一丢，终于缓了口气："好，现在可以谈了！"他低头，撞上她的笑容，那一刹那，他痛恨自己的心软，于是别过头，交叠双臂不去理她。

"这里就这么大，就算你不看我也听得见。"她把手轻轻搁在他的手臂上，"纪亚，早上的事是我不对，我和你道歉，原谅我好不好？"

他抿着唇，表情静默。

"我知道说过的话没办法收回，所以只能道歉。"

"你不用道歉，你说的都是你的心里话，就算道歉又怎样，你能改变你的想法吗？"他的声音很闷，仍然不看她。

她看着他，许久才轻声道："不能。"

"你……"他怒从中来，狠狠地瞪住她。

"那是原则，你知道没办法轻易改变的。"

她冷静的模样再次激怒了他，他伸出手越过她去开更衣室的门，她急忙阻止，他又伸出另一只手，两人在小小的空间里推来挡去，他心中气愤，干脆连着她一起往外推。

"纪亚，纪亚！"她用尽全力挡住他的身体，停下的同时，呼吸也几乎停在同一处。她今天没有穿高跟鞋，陷在他手臂中的身子格外小巧，他鼻端全是她发丝的清香与唇齿间的微甜气息。他凝视着她，心脏不听指挥地加速跳动。

她仰头看他，他正盯着她的唇，眼神有些发热，圈着她身体的手臂慢慢缩紧。他垂下眼帘，睫毛在微微颤抖，呼吸也变得不畅，她拽住他的衣服，缓缓踮起脚，一点点靠近他的唇。

"纪亚……"女子明眸雪肌，粉色的唇微启。

在她吻上他之前，他突然吻住了她。

他的动作又快又猛，一手收紧她的腰，一手托住她的后颈，转瞬就夺取了她的呼吸。他有多久没这样吻她了？时间太久，久到他几乎忘记她唇的柔软。

她揽住他的腰身，任他加深这个吻。

两人抱在一起，直到外面传来售货员的敲门声：“先生，请问您试好衣服了没？还有那位小姐，您刚刚拿的都是男装，如果有需要，我可以提供一些女装给您！另外……再给您提供一间单独的试衣间，好不好？”

两人气喘吁吁地分开，她听到最后一句，脸红了。

售货员在身后恭敬地说着再见，欢迎下次光临，蓝又恩尴尬至极，纪亚却无所谓，边接电话边扣住她的手。

电话是纪亚的同学打来的，找他晚上去酒吧。

“你去不去？”他没有自己做主，而是询问了她的意见。

她点头，说去。

年轻人玩的酒吧，和蓝又恩平时去的蓝调酒吧不太一样。严格来说，这应该叫作“动吧”，因为真正喝酒的人没几个，大部分人都是在舞池里随节奏感极强的音乐疯狂摆动身体。

她玩着小圆桌上的啤酒，支着下巴感叹自己果然老了，在这种气氛嗨到极点的动吧，居然觉得昏昏欲睡。

纪亚的同学除了上次几个，还多了一群活力四射的女孩，厚厚的羽绒服里仅裹了抹胸和小吊带，下身清一色长靴短裙，展现出青春美好的身材。

“又恩！你难得出来，上去秀一个吧！”有男生怂恿。

她笑：“我是舞蹈白痴，算了吧。”

“不上去也行，把这些喝光！”又有几人加入怂恿的行列。她对着半打啤酒，看了眼身后圈着她的人：“如何，你觉得呢？”

“别理他们！”纪亚搂着她的肩膀，旁若无人地将嘴唇埋入她的脖颈中。

看着其他人一脸戏谑的表情，蓝又恩叹气："纪亚，不如你去秀一个给我看看？"

"你要看？我回家单独跳给你看。"他依旧我行我素，死黏着她。男生们嘘声一片，说不跳舞可以，啤酒一定得喝光。她无奈，只得接过酒瓶。

"跟你说别理他们！"他抬起头。她戳戳他的额角，笑道："还说，都怨你。放心吧，这些酒小意思，我没问题。"

她夸口夸得太早，男生们很会闹，喝光了再喝，直到她眼前出现重影，意识虽然还清醒，但基本已算醉了。

回家的路上她很安静，斜坐在副驾上，睁着水润明眸看他，直到他微红着脸抗议："你别看了，我在开车！"

"你不生气了？"她低低轻喃。

"谁说不生气，这事还没完呢！"他板起脸，故意放冷语调。

"傻瓜。"她笑。她知道，早在吻她的时候，他就已经不打算和她生气了。不是真的不气，而是不想与她计较。纪亚他，其实很温柔。

下车后，她伏在他的背上，任由他将自己背上楼。

他的背很结实很温暖，靠在上面仿佛可以安心睡去。

他开了门，将她轻轻放在沙发上，为她脱鞋换鞋，落地灯下，栗色的发丝漾出柔和的光晕。她突然拉住他，借力站起，无声地吻上了他的唇。

一夜缠绵的结果是——她发烧了。

纪亚请了假在家陪她，见她吞药时眉头紧皱，不由得数落："谁让你昨晚那么着急脱衣服！"

"纪亚！"好在她发烧，本来脸就红，也看不出此刻的尴尬。

"害羞什么，做都做了。"他抿着唇嘀咕，将调好的蜂蜜水递给她，"趁热都喝光，睡一觉烧就会退了。"

她头昏脑胀，也就不与他争辩，喝了蜂蜜水，又埋入被中。

他取掉杯子下楼收拾，片刻后又折返上来。她听见窸窸窣窣的脱衣声，探出头却发现他已脱掉衣裤，正掀起另一侧的被子上床。

"你怎么了？"

"上来睡觉啊，怎么了？"他答得理所当然，身体已经靠了过来，还伸出手臂垫在她的颈下，为她细细理着脸上的发丝。

"……发烧的人是我。"

"所以我陪你啊！"他理完发丝，满意地在她的脸颊上吻了吻，"快点睡吧，我就在这里陪你。"

"就算陪我，也不用把衣服全脱光吧……"

"哪有脱光，我有穿裤子啊！"他侧身靠在她的上方，有些淘气地笑着，"又恩，你想哪里去了？"

"……"

"又恩，你最近好色情哦……"他低低笑着，眉眼间尽是化不开的宠溺，"不过，我很喜欢。"

"……"

她低叹一声，算了，还是睡觉吧。

大约是真累了，这一觉睡得十分安稳，醒来时身体也没那么烫了。落地窗外，暮色已至。

冬天的傍晚，当最后一抹余晖消失后，整个天空只剩下清冷的寂寥。

"醒了？"温热的气息拂在脸颊上，她侧首，搂着她的人唇落在她颊边，"晚上想吃什么，我去做。"

身体内，某个地方赫然温暖起来。

她靠近他，偎在他光滑柔软的胸膛上，低低叫他的名字。

"什么？"

其实她也不太清楚自己想说什么，只是想这样叫他的名字，无论家人抑或情人，此时此刻，她只想感受那份真实陪伴的体温。

手机铃声骤然响起，她探到枕边取过一看，是公司的号码。

她早上就已经请过假，而且现在是下班时间，谁还会打给她?

"病了？"低沉清冷的声音传来，是岑寂。

她嗯了一声，从纪亚怀中移开："请问，有什么事吗？"她问得格外客气。

电话那端有数秒的沉寂，而后那本就清淡的嗓音似乎又冷了几分：“周舒妍今天有没有找你？”

她不解：“她为什么要找我？”

“没有吗？”

“没有。”

“没有就好。”

她以为他要挂上，哪知隔了一会儿，他又问：“身体怎么样？”

“没事，就发烧。”

“有没有看医生？”

她不太明白他怎么突然关心起她来，觉得有些不耐烦：“谢谢关心，我能照顾好自己。”

他似乎被她的态度惹怒：“这是对上司应该有的态度？”

“我不觉得我的态度有任何问题，何况严格来说，我们是合作双方，你并不算我真正的上司。”说完这话，她感觉到身后的少年动了动，光裸的手臂缠上她的腰身，气息自耳后传来。

“又恩……”他放软了嗓音，“你饿不饿，不饿的话我们再睡一会儿。”

他的声音不大，但就在手机旁边，岑寂不可能听不见。

她自然明白他如此做的理由，虽然觉得有些幼稚但并没有生气，倒是电话里的人，仿佛赫然被激怒，沉冷的嗓音撞击着她的鼓膜：“你们住在一起？！”

“与你无关。”她匆匆挂断电话，一回头，冷不防被纪亚堵住双唇。

“纪亚……我在生病！”她对这种不依不饶的索吻有些不满，“你不是要给我做晚饭吗？我好饿，快去！”

“我不管，现在我不想去，多抱一会儿！”他搂过她，按在自己怀里，拉高被子使劲裹紧两人。

她啼笑皆非，被他用被子裹得动弹不得，只能打消起床的念头。

他颇为满意地顺了顺她的头发，在她额头亲了亲：“你乖乖再睡一会儿，我等你睡着了再出去。”

蓝又恩知道，岑寂不会无缘无故向她询问周舒妍的事。

果然，这天上班还未踏入PL，她就被周舒妍堵在了停车场。

“又恩姐，这么巧啊！我刚送完早餐，岑寂他很挑剔，总嫌外卖不好，非要我亲手做的才肯吃。”年轻女孩依然光鲜亮丽，只是那双纯真明亮的瞳底，多了些其他东西。

蓝又恩锁了车，朝她笑笑，就打算离开。

“那天早上我看见你了！”她的声音冷下来，见蓝又恩回头，一步步走到她面前，“那天早上，你从岑寂家里离开的时候，我看见了！”

真是恶俗的剧情。蓝又恩在心里叹息，还是朝她笑了笑：“既然你在，怎么没和我打个招呼？”

“你……”她仿佛被噎住，“你真是太过分了！从我男朋友家里离开，居然还问我为什么不和你打招呼！难道非要我当众逮住，你才肯承认！”

“你想多了。”她淡淡地看着她，“我只是送他回家，没有发生你以为的事。事实上，就算你愿意，我也不愿意。”

“你以为我还是小女孩吗！这种谎话也说得出口？”她咬住下唇。

“你应该和岑寂求证过这件事了吧，相信他也和你解释过。如果两个当事人说的话你都不相信，我觉得也没有继续和你说下去的必要了。舒研，无论何时请你记住，你和岑寂间就算有问题，原因也不在我这儿。还有，无论他在外面有多少女人，我都不会是其中一员。要说的就这么多，我得去上班了。”她丢下话，自行离开。

照片送到周舒妍手里时，她并不太满意，因为上面没有涉及她要求证实的事。不过，送照片的人给她带去了一个意外消息。

蓝又恩，正与人同居。

“是谁？”

那人又放下几张照片，偷拍的画面上，一个年轻的男孩正搂着黑发女子的肩膀低笑。

"是他？"她记起那次在乌镇的相遇。果然，她的直觉是对的。蓝又恩和他的关系并不单纯，没想到她居然会和一个比自己小这么多的男孩在一起！

她低头看照片，目光定在男孩俊朗出众的侧脸上。

"他叫什么？"

"温纪亚。正在S大设计系读大二。"

"设计？挺有才华的！"她放下照片，不知想到了什么，娇俏的脸孔绽开笑容，"在你看来，照片里这个女人和我比起来，谁更漂亮？"

那人显然没料到她会有此一问，嘴角不着痕迹地抽了抽，才道："当然是你了，照片里的女人年纪大了些。"难道他会当着金主的面说她皮肤没那人白气质没那人好外加有些神经质吗？

"是吗！"她捏着照片，笑容更加灿烂。

蓝又恩，既然她如此卑鄙地来抢她的岑寂，那她也绝对不会让她称心如意地恋爱！

虽然要制造一个意外的巧遇并不难，但周舒妍还是喜欢更直接的方式。

那时他刚下课，她在隔壁街的咖啡馆等待，自玻璃窗见到他的身影，便拨了他的电话。她并没说自己是谁，只是问他有没有兴趣一起喝个咖啡。

在她的印象里，温纪亚应该是个外向开朗活跃的男孩，尤其他还长得这么帅，又有气质又会打扮。此类男生，总是比较习惯女生的邀请。不过她估计错了，对方在她说完后冷冷地挂掉了电话。

那时他正巧从她座位旁的街边经过，她顾不得形象，朝着玻璃外的人嚷了嚷，还用力敲着玻璃。

他不咸不淡地看她一眼，似乎早已忘记她是谁。

周舒妍只好又打他的手机，隔着玻璃告诉他，她是岑寂的女朋友。

或许是错觉，她看到他眼底似乎闪过些什么，一分钟后，他走进咖啡馆，坐到了她对面。

"喝什么？"她将饮料单递给他。

“不必了。”他解了外衣，随手丢在沙发上，交叠着手臂，“有事快说，我时间不多。”

“赶着和又恩姐约会吗？”她托着下巴笑。他没说是，也没说不是，眉宇间带着漠然，却让他看起来愈加俊朗逼人。

见他不说话，她只好自己说，而话题的中心，是她的男朋友与他的女朋友。

“我知道他们以前是什么关系，不过那些都过去了，你今天找我，就为了这些？”他的眼神似乎在说她无聊，明显有走的打算。

“谁说那些都过去了？”她朝他叹气，“你也太好骗了吧，看来你对自己的女朋友根本一无所知！我本来以为自己已经够惨了，现在看来你比我更悲哀！”她喝了口咖啡，一字一句道，“她前几天，在我男朋友家里过夜！我不知道这是第几次，但这件事是我亲眼所见！他们两个到现在还藕断丝连！其实岑寂原本对我还是很好的，但最近这阵子……”她低着头，瞳底似乎有泪，“我真不知道她到底想怎么样，当初明明就分手了，却还保持这种关系，更何况我和她还是朋友……”

“你是怎么知道我手机号的？”对面许久不语的人突然发问，却不是她预料中的反应，“我和你只在一年多前见过一次，你甚至不知道我的名字。可今天你不仅有我的号码，还坐在学校附近的咖啡馆等我。”

“没错，我是找人查过你的资料。可对恋爱遭受危机的人来说，用什么方法不重要，重要的是如何让爱人回心转意！”

“回心转意？”他眼神懒懒地看着她，“那你找我做什么！我既不是你男友又不是你情敌，有钱人家的小姐都像你这样整天吃饱撑的没事干？”

“你怎么能这样说！你以为我愿意和你说这些连我家人都不知道的事！要不是蓝又恩她实在太过分，我……”

“够了！”他赫然起身，双手抵着桌面压低视线，“别再在我面前说她任何一句坏话！有本事靠你自己来绑住你的男人！还有，告诉他，别总借着公事打电话骚扰又恩，作为一个男人，他的方法实在太次了！”他目色浅淡，带着轻蔑与不屑，说完拿起衣服，转身就走。

“你到底知不知道她以前的事！”周舒妍在他身后不甘心地喊了

句，“你真的了解蓝又恩是个什么样的人吗，你这样盲目信任到最后只会让自己受伤，我不希望你像我一样，被伤害了才后悔！”

“你真的爱他吗？”挺拔的身影顿住，纪亚勾着背包，淡棕色的眼眸明澈如镜。

“什么？”周舒妍怔怔地看着他。

“如果你真的爱那个人，你就应该选择相信她，无论发生什么事，就算真的会被伤害也无所谓。因为对爱着那个人的你来说，不会有比失去对方更痛苦的事了。如果你像这样爱他，其他任何问题都不再重要了。”他说完，朝她浅浅一笑，离开了咖啡馆。

周舒妍呆呆地看着玻璃外融入人群的背影，仿佛还不能从他的话里回神：“怎么，怎么会有这样的人……”她缓缓按住胸口，隔着衣服，她感觉到了心脏的隐约悸动。

周舒妍找过他的事，后来他当作玩笑一般说给蓝又恩听。

那时他们正在超市购物，她左手拿着明虾，右手指着梭子蟹，正为晚上吃什么犯愁。

“想吃就都买了！”他拿着塑料袋帮她装明虾。

“可是就我们两个，而且弄这些很费时。”

“没关系，圣诞一年一次，你喜欢都买了，反正是我做饭！”他靠住她，笑着提议，“要不然，我们还是去外面吃，我请你吃大餐？”

“不要，圣诞夜到处堵车，找个车位都得一小时，价格还贵得离谱，你有钱就存起来，别乱花！”她最终还是把明虾和梭子蟹都装上，“同样的价格我都可以吃满汉全席了！”

“我的又恩好贤惠哦！”他趁她不备，低头在她唇上一吻。

“别闹了！”她尴尬地看看四周，“这些东西我都不会做，要买什么调料早点和我说。”

“遵命，女王！”看着他眉宇飞扬地在旁边笑，她就生气不起来，任他搂着肩膀，继续购物。

至于他刚才说到的周舒妍的事，早被两人抛去了脑后。

蓝又恩发现纪亚最近常挂电话，通常手机一响，他瞄一眼号码，就直接摁断。

如此几天后，电话没了，但又时常有短消息。他似乎嫌吵，调了振动，但手机搁在桌上还是会发出嗡嗡的声响。

看到他一脸想骂人的模样，蓝又恩忍不住笑了："女孩吗？"

"神经病一个！"

"果然很受欢迎啊！"她边忙边取笑他，静淡的黑瞳里扬着浅浅的戏谑。

闻言，他不爽了："有女孩找我，你都不介意？"

"只要不是为了你来骚扰我，介意什么？"她的目光始终停留在电脑上。

"这个人你认识！"他丢下画稿，挪到她身旁。

"肖可伶，还是阿琴？"

"周舒妍。"

键盘上的细白手指如他所愿停了下来，她有些诧异："是我认识的那个周舒妍？"

"当然，那么白痴的人，除了她还有谁？"他不满，"你忘记了，圣诞那次我和你提过的，她找过我。"

蓝又恩想了想，似乎明白过来："周舒妍故意接近你，该不是对你有兴趣吧？"

"谁知道！"他耸耸肩。

"不太会啊，她很喜欢岑寂，找了你一次就动心？"她挑起眉梢，眼底清楚地写着"你是不是真这么有魅力"的字样。

"那就要问你了，到底做了什么让她对我有兴趣的事了！你前男友的现任女友找你的男人兴师问罪，你有什么想说的？那天晚上我看见你的时候，你是送他回家吧？"他压低眉宇，似乎带着恼意。

她还未开口，他就匆匆打断："好啦！我抱怨一下而已，我相信你！"他抱着她，将下巴抵在她的肩窝，呼吸温暖，"我的又恩眼光才没那么差！"

"知道就好。"她笑了笑，继续工作，"那你呢，图稿不画了？"

“那个不着急。”见她停下，他有些不满，“看我干什么，继续工作啊！我等着你结束一起看电影呢！快点！”他说着，圈着她的手臂又紧了一分，整个人几乎全赖在她身上。

“你这样我怎么继续工作？”蓝又恩哭笑不得，两人拉锯了半天，她最终不得不宣告暂停工作，陪他看电影。

PL一年一度的宴会这次定在Q城。

有资格参加宴会的人可以顺便享受四天三夜的免费Q城之旅，绝大部分人对此待遇很满意，但也有不满的，例如范青仁和钟倪，又例如蓝又恩。

时间拉长，正巧与纪亚的生日重叠，所幸和宴会不在同一晚，她计划着结束宴会的第二天就赶回S城，帮纪亚庆祝二十岁生日。

纪亚对她去Q城一事并不乐意。

虽然表面没说什么，却在她走的前一晚将一支小巧的喷雾塞入她包中。

“什么东西？”

“防狼喷雾。”他一脸严肃，“遇到骚扰时，别手软，哪怕对方是不能得罪的人。”他瞥她一眼，补充，“何况我听说，他并不是你真正的上司。”

她将旅行包的拉链拉上，微微勾唇：“你要不要和我一起去？”

“你少勾引我！假的我不爱听！”他别过头。

“我说真的。”她笑，“Q城冬天很有特色，只是加张机票，你可以在那里过二十岁生日。那里的海鲜很有名，听说酒店是五星级的，晚上能在阳台看烟花，应该很不错。”

“你明明知道那几天我要考试！”他伸手一勾，将她揽在怀里，“你记住，我不在你身边，要处处当心，要记得你已经是有男人的女人了，天黑之后就待在酒店别到处乱跑，我会打电话给你的。”

“要不干脆我不去吧？”她调侃道。

“别来这套，你再说一次，我肯定不让你去。反正是你自愿提出来的！”他毫不客气。

“好了，你说的我都知道，现在还早，整理好行李我们去吃消夜？”

“你不是坐早机？”

“没关系，明天在飞机上也能睡。”

“算了，还是别出去了，省得你精神不好。你如果饿，我煮面给你吃。”他到底心软，亲亲她的脸颊便下楼去了。

她看着他下楼的背影，唇角浮起笑容。

去Q城的飞机上，蓝又恩一直在睡觉。其实她并不困，只是单纯不想理会坐在身旁的人。

别人都是经济舱，只有她和岑寂，在商务舱。

钟倪为此提出和她换座，她想到他那火暴脾气，还是作罢。范青仁临时有事，忙碌之际仍不忘打电话要她多看着钟倪，可见此人的自控能力有多差。

她当然不可能真的睡着，身旁男子的古龙水味始终在她鼻端萦绕，空服小姐悦耳的提示音响起时，她缓缓睁眼，发现岑寂正侧目凝神看她。那眼神和姿势，似乎已经看了很久。

见他不说话，她只当没注意，动动手腕和脖颈，准备下机。

“听你助理说，你只在Q城住两晚？”入耳的声音很平淡。她嗯了一声，慢慢将外套穿上。

“有什么事这样重要，非得赶回去？”

“私事。”

“因为那个温纪亚？”他眯起眼。

她停下动作，视线缓缓转过去，静淡的眉宇间染上了几分戏谑：“岑总，你如此关心我的私生活，真让人想不误会也难。想必周舒妍也是为此和你发生了些不太愉快的事吧。”

话毕，她迎上他带着薄怒的瞳，唇角动了动，笑得风轻云淡，说了声“抱歉请让让”，先他一步下了飞机。

鉴于去年的宴会曾出过意外，此次主办方增强了安保工作的力度，宴厅各个角落随处可见神情严肃的黑衣男子。

之前没有出现的周舒妍在他们入住酒店后的当晚到达，见到她时，蓝又恩正准备和钟倪去吃晚饭。她穿了件LV新款的风衣，在大堂柜台前与服务小姐争执。早到的钟倪告诉她，周舒妍想知道岑寂的房间号码，但服务小姐以不能泄露客人隐私为由拒绝，因此吵了起来。他说，看周大小姐的脸色，恐怕是和岑寂恋情有变，不然也不会一早一晚坐两班飞机，甚至连房间号码都不清楚。

蓝又恩对此不发表意见，只嘱咐钟倪少理会别人闲事。

宴会一如既往地无趣，她差不多整个过程都待在角落没动过。

周舒妍在岑寂的开场讲话讲到一半时出现，打扮得艳光四射，引来记者们一阵纷繁的闪光灯。对媒体记者来说，PL总裁岑寂和周家唯一的千金周舒妍在一起已一年以上，却迟迟不见有下文，这次又于宴会分开现身，其中一定大有文章。

不过，看周舒妍的表情，她要的似乎就是这个效果。她比以前聪明多了，知道岑寂不会在公开场合给她难堪，毕竟她背后还有个周牧。周舒妍的手如愿以偿地伸入他的臂弯，钟倪在蓝又恩身旁取笑说岑寂的脸色难看，等宴会结束后一定有好戏。

只是还没等到宴会结束，片刻后，岑寂和周舒妍两人就从宴厅里消失了。

岑寂不在，蓝又恩带着钟倪和几个昔日关系尚算不错的设计师及商人聊了些亚泰琪的事，言谈中透露出要独立的计划，她希望他们届时能不吝赐教，给予指导和帮助。

完成参加这次宴会的唯一目的后，蓝又恩也离开了宴厅，或许是她运气不好，偏偏那么巧，让她撞见了尴尬的一幕。

远离宴会厅的一条走廊尽头，门扉半掩的贵宾休息室内传来物体落地的碎裂声，其间还混合着女子的哭泣声："你还想在我面前装多久……你根本就还喜欢她！我和你在一起这么久，你从来不碰我，说什么尊重，其实都是敷衍。敷衍我，敷衍我爸！"

听出声音的主人，蓝又恩眉头一皱。她不打算理闲事，正准备离开，却被门内转身的人瞥见。

随着急促的脚步声，手臂上一紧，她整个人被拽了进去。门在她身后关上，周舒妍泪水未干的脸正对着她："你在外面干什么！"

"路过。"

"你叫记者了？"她慌忙问。

"路过怎么会有记者。"她挣脱手臂，淡淡地回视对方。室内布置华丽，水晶灯光明亮，不远处的沙发上，黑发男子正蹙眉坐着，修长双腿交叠的前方，红色的液体在碎裂的瓶身周遭蔓延开，一点点渗入下方的地毯。他的薄唇紧紧抿着，相对于周舒妍的惊慌，他的唇角却带着讥讽的冷笑。

看到周舒妍化开的眼线，蓝又恩自手袋里取出纸巾，递到她面前："擦一擦，不然出去还是会被记者拍照。"

她没有接，湿润的眼瞳里满是不甘、嫉妒，以及怨恼。

周舒妍爱一个人的方式她不认同，但岑寂伤害一个人的方式她更鄙视。她将纸巾塞入女孩手中，神情渐凝："不要总以为我是第三者，真正爱你的人不会让你伤心成这样。如果在你哭的时候，他只是一脸冷静地置身事外，这种男人还留着做什么？就算你们以后结了婚，你能保证他会给你幸福？"

"又恩姐……"泪珠再度滚下她的脸颊，"为什么你可以说得这样洒脱，只因为痛苦的人不是你吗？"

"非要哭哭啼啼，悲悲切切，才叫作痛苦？"她的笑容既淡且薄，瞳底带着捉摸不透的光。

"没错，比起普通人，你的确更懂得如何掩饰自己的本质！"沙发上的清俊男子突然开口，冷笑变成了嘲笑，"明明不久前还在我的公寓里跟我接吻，现在却义正词严地对着我的小女朋友说教，真是厉害！"

周舒妍的神情陡变，她狠狠将纸巾丢还给她，夺门离开。

场面骤变，岑寂却在一旁低低地笑。他嗓音低沉，连笑声都是冷的，虽然动听却寒心。

蓝又恩转身欲走，他却开口道："怎么，我为你得罪了她，你就打算这样一走了之？”

她终于有些被惹怒，走到他面前，伸手朝他脸上打去。他反应极快，捏住她的手腕控制在指间，冷冷道：“我不会被你打第三次！”

“三次都是你讨打！”她眉眼冷定，“放开！”

他站起来，指尖的力气赫然加重：“周舒妍告诉我，她去见过你的小男朋友了，听说不错，开口就爱不爱的，连她都很欣赏，还劝我对你死心……现在你来告诉我，温纪亚是不是真有那么好？”他眼色一凛，“你不是不会再爱任何人吗，为什么偏偏对他不一样！”

“与你无关。”她高抬手腕，“放开！”

见他不动，她渐渐不耐：“你不觉得这样一而再的行为是种病态？是不是你认为天底下所有的女人都逃不开你的手掌心？就算在被利用被伤害之后还会对你念念不忘？就算有，也是周舒妍那类女孩！你看清楚，在我眼里，可曾对你对过去有丝毫的眷恋？”

“闭嘴！”他在怒吼中吻住她的唇，感觉到她舌头的抵抗，他愈加发狠地纠缠。

混乱之中，蓝又恩自手袋里取出喷雾朝他脸上喷去，挣脱后立刻逃出房间。

她重新回到觥筹交错的宴会大厅，靠在角落的墙上稳定呼吸。片刻后，她自手袋里取出电话，拨通了航空公司的号码。

“是的，我要改机票，改成今天的，多晚都行！”

这个宴会这个酒店，她一刻也待不下去。

Chapter 8 执念

航空公司不久便给了她回复，她回房整理东西，顺便给钟倪留了话，说她临时有私事，必须连夜赶回S城。

从酒店房间离开时已快晚上十点，酒宴还没结束，她不想惹人注意，裹紧黑色披肩，拎着旅行袋自后门而出。

没了温暖的空调，冬夜的空气登时透入心肺，她加快脚步，正要自停车场离开，却听到一种奇怪的声音，像是有人在打斗。

她朝传来声音的暗处走了几步，不禁一怔，被几个陌生男子围在中间的人，居然是岑寂！

她记得岑寂身手还算不错，因为和亚然一起学过跆拳道，加上经常去健身房，通常遇到突发状况也能自己应付。但眼前这几个人明显训练有素，躲避他攻击的同时，迅速缩小着包围圈，意图并不在伤害，而是制住他。

看来岑寂应该是得罪了什么厉害人物！她有些幸灾乐祸，但还是掏出手机拨打了110。倒霉的是，这伙人还有一个站在一旁观察四周情形，见她打手机，立刻低喝了几声。他们发现了她，有一人上前抢夺她的手机，她惊得倒退几步，岑寂趁这个当口一个后踢，冲出包围，跳上旁边原本就开着门的车子，飞快发动。

他逃脱了，她却被人揪住手臂。蓝又恩心生怒气，从包里掏出喷雾，狠狠朝他们脸上喷了几下。那几个男人捂着眼睛踉踉跄跄，她转身想走，一辆车子唰地停在她面前。岑寂降下车窗，冲她大喊上车！

原来他并没有离开，而是绕着停车场转了小半圈，回头又来接她。

后面的人眼看就要追上，她吐了口气，拉开车门还没坐稳，车子就如离弦之箭飞驰而去。

“你没事吧？”他一边开车，一边焦急地拉住她。她拿开他的手，沉声表示自己没事。

“抱歉，连累你了！”飞闪的路灯下，他眉头紧锁，白皙的脸孔充斥着凌厉的戾气，乍看之下，竟有些触目心惊。

之前被强吻的事她还未忘，于是语调低冷地告诉他，前面路口可以放她下车。

“恐怕没有办法。”他看了眼后视镜，眉峰一冷，“他们追来了！系好安全带，我要甩掉他们！”

她来不及开口，他已一脚油门踩了下去。

在历经飞车、漂移和超速之后，后面的车子仍如尾巴般紧追不舍。蓝又恩重重地叹息：“你到底得罪了什么人！”

他薄唇微勾，似乎是在笑：“女人！”

她愕然：“你该不会是在说……”

“除了周舒妍，还有谁会因为任性做这种无聊的事？”

“早知道是她，我就不多管闲事了！”她看着后视镜里的尾巴，又看看手机，确定已完全赶不上飞机。

他看了眼她膝盖上的旅行包，眸色不禁暗沉了几分。再次提速，车子融入前方的深沉黑夜。

远处，晨曦渐显，海平面一点点在日光中清晰起来，天空辽阔悠远。

薄光中，他线条柔和的眉宇轮廓逐渐清晰，修长睫毛下的眼瞳回转，落在副驾里闭目的女子脸上。

骨节分明的修长指尖伸出，轻巧地触上她的脸庞，从前额至鼻尖，再从脸颊至嘴唇。

她捏在手里的手机赫然响起，他眉头一皱，取过按下静音，抬眼看她，仍睡着未醒，于是轻轻下了车，按下接听。

“又恩，醒了没？”少年清朗的声音自那头传来，“昨晚有没有梦到我？我想你了，什么时候去机场？”

捏着手机的细指腾地收紧，沉沉的怒意自他眼底蔓延开，他皱紧着眉，缓缓道：“又恩恐怕来不及去机场了。”

电话那头顿时静默下来，片刻后，同样的声音以全然不同的方式开口：“岑寂？你捡到又恩的手机了？”

“昨晚我和她在一起。”他转身看向晨曦下的大海，冬天的海风清冷寂寥，那是连阳光也无法暖起的温度。

“让又恩听电话！”

“她还没醒，睡得很香，我不想吵她。”

“这招早过时了，就如同你和她，已经是过去式！”声音逐渐染上怒意。

岑寂低低地笑道：“我和她之间的事，你又知道多少？她十八岁那年，我们就已认识，劝你一句，离她远点，不要做无谓的纠缠。她对你不可能认真的！一个大学还没毕业的孩子，又凭什么让她认真？更妄论和我争。”

“大叔，你是不是糊涂了？现在和她在一起的人是我！”少年在电话那头冷笑一声，“无论是年龄还是体力，你都跟我没得比。不过仗着公事才能和她有那么一点短暂的见面时间，用得着炫耀吗？”

“你就这样自信，认为昨晚我和她之间什么都没发生？”他微微眯起眼。

“我相信又恩。”

“凭什么？”

“不用凭什么，就算有也不必跟你说，打完电话早点把手机放回去，如果她发现你私下接听，一定会很生气。就这样了，拜拜，大叔！”电话被挂断，连续的忙音听来有些刺耳。海浪一波波涌来，拍打在浅黄的沙滩上。他盯着手机，缓缓打开相册，大多数都是他和她的合影，应该是他拍的，两人对着镜头，她或笑或无奈，眉宇间却始终带着柔和的温柔。相片的日期跨越很大，记录了少年从青涩到成熟的每一个姿态。

捏着手机的骨节有些泛白，然而不久，他便觉察到了异样。之前匆匆两次见面，他并未细看过他，此刻对着照片，那明朗俊气的眉宇却分外眼熟。

这是——他震愕！这究竟是巧合，还是人为？

他坐回车内时，她已经醒了，眉宇间的静婉在看清面前的人后悉数转为淡凉。

“有人找我？”她看见他指间的手机，有些不悦，“你该不会接听了吧？”

“我只是想让你多睡一会儿。”他递给她，她接过翻看号码，发现是纪亚打来的，眉头不禁蹙起。然而她没说什么，只让他开车送她去机场。

“车子跑了大半夜，现在回Q城，可能要中午才能到，还不如直接开回S城，最多下午也应该到了。”

他的说法她判断不出真假，这片位于岔道口下方的海域她并不熟悉。

见她犹豫，他不禁讥笑：“怎么，怕我卖了你？”

她只是不想和他在车上独处太长时间，他已几次三番对她有出格举动，当然她还没天真到认为他又对她有了兴趣。只是目的不明的举止，更教人迷惑。她清楚岑寂是怎样的人，他从不做多余的事，留心提防总是好的。

“怎么走你决定，反正傍晚之前，我要回到S城。”她淡淡说完，拉过保险带扣好，再不言语。

一路上静默无声。

大半夜的飙车，让倦意攀升。他凝视着公路前方，唇微微抿着，不时用支着的左手按压太阳穴。

注意到高速公路上休息站的提示牌，他缓缓道："先去吃个早饭。"也不等她回应，就直接下了高速。时间尚早，休息站的人不多，他在超市里买了牛奶和面包，回车上递给她。

"谢谢。"她降下玻璃窗，车内开了空调，有些闷热。她吃了半个面包，决定不放过这样难得的机会，"你为什么恨岑家？"

突来的问句让他侧目，身旁的女子神情极其认真，黑色的杏瞳直视着他的眼。他突然有点想笑，她只有在这种情况下才会如此正视他——为了别的人别的事。

"与你有关吗？"他移开视线，将早餐搁下，点了支烟。

他的脸孔在烟雾中朦胧起来，她顿了顿，又道："和你的身世有关？"

"你就这么想知道我的事？"他皱起眉，"真想知道，何不去问岑家的人！"

"你也姓岑。"

"我从不觉得我姓岑！"他将指间的烟丢掉，升上车窗，发动车子再次驶上公路。

回到S城是下午两点多，虽然蓝又恩说不用，但岑寂还是将她送到了公寓楼下。

下车之前，她被他拉住："尽快和他分手，这是我对你的忠告。"

她只觉得滑稽："这似乎和你无关吧！"

"和我无关？"他不怒反笑，"好，你认为和我无关，那我来问你，找一个与亚然相似的替代品，需要多长时间？"

她又惊又怔，那神情清楚地落在他眼底，让他确定了一些事。

"看来这不是巧合，是人为！"他眼神渐冷，深幽莫测，"我再说一次，尽快和他分开！不然……"

"不然怎样！"她最痛恨的就是被人威胁。

面前的男子不语，只是缓缓靠近她，勾起唇，笑了。车外，阳光和煦，然而他的笑容却带着让人窒息的冷意。

她的心跳在加快，如擂鼓一般，几乎要脱离她的胸膛。

“又恩！”清朗的声音在车外响起，车门被人打开，她被拉下车，靠上温暖的肩膀。

“谢谢你送我家又恩回来，不过我想你应该走了。”少年一手插着裤袋，一手握紧掌心的细指，迎着男人犀利的目光，笑容却如三月春光一般灿烂。

“上楼吧。”她拎起车内的旅行袋，交给身侧的人，转身踏入公寓。

整个晚上，蓝又恩都有些心不在焉。

所幸纪亚的二十岁生日宴，除了她以外还邀请了很多人，有他一群会闹的同学在场，她的失神几乎可以忽略不计。

“怎么了？”雨晴到底敏锐，趁着众人在起哄让纪亚唱歌，跟随蓝又恩来到走廊里。

她定定看了好友许久，轻叹道：“岑寂命令我和纪亚分开，可不可笑？”

“难道他对你……”

“他无意中发现了纪亚与亚然相似的事。”

“那又怎样？当初是他利用你背叛你，然后又甩了你，现在插手你的私事，也太莫名其妙了吧！”雨晴愤愤，“别理他，这种男人自以为有钱有地位，女人就要围着他们转，半点见不得别人好！”

“我不是因为他。”蓝又恩声音平静，“他只是提醒了我，我和纪亚的这种关系始终不能长久。”

“为什么不能？你们在一起快一年了，一切都很好啊！”

“真的很好吗？雨晴，我比他大六岁，结过一次婚，一开始在一起就不是因为爱。单凭身体的慰藉和温暖可以维持多久？他还那么年轻，人生才刚开始，他有权利得到一份真正的爱情！”

“你不爱他吗？”这句话，雨晴问得甚是认真，“看他对你百般宠爱呵护，到现在，你依然没有半点心动？”

蓝又恩没有出声，雨晴却从她眼底看到了答案。

心动？一个人对另一个人如此之好，怎么可能不心动？只是，心动不代表爱。一瞬的感动不能维持一生的情感。

“我明白了。”雨晴拍拍她的肩膀，“无论你怎么做，我都理解！我们还是进去吧，今天是纪亚的生日，这些就先别想了！”

两人返回包厢时，纪亚的歌正唱到一半，有部分是女声演唱的，大家起哄问谁唱，整晚沉默在人堆里的阿琴取过话筒唱了起来。

她长相清秀，歌声也不俗，打扮依然很男性化，但凝望纪亚的眼底带着明显的情愫。众人可能之前没有听过阿琴唱歌，一时都愣在那里，整个包厢回响着她柔软的嗓音。

一曲结束，她仍然拿着话筒，并将伴奏调到静音，显然有话要说。

“该不是要表白吧？”雨晴凑在蓝又恩耳旁低语，“你家纪亚女人缘太好了！”

阿琴先是笑着祝贺纪亚生日快乐，之后顿了顿，才正色道：“关于之前教授提到的交换生的事，我希望你可以重新考虑！今晚在大家面前，我提起这件事是希望你能正视！我知道在这里，你有舍不得的人，可是只是一年半的时间，而且机会难得，米兰不是人人都能去的！年轻的时候我们往往不听从理智，很多年后回想，才发现曾经错失的机会有多么可贵！纪亚，再次祝你生日快乐！希望在开学之前听到你的好消息！”她长长吸了口气，在众人诧异的目光中放下话筒，表示自己要先离开。

她从蓝又恩身旁擦过，推门时回头看了她一眼，仍是不太友善的目光：“我不喜欢你！但这件事，还是拜托你说服他！”女孩朝她低了低头，转身出门。

“好直接的女孩，个性真酷！”雨晴交叠起双手，余光瞥见今晚的主角正朝她们的方向走来，立刻识相地走开。

“怎么了，不喜欢人多？”少年温暖的手指抚上她的脸，“整晚都没见你笑，嫌我唱歌难听？”

“不，只是有点事思考。”她弯眉轻笑，肌肤在包厢的淡光下呈现出玉般柔和的色泽。他沉沉地看着她，忍不住将她整个搂在怀里，“又恩，真想一辈子都这样抱着你……”

“一辈子很长的。”她拍拍他的背，“继续去唱歌吧，大家都在。”

“又恩。”他用下巴蹭着她的发顶，“不要在意阿琴说的话，交换生的事我已经拒绝了。我哪里都不会去。”

“我看起来像是在介意吗？”她失笑。

“你就不能表现一下在乎？”他不满。

“好了，走吧，大家都等你呢！”她笑了笑，拉着他朝里走。

寒假开始，纪亚整天都在家，有时画画图稿，有时打扫公寓，有时去超市买她爱吃的菜，并在她下班前炖好美味的汤。

蓝又恩疑惑他为何不去打工，得到的回答是下学期的学费已存够，暂时不需要打工。

“你家纪亚都快赶上家庭妇男了！”雨晴的评价很刻薄。

“我今天是来拿资料的。”蓝又恩瞥她一眼，对方立刻取出她之前索要的资料。

“这所大学非常有名，也不是每年都有交换生的名额，而且在录取方面极其严格。总之一句话，机会不仅仅是难得，而是非常非常……难得！”

“明白了。”她接过资料，又和雨晴聊了几句，随后开车返回公寓。

晚饭后，她将那份资料搁在纪亚面前。

他随便翻了下，抬起头：“什么意思？”

“我希望你去意大利。”她在软榻的另一端坐下，落地玻璃窗外是灯火阑珊的都市夜景，她眉眼柔和，可目光却异常认真。

“不要。”他合上资料，推到她面前，“那天我就说过，不要在意阿琴说的，我哪里都不会去！”

“纪亚，别任性。”她蹙眉，“这是个很难得的机会，就这样放弃实在不理智。你想想，不过一年半的时间，对你的人生来说却是质的飞跃！”

“什么质的飞跃？留学而已，又不是没去过！”他不想继续谈论这事，拿起图稿示意自己正忙。

“这不一样，你明白的。”

他的视线定格在雪白的图纸上，许久才开口：“那你又明白吗？”明白他为什么不去，明白他的顾虑，明白他的心思。

漫长的一年半，相隔半个地球，他怕回来之后会找不到她。好不容易紧握的双手，会遥远到无法触及。他与她之间，已隔了漫长的六年，那是他再怎么努力追逐也无法缩短的。在她回头真正看到他之前，他不能冒险。

这夜二人不欢而散，蓝又恩的态度很明确，机会难得让他不要错失。纪亚的态度也很明确，他不想也不会去。僵持之际，某著名八卦杂志刊登了一则报道，犹如一颗巨大的深水炸弹，让人措手不及。

温纪亚是从周舒妍处获悉这个消息的，她再度出现在他面前，一语不发，只将一本杂志递到他眼前。

杂志封面上的人很熟悉，正是与他朝夕相处的蓝又恩，然而照片和杂志所写的内容却让他震惊。

那是一张结婚照，她黑发白纱，年轻的脸庞洋溢着幸福的笑容，还有她身边那个从未见过的男子。

明明是个陌生人，却带着某种诡异的熟悉感，让他自心底深处寒冷起来。这是种很恐怖的感觉，仿佛整个世界都出现了裂痕，带着崩塌的预兆，摇摇欲坠。

“先申明，这件事不是我弄的，我也只是偶然看到。”周舒妍是在岑亚然去世后才认识蓝又恩的，所以几乎没见过这位岑家大少，从照片里觉察到了什么之后，她第一时间找上了纪亚。杂志写的是在记者偶然拍到蓝又恩与岑寂一同出入酒店的照片后，因为两人尴尬的身份和立场，从而引发的一场追溯根源的调查报道。

“你……不知道她结过婚？”周舒妍叹了口气，“我上次就猜到她应该没告诉你。其实她二十岁就结婚了，嫁给了岑家大少岑亚然！”

“岑……亚然？”他赫然抬头，淡棕色的瞳底在瞬间仿佛有闪电划过。

“对，岑寂是岑亚然的小叔，也就是蓝又恩的小叔。现在你明白之前我为什么会来找你了吧？”周舒妍见他不动，便翻开了杂志内页，“仔细看看，这里都有。岑家那些错综复杂的关系，还有岑亚然在婚后半年意外身亡，之后蓝又恩接管公司，却和她的小叔发生了不伦恋情，最后还搞得罗丽达被岑寂的PL集团收购，岑家也自此一蹶不振！整件事情发生后，她却置身事外，甚至掉转枪头，枉顾她亡夫的心血，转而和PL合作！”她说得正激愤，他却突然拿过杂志，唰地撕成两半。

“你干什么！”

他将撕毁的杂志丢还给她，那张素来飞扬的脸孔这一刻冷寂如北极冰川，眼底隐隐带着刺目的锋芒，缓缓开口道：“警告你！这是最后一次容忍你在我面前出现，不要因为我总在又恩面前笑，就以为我会对任何人笑！现在，带着你手里的垃圾立刻从我面前消失，有多远滚多远！”

周舒妍整个人都呆了。从小到大，她何曾被人这样骂过？而且对方还是她心存好感的俊朗少年。她以为就算他会生气，也不过是像上次那样甩手走人，她怎么也没料到，他竟然完全不顾她的感受，当街给她脸色。

一旁已有人对他们指指点点，纪亚漠然地看了看面前眼眶红红的女孩，勾着背包大步从她身旁走开。

“你以为她会和你在一起多久？一年、两年、十年，还是一辈子？”自小养成的傲气让她不容许有人在狠狠刺伤她的自尊后轻松离开，她转身，朝着他的背影大喊，“别傻了，温纪亚！看看照片上的人，对她来说你不过就是个替身而已！一个活生生的替身！你根本什么都不是！”

路上的人都在她看，他挺拔的背影丝毫没有停顿，一点点融进了人群。

她看着手里分崩离析的杂志，缓慢而无力地蹲下：“你和我一样，都是注定被抛弃的人……”

公寓里，一片漆黑安静。

纪亚还没有回来，蓝又恩换了鞋，将疲惫的身体投进柔软的沙发。一室沉寂，耳边听得见挂钟秒针的走动。清晰的嘀嗒声，仿佛人的心跳。

大门处传来开锁的声音，他进屋关门，发现沙发上的她。四目相对，他仿似有些心不在焉，问她有没有吃饭，他现在去做。

她侧头看着走进厨房的修长身影，轻声开口："意大利的事，改变主意了没？"

他没回应，她站起身慢慢走到他身旁。他正在水池前洗菜，视线低垂，目不转睛地看着手中的菜。

"别弄了，我不饿，我们好好谈谈。"她去拉他，他无声地挣脱，继续洗菜。

"纪亚！你听见我说话了吗，我不饿，你不要弄了。"

他再度挣脱她的手指，狠狠甩下手里的菜，转身俯视她。那是一种让人心惊的注视，深沉如海的瞳底，纠结着太多怨愤与伤痛。

她的喉咙有些发紧，还没开口，就被他一把拉去吻住。

他的嘴唇冰凉刻骨，没有任何温柔可言，她想推开，却被他按在墙上。

他贴得太紧，她没有办法呼吸，嘴唇一阵麻麻的痛。

她明白他为什么会这样，杂志她已看过，那张陈年婚纱照，清晰地昭告了一切。

可此刻，冲动是没有意义的，她希望他能冷静下来。

她努力在他的压制下挣扎，可是他力度惊人，她连分毫都挣不开。手腕被抓着，身体被压着，连头也被迫仰着，承受他来势汹汹的吻。

她皱起眉，抬腿踢了他一脚，见他不动，她又踢了第二脚，到第四脚的时候，他终于放开了她，俊朗的脸孔布满戾气："你告诉我，当初，到底是什么原因让你从孤儿院带走我！"

"纪亚……"她大口喘气，脸颊因缺氧而泛红，低低咳嗽。

"纪亚？"他低低地笑，刘海下的瞳带着嘲讽，不知是在嘲笑她还是自己，"纪念亚然，是不是？"

“名字的事，那时我没有想太多。”她瞥开视线，他的表情太陌生，让她有种沉闷的痛。

“那天晚上呢？你喝醉酒那次，你拉着我，嘴里叫的亚，是谁？是我吗！”

她没有说话，只是摇摇头，简单而残酷地给了他答案。

他的瞳仁瞬间透出骇人的冷光，搁在她头两侧的手握了又松，松了又握。她就算不抬头，也能从少年带着巨大怒意的身体上感觉到他濒临爆发的情绪。

他紧紧皱着眉，隔了许久才克制着开口：“吻我……”

她抬眼看他，颊边黏着一抹零碎的黑发，嘴唇有些肿，看起来很是狼狈，可眉宇间却慢慢显出让他疯狂的冷淡来。

“这样做没有任何意义。”她看着他，静静道。

“我让你吻我！”他低吼。

“纪亚，对不起。可你一直都明白，我们之间从未许诺过未来，我也不可能像正常恋爱的人那样把以往的事都说给你听。是的，我结过婚，那年冬天我去孤儿院的时候我的丈夫刚刚去世，你不懂那意味着什么，对那时的我来说，整个世界都像是碎掉了。看见你时，我仿佛看到了一缕光……”

“所以我被赐予了这个名字，成了他的代替品？”他的手背上爆出一道道青筋，将牙关咬得死紧。

“代替品？你这样理解的？”她无力地提了提唇角，“那时候你才十四岁，我把你当成弟弟，根本没料到今天这种关系。非要用一个词的话，应该是纪念。”她抬起葱白的细指，轻抚他刘海下的眉宇，“如果早知道这种相似会让我在酒后犯错，我当初……”

“当初怎样！”他一把拽住眉间的手指，死死捏在掌心，“当初根本不会把我从孤儿院带走是不是！你只想在身边安放一个相似的纪念品，却没料到这个纪念品会在多年后因为你的一次犯错，自此陷入万劫不复的境地！所以，你可以一边看着我痛苦，一边继续默然以待！因为对你来说，我就算再像，也始终不是他！”

他重重呼吸，只觉得每一口空气都是痛的。原本还有期待，可现在才明白——从一开始就是个错误！她的孤单寂寞，不是因为他不在，而是因为另一个人！那个人曾是她在这个世界上最亲密的人，他早已去世，却活在她的心里，生了根，长成了参天大树，遮盖了她的整片天空！

她口中的“亚”，不是温纪亚，而是岑亚然！

这个亚，曾让他以为她是有些在乎他的，心底总是残存着一丝希望，可结果，却只是个可笑的误会！

“你现在都知道了，我不想为这件事辩解，是我的错，你可以不原谅我。但我希望你不要因为这件事而做赌气的决定！意大利你一定要去。你什么都好，长得这么帅，身材又好，虽然年轻但很有才华，又有品位，喜欢你的女孩绝对不止我看到的那几个！回来之后你就能重新开始，把之前的一切都忘掉！失恋不是什么大不了的事，像你这个年纪的男孩，谁没有失恋过，何况我根本算不上你的女友……我只是个比你大六岁的寡妇，你也不是我第一个男人，你喜欢我什么呢？”

他凝视着她，眸光一沉，再次低头吻住她。

一室昏沉，她被紧紧压在他与墙壁之间，突来的举动让她本能地抗拒和慌乱。

“你不是问我喜欢你什么吗！”他压低眉，目光深沉，抱起她就朝楼上走去，“我现在就告诉你。”

“纪亚……”

她在挣扎中被他丢到床上。这一刻，他蛮横而决绝，像是着了魔，完全看不见她的抗拒。

耳旁很快传来她的痛呼。

她说痛，可是，会有他痛吗？

她问他喜欢她什么！

是啊，他也想问问自己，他到底喜欢她什么！

可是，谁又能给他一个答案？

十四岁初见她，他满心的温暖与感动，从此有了可归依的家。

初去英国，虽然生活环境胜过从前百倍，可对他来说，周遭所有人不过是陌生的路人。因为他清楚地知道，倘若换作从前，他们也会同别人一样，用鄙视厌恶的目光看待他。只有她是不同的，因为她在他彷徨无助的时刻伸出了手，在他卑微而渺小的岁月里，温柔地看到了他。

她是第一个，也是最后一个。

目光何时开始在她身上停留已经不记得了，只是某次梦醒，他惊慌地发现，梦里的女子竟然有张和她一样的脸！

他为此痛苦地挣扎过许久，也尝试和学校里的外国女生交往。然而每每接吻之际，却发现自己总幻想怀里的女人是她，最终只得放弃。

他们差了六岁，就算他不在乎，也知道她不可能喜欢上他！她温婉而美丽，总是静淡地笑，那几年都是她在照顾他。

没有女人会爱上一个小自己六岁的孩子！

那年她一次都没来英国，他以为她忘了自己，也以为自己会忘了她，然而只是一吻，就摧毁了所有努力。到后来，她主动缠吻，无助地喊着“亚”，更是让他最后的理智崩塌。

她说他什么都好，长得帅，身材好，有才华又有品位，可是她根本不明白——矫健的身材，帅气的脸孔和打扮，甚至穿衣的品位，通通都是为了吸引她的目光才存在的！如果他连这些都没有，他真的不知道还有什么办法可以让她多看他一眼！

窗外，月色冷凝，他抚着她的发，那动作轻柔如呵护，语调却冰冷入骨：“你说，每次你闭上眼睛，心里想着的都是谁？”

她浑身无一处不痛，闭着眼始终不肯睁开：“纪亚，我们的关系该结束了，分手吧……”

“分手？！”他恼怒不已，“绝不！你是我的！我绝对不会和你分手！你想都别想！”

“我不是你的……就算发生关系也不代表什么……你现在只是在赌气，等过几天想明白了……”

“无论过多少天我都不会和你分手！还有，你以前看到的那些温柔，以后再也不会有了！我本来就不是什么温柔的人，你可以去问问别人，我温纪亚，何曾对谁这样好过？朋友也好，同学也罢，我从来都不去多理会！只有你例外——因为你是蓝又恩！”

他的指尖慢慢触上她瓷白的脸颊，雪一样通透的肌肤细腻柔软，是他爱极的触觉。他这么爱这个女人，可此刻她却连睁开眼看他一眼都不肯。

如果她肯好好看他，一定会发现他眼底的伤痛。

伤害她，比伤害自己更令他痛苦。

可是，即便她看到这些又能怎么样呢？

她根本从来就没有爱过他……他的痛苦不会对她造成任何影响。

对她而言，他只是个替身，一个可悲的替身……

“又恩，就算只是替身，你也别想摆脱我，永远都别想……”他抚着她的发，将她紧紧抱入怀中。

温纪亚在画廊出现，雨晴并不意外。

前几天，在目睹了蓝又恩的那一身伤痕后，她就有预感，肇事者会来找她。因为蓝又恩这次的态度异常明确，分手就是分手，她和他，不会再有以后。

“把你的又恩姐折腾成那样，可真有你的啊！”面前的人一脸执拗阴沉，即便在她数落的时候，也面不改色，目光始终停留在他们中间的咖啡上。雨晴已没话可说，终于相信面前素来温柔开朗的年轻人并不是什么善主。这个世界上，恐怕只有在蓝又恩面前，他才会天真地嬉笑，温柔而痞痞地说话。

毕竟是独自在英国长大的人，看来蓝又恩似乎养大了一头小狼。

“该说的我都说了。你到底来干吗？”

他刘海下低垂的眼帘动了动，瞳底划过慑人的流光：“他们怎么认识的？”

雨晴愣了愣才明白他是在问亚然：“既然你问，那就告诉你吧。其实当年，亚然是又恩的资助者。又恩从小无父无母，在孤儿院长大，亚然是天之骄子，人品好个性也温和，一直都有做善事。又恩只是他其中一个被资助者，不过在她十六岁那年，他们第一次见面后，亚然就喜欢上她了。你知道，其实又恩不是特别漂亮，但自小她身上就有种独特的气质。明明是一无所有的孤儿，却半点不见沧桑阴郁，见人总是温柔地笑，那种静淡的气质，是别人模仿不来的。

“亚然花了很多心思表白，其实那时又恩也喜欢着他，他们在一起的过程就像一个不现实的童话，灰姑娘与王子。尽管亚然的家人并不喜欢她，她依然决定休学嫁入岑家，并计划一年之后转读商业管理，做亚然的左右手。只是幸福太短暂，他们结婚后半年，亚然在与又恩一起旅行中意外身亡……而活下来的又恩，却被岑家人责怪，说是她间接害死了亚然。后来，当他们知道亚然早已委托律师指定又恩为自己股份的唯一继承人时，又恩更加遭到了漫天责骂，甚至还被说是为了得到股份故意害死亚然的！

“她酗酒的恶习是那时养成的，她也想戒，但总是反反复复，直到有一天，她从孤儿院带回了你。第一次见到你，我也很吃惊。你的眉宇和亚然太像了……后来她把你送去英国，那时她还住在岑家大宅，每天生活在白眼与嘲讽中，一过就是四年！

“之后她和岑寂在一起，岑家反对到了极点。一来，岑寂毕竟是她名义上的小叔；二来，他在岑家并不得宠，人人避之唯恐不及。

“后来我想想，岑寂对她所做的那些也不都是坏的，毕竟因为他的争权夺利，使得又恩彻底从岑家解脱。那一家人根本不明白，这几年如果不是又恩撑着，他们的公司早就败落了。偌大一个家，除了亚然没有一个像样的人！活该被岑寂算计！”

这天下午，雨晴喝光了整壶咖啡。她说了很多细碎的小事，也不知道他有没有听进去。

“纪亚，我和又恩的想法不同。我觉得身份年龄对爱情来说根本不算问题！虽然一开始我也有不习惯，但这一年看到你对她的好，还有她的笑容，我感觉你们应该在一起。其实又恩只是伤痛太深，自觉无法再爱任何一个人，无论是岑寂还是你，她都封闭在心门之外。不过我知道，你和岑寂不同。你真心喜欢她对不对？”

他的瞳底有微微的松懈，紧绷了许久的情绪终于有所缓解。

“纪亚，如果你想有将来，我劝你考虑去意大利读书。我不是在帮又恩说话，而是为了你。你想想，为什么她始终不肯真正接受你？在她眼里，你一直都是需要照顾的家人，这一点不改变，未来就永远不可能！纪亚，你一定要改变！你要变得更强，强到足以在她上方撑起一片天空。男孩和男人的区别你懂吗？我知道你很早熟，很多事不说并不代表你不明白，而是不屑与人多言。但我要你好好想想，以目前这种情况，你是要继续留在这里，做她身边被拒绝的男孩，还是接受磨炼，变成男人回到她身边？分开一段时间，对你们来说未尝不是好事。这一年她已经习惯了有你的生活，或许你走了，她反倒会思念你。距离产生美，该放手的时候放手，未来才会有无限可能。”

离开吗？

离开她的身边，去地球另一端的遥远国家？

“放手是为了更好的将来”这种说法，在他与蓝又恩之间，他从未考虑过可能性。毕竟，一厢情愿先爱上她的人是他。而她，或许到如今仍未承认这份情感。

的确，他还这么年轻，开口说出的爱，有谁会相信？

冬日傍晚，正值周末，都市喧嚣而繁华，他插着裤袋，静静走在街上。

夕阳，在他身前拉出长长的倒影。

温纪亚改变主意去意大利的事，蓝又恩是从雨晴口中得知的。

那夜后，她搬到雨晴家里暂住，再没与纪亚见过面。身体上的痕迹容易消失，那些近乎折磨的记忆却刻在了心上。

有些不堪，她却无从责怪。就当是一人一次，公平的伤害。

启程日期在二月底，这天下班时她接到了他的电话。

少年的声音在电话里有些低沉，昔日的明朗飞扬不复存在。他说：“见一面吧。”

她下班后直接开车回了公寓，窗明几净的室内，L型餐桌上已准备了四菜一汤。他静静地站在她面前，身上还穿着她的围裙，却不减分毫的帅气。

“又恩。”少年的面容是黯淡的，尾音似乎带了点哽咽，“欢迎回家。”他终于还是伸手将她紧紧抱住，温柔亲吻着她的发顶，“……对不起。”

她的心因为这三个字软下来，伸手反搂住他：“你能改变主意，我很高兴。”

晚饭吃得很安静，她找不到话题，他则有些思绪不宁。

饭后，她在水池前洗碗，身后传来木樨的清香，接着被一双修长的手臂自后方搂住。

“我答应你去意大利，你也答应我一件事！”

她大约猜得出他想说什么，轻轻叹了口气：“纪亚，男孩子年轻的时候，总是分不清依赖与爱的区别。尤其是那些自小就没有安全感的人，比较容易喜欢上比自己大的女人。但其实这并不是爱。”腰间的手臂紧了紧，她停下动作，擦干净手去扳腰际的手指。

“纪亚，等我洗完碗再谈好不好？”她侧过头去商量，他却低头吻住了她的唇。

沉寂许久的火热舌尖飞快钻入她口中，缠绵悱恻的吻，温柔而浓烈。他托着她的后颈，专注地吻了很久，等到松开时，她已气喘吁吁，脸颊也染上了淡红。

“我很清楚自己对你的感情。我爱你，所以不会分手。我会去意大利，认真读书，可你也要记住，我们还没有分手，在我回来之前你都要等我。无论是周绍丰还是岑寂，通通不要去理！我会变成男人回来，所以一定要等我！”

“纪亚，你明知我对你……”这不是她要的结果。她始终都希望他能展开新的人生。

“那件事别再提了！”他眉头一拧，低头堵住她的唇。他的气息很乱，低喃着游移在她耳际，“我们会有很久见不到，今晚好好和我一起……”

“碗还没洗完……”她说话间，已被他拦腰抱起。他一边朝楼上走，一边掂着怀里的人，“最近轻了点，在雨晴家一定没好好吃饭！我要离开这么久，真不放心你。”

“以前都是我在照顾你。”她抗议。

“是吗？”他坏坏地笑，“可我回来这么久，家务都是我在做，晚饭也是我在烧……”

“早饭是我做的吧！”

“煎鸡蛋烤面包而已，小学生都会！而且大多数时候都是焦的。”

“那你还吃？”

“你做的啊，是爱心早餐耶！”他低头，在她额间轻吻。

“纪亚，不要这么温柔，我宁可你生气……”她视线低垂，没办法去看他的瞳。那瞳底的温柔足以将她溺毙，无法喘息，她有些惶恐。

他抱着她，带着她一起坐在二楼落地窗旁的长毛地毯上，他从后方绕着她的腰，将下巴搁在她肩上：“这里的夜景，今晚是最后一次看了。我的飞机是明天下午，陪我多看两眼吧。”

耳旁传来低低的叹息，那样惆怅与寂寞。

“要我陪你坐到天亮？”刚才他抱起她的时候，她还以为他又要和她……

他在她脖间低笑：“原来你想歪了。”

“谁让你前科累累！”她侧首瞥他一眼，耳根却红了。莹润的白染上淡淡的粉，在没有开灯的玻璃前衬着都市夜晚闪烁的流光，美到了极致。

他再一次收紧了手臂，怀里的人如此娇小柔软，却也如此独立。倘若她能与她的外表一般娇弱，可以依靠着他，依赖着他，该是多么美好的事。

世事终究不完美。那些愿意如此依靠依赖着他，甚至对他百依百顺的女生，他就是不喜欢。唯一让他动心的女人，只有她。

这个世界上，没有任何人可以取代。

“等我，又恩。”再见面时，他会变成男人，她也一定要爱上他。

只有带着这样的信念，他才可以让自己离开她身边，去到遥远的地球彼端。

然而，未来始终遥远。

他并不知道，某一天，当他再度回到这个城市，回到这所公寓的落地玻璃前凝望着窗外的夜景，会那样后悔当初的决定。

也许我们历练了，沉淀了，累积了，最后成长了。

可同时，也失去了。

漫漫岁月里，最无情的，是时光。

Chapter 9 分开

蓝又恩离开公司时，天已经全黑了。

外面下起蒙蒙细雨，她的车送去修了，只能拢拢衣服，朝马路冲去。

线条流畅的黑色宝马X6在她面前停下，车窗降下些微，岑寂清冷的面容露了出来："上车！"

她皱眉，刚退开一步，他已推门下车，面容又沉下几分："上车，有正事谈。"

又有正事？她挑眉："我晚上已经约了人，有事等明天吧。"

他抿起唇，一言不发地将她推上车。

三月的天气，岑寂的车子里居然还打着暖风，空气里有须后水的清淡香气，让人感觉倦倦的懒懒的，很想回家好好睡一觉。

她靠着椅背，撑住下巴看窗外："有事就说吧。"他曾有两次在下班后以正事为由拖她上车，一次是去选酒，因此引起了纪亚的误会。第二次是之前和他去酒店参加一个品牌服饰的发布会，结果被记者写成与他有染，还被追根溯源，挖出了她和岑家的事，让纪亚知道了当初自己收养他的真相。这次，又会是什么？纪亚已离开S城，无论是什么，都伤害不了他了。

车子驶入一个酒店的地下停车场，他说了声下车，就走入一旁的电梯，她有些狐疑，却还是跟了进去。

电梯直达顶楼，是S城景观最好的旋转餐厅。

柔光曼乐下，服务小姐将他们领到临窗处。两人对坐的小方桌上已摆好了餐具和鲜花。她有些明白过来："该不是想请我吃饭吧？"

"边吃边谈。"他已经坐下，接过菜单开始点单，"今天有刚到的松露，要不要来一点？"

"不必，就要个套餐。"离开上流社会已久，那些奢华的东西她早已抛弃。

岑寂点完自己的，又道："把她的套餐换成龙虾沙拉和鹅肝。"服务员恭敬地点头离去，完全不理会蓝又恩不悦的脸色。

"现在可以说了。"她脱下薄绒外套，目光轻淡。

他同样淡淡地看她一眼，将目光转向玻璃外的烟雨都市："从这个高度看下去，感觉很不错吧。"

她没出声，等着他的下文。

"在这里吃顿晚饭的价格，是下面那些奔波忙碌的上班族一两个月的工资，俯视和仰望之间，是可望而不可即的两个世界。曾经身为罗丽达总裁的你，应该比任何人都清楚这种感觉，对吗？"男人的薄唇轻轻勾起，露出一抹优美而傲气的笑容。

"你到底想说什么？"这种拐弯抹角的说话方式，也许她再年轻几岁会将其当作深沉，现在却感到不耐。也许是她的心老了，也许是被某人的直爽惯坏了。

"先来杯餐前酒吧！"他为她倒上红酒，举起自己的高脚杯，"就当是祝贺……你正式成为PL的一员！"

"什么意思？"

"我委托律师转了点股份给你。这两年，亚泰琪的业绩蒸蒸日上，股份就作为奖励。当然，那些股份你没有转让权，别想着怎么把它们卖出去。”他润泽的唇瓣沾上一滴酒，灯光下犹如鲜红的宝石，令他清俊的脸庞多了分鲜亮的艳色。

“我知道你对我和岑家的过去很感兴趣。”他放下酒杯，优雅地靠向椅背，“你在想什么，做什么，我一清二楚。所以现在我给你机会留在我身边，让你自己亲自发掘这个秘密。”

她嗤笑：“我是想为岑家做最后的努力，但还没傻到要为此牺牲自己。”她停顿了一下，身体微微前倾，拉近与对面人的距离，“倒是你，从对我厌恶打压，到最近诸多提携，莫非是想与我旧情复燃？”

纪亚离开后的这一个月里，她过得并不安稳。在公司，与岑寂碰面的次数多了起来，很多与她没太大关系的饭局都将她牵扯其中，虽然同去的还有其他人，但她每每无意间回头，总会对上岑寂莫测难辨的目光。

“旧情复燃？”他念着这四个字，低低地笑。

“抱歉，我说错了。”蓝又恩颇为认真地纠正，“以我们的过去来说，还称不上是旧情。只是，这种模样的你我真不太习惯！没错，是我坚持让纪亚去意大利的，但这并不是因为你之前的警告。”

“我这个人，比较看中结果。”不知是否因为从她嘴里冒出的那个名字，他的笑容敛起了几分，眼瞳也有些冷。

“结果？”她觉得有些好笑，“你真以为酒店那次我完全不知情？你突然找我参加发布会，我就猜到你会有所行动，跟在我们身后的记者我也认识。”

后来，旧事被重新翻开。岑寂没有留半点情面，借着报道和照片，将纪亚打击得体无完肤。只是他不知道，若没有她的纵容，他绝不可能成功。她只希望借此让纪亚明白，自己并不是什么好女人，不值得他放弃大好前途死守。

过程比她想象中来得更痛苦，出刊那天，她将翻看完的杂志狠狠丢进了垃圾桶。

那一天直到下班，她整个人都仿佛被沉在没有空气的水下。只要一想到纪亚看到这些报道时的表情，胸口就沉闷无比。

“有区别吗？结果还是一样。”他修长的细指轻触杯口，隔了许久，才又道，“现在他离开了，而你一个人留在这里。”男子的目光深邃如幽潭，让人有些触不到底的恐慌。

晚餐的菜还没有上桌，她已经坐不下去，低头看看手表，和雨晴约的时间已快到了。她拎起外衣和包，打算离开。

餐厅又走进两位客人，走在前面的甜美女孩是周舒妍，走在后面的是一位衣冠楚楚的中年男子——蓝又恩数年前曾在一份财经杂志上见过他的照片和介绍，金融业的大亨，近年来很少在媒体前露面。

他是周舒妍和周绍丰的父亲——周牧。

周舒妍的脸在看到他们后唰地拉了下去，她挽住周牧的手臂，凑在他耳旁嘟嘴说了几句话。周牧的目光转向他们，肃穆的眉宇间，似乎有一些情绪一闪而过。

两人在服务生的引导下，走去另一端已预约好的位置。

蓝又恩迟疑的当口，已被岑寂捏住手腕：“吃完再走。”

“你的未来岳父和未婚妻就在后面，找他们陪你吃吧！”岑寂背对着他们，并没有看见来人。

周舒妍抬头看到他拉着她的手，居然没上前质问，下巴一抬，朝她哼了一声。

“我和周舒妍分手了。”他说得极其平淡。

“这不像你会做的事！”周舒妍爱闹爱耍小脾气也不是一两天的事，怎么突然就分手了？

“她连绑架自己男友的事都能做，我没必要留情。”

“我还以为你至少会给周牧留点面子！”

“现在没有面子的人是他。”他手指上用了点力，将正挣扎的女人拉回去，“坐下，陪我吃饭！”

她彻底没了耐心，用力甩开他，朝电梯走去。

身后传来急促的脚步声，他居然追了上来，趁着电梯门关上的前一刻闪身进去。门叮的一声关上，小小的空间里气氛变得紧张。她被他逼到角落，男子修长的手臂圈着她：“你要逃到什么时候？”

“我只是走开，不是逃！”

“你非要这么倔强！”他动作强硬地抚上她的脸颊，“为什么不能学得顺从听话一点？”

她觉得可笑：“顺从听话，和以前那样？然后像个白痴似的等着你利用完再抛弃？”

“现在和以前不同！”他说得很隐讳，“我有足够的时间和能力，可以包容以前不能包容的事！”

“恕我愚昧，这话实在听不懂！”她冷笑着拉下他的手。

“你不用懂！只要照着我说的去做就行！”他用双手固定住她的脸，低下头去看她。他的气息喷在她脸上，她似乎从那墨黑的瞳底看到了一些认真的情绪。

“岑寂，不可能的！无论你现在想怎样都不可能！你给的教训和伤害，一次足够了！”

“伤害？”他低笑，“你真的确定，自己曾被我伤害过？当日你见到自己的男友和其他女人在家里亲热，却可以冷静地只质问公事，不吵不闹不哭，甚至连应该有的心痛都未展露一丝！你居然还和我说伤害？！你有被伤害吗！你在意公事多过在意我！你根本从来没将我放在心上，如果你有一点点爱我，那天你绝对不会是那种表情！在你心里，自始至终只有岑亚然！”

按在她脸上的手指越来越紧，他正尽力留住最后一丝冷静。每次只要一想到当天的场景，她淡定漠然的话语，他就恨到了极点！

这世界上，再也找不到比她更无情的女人！

电梯已抵达停车场，门叮的一声自动开启。

他没有让开，她也没有动。

“因为我不吵不闹不哭，就代表伤害不存在？”她冷冷嗤笑，“这种想法，也只有你想得出！岑寂，你到底明不明白，重点并不在于我有没有被伤害，而是你从一开始就在有计划地接近我！你已经承认，和我在一起的一年，都是在对我演戏！所有的温柔呵护都是假的，既然一切都不存在，我又为什么要伤心难过给你看？”

她说完就去掰他的手，然而他的手指仿佛在她脸上生了根，怎样都掰不动。

面前的男人呼吸低沉，气息有些急促。她抬头皱眉，他瞳底的冷笑居然慢慢消失，优雅的眉宇间逐渐显出另外一种神情。

“原来你并非无动于衷！”他轻轻呼出一口气，俯身在她颊边吻了下，她心头一紧，忙去推他，他却撤了手指，“去哪儿，我送你。”

“不用了！”她穿起外衣，匆匆离开。

不知为何，她的心绪有些烦乱。

岑寂对她的出格举动今天也不是第一次，但为什么这次有些不同？

是因为他眉宇间的那种太久不见的神情？

某种几乎可以称之为温柔的神情。

不，那只是虚伪的表象。她这样告诉自己。

接到岑枫然的电话，是在初夏的一个午后。

这几个月，亚泰琪事务繁忙，时间倒也过得很快。

纪亚经常打越洋电话，她时常因忙碌接不到，等到第二日他再打来时，就会刻意地拖长聊天时间。

她大多数时间都握着手机静静聆听，偶尔他问多了，才会说些近况。

他有时问她的近况，有时说些设计方面的事给她听。他的确聪明，去那里不过半学期，就得到参加某个大型校外比赛的机会。然而，往往说到开心处，他的情绪便会低落下去，静静地在电话那头听着她的呼吸声，念她的名字。

他告诉她，整个暑假他都要打工，加上比赛的事，可能没办法回来。

“机票很贵，安心留在那里吧。我一切都好。”她总是如此安慰他。虽然也挂念，但听到他不回来，她还是松了口气。

只希望相隔的时间久一点，再久一点。

也许这样，时间一长，一切都将淡去。

岑枫然约她见面的地点是一家很安静的书吧，空间不大，分上下两层，上面建了个咖啡吧台，顺带销售饮料。

两年不见，枫然已长成大姑娘。大学毕业后在一家颇具规模的公司工作，然而之前父亲的事让她倍受冷眼和排挤。后来她辞职开了这家书吧，原以为能平淡安静地生活，哪知岑家发生了一系列不愉快的变故，她哥哥凯然被控入狱的事让她母亲心力交瘁，在年前入院。

医药费几乎掏空了她母亲所有的存款，幸亏大伯出手援助，她们才挺了过来。

只是，如今的岑家早已不是当初的岑家。

她本来一心想打理好这家书吧，撑起自己与母亲的开销，想不到店铺的业主两周前提出要收铺拆建，这对她来说，简直是晴天霹雳。

之后，她偶然从母亲与大伯的对话里听到他们认为的这一系列事件的幕后黑手——她简直惊呆了，根本不敢相信记忆里清俊优雅的小叔会对他们赶尽杀绝！

“原来我们家公司被收购，都是小叔一手策划的！”枫然抬起头，凝望着蓝又恩的眼底带着伤痛，“他们还说，你也参与了。”

“你信我是同谋吗？”

她摇摇头：“如果我相信，今天就不会找你了。堂嫂，我知道你不是那样的人，我也知道你和堂哥是真心相爱的！堂哥去世那几年，虽然我一直在国外，可我清楚，如果没有你，公司早就支持不下去了！爷爷还在时，就时常跟我说，在这个家，除了堂哥，谁都担不起这个重任，他一直希望我好好读书，将来帮堂哥的忙，可惜……”

“枫然，你今天找我，是求助对吗？”

“嗯！”她点头，拉住她的手，“我从大伯那里要了你的号码，他们都反对我来找你。堂嫂，我希望你能安排我和小叔见一面！我之前去过PL，可是大堂的人不肯放我上去，我也没有他的手机，不知道怎么联络。我想找小叔好好谈谈。毕竟，当年做错的人是爷爷，现在爷爷都去世了，家里又搞成这样，怎样都够了！我妈的身体不好，我不想她再受打击，这家书吧是我全部的心血，我希望他能放过我！”

蓝又恩听出了端倪：“枫然，你知道岑寂憎恨岑家的原因？”

“嗯！”她用力点头，“偷听时一起听到的。”

“既然这样，你把事情原原本本地告诉我，书吧的事我去解决！”

岑寂，并不是岑家老太爷原配的儿子。

也就是说，他和岑庆国、岑定国只是同父异母的兄弟。岑寂的母亲，是岑老太爷的情妇，他们的年龄相差很大。

岑老太爷岑建邦很爱原配妻子，她还在世时，一直没有公开情妇林茹的存在。

但这世上终究没有不透风的墙，岑夫人还是知道了自己丈夫在外面还有个女人和儿子的事实。当年，像所有遭到背叛的女人一样，她哭过吵过，也跑去林茹的家里闹过，然而事实无法改变，她最终还是郁郁而终。

岑建邦将妻子的死责怪到林茹身上，埋怨她不该在原配妻子面前胡乱说话，甚至责骂她当初为求上位，不择手段怀上孩子。他并没有想到，这些因一时愤怒而说出的话，都被房间里年仅八岁的岑寂听见。他更没有想到，他在原配妻子去世后将林茹母子领进门的决定，为日后的岑家埋下了一颗不安的炸弹。

那些极尽羞辱的话，岑建邦忘记了，林茹忘记了，但岑寂没有忘。

那么大的岑家，高贵奢华，应有尽有，可里面那些人的目光却轻蔑冷漠。岑夫人的两个儿子早已成家，要对付一个没有地位的小老婆和十一二岁的小孩有的是方法，有的是手段。

林茹的个性并不懦弱，但自知进岑家的门不容易，大多数时候都选择了忍。可忍来忍去，却牺牲了儿子的童年。

岑枫然在岑家年纪最小，当时还未懂事，很多事都是那日听大伯岑庆国讲的。

在岑家，岑庆国算是脾气最好的一个，但毕竟生母因林茹早逝，心里终究无法释怀。对于其他人的行为，也只是冷眼旁观。

至于岑建邦，那时忙于生意，对于本来就不太待见的岑寂更是很少过问。

庞大的岑宅，犹如巨大的牢笼，他孤立无援，什么都要靠自己。

这种生活，让他养成了孤傲冷漠的性格。但当时，还仅仅只是冷漠，待人待事不上心，并没有设计争夺的心。

如果不是后来那个意外，岑家也不会落到今天这种局面。

“后来发生了什么？”蓝又恩问岑枫然。

“我爸他，怕小叔将来会分爷爷的产业，就找人制造谣言，说小叔不是爷爷的亲生儿子，而是茹姨与其他男人生的。小叔出生那会儿，还没有验DNA这种东西，所以从来没查证过。我爸那时不知用什么方法弄来两份DNA证明，上面写明小叔与爷爷没有亲子关系，他甚至还弄来了茹姨和一个陌生男人的亲密照。爷爷大怒，一气之下要把茹姨和小叔赶出家门。我记得那天下了很大的雪，天很冷，堂哥和我在客厅里下围棋，爷爷突然拉着茹姨从楼上下来。小叔跟在后面，脸色很苍白，但什么话都没有说。茹姨一直在哭，骂我妈我爸，还有岑家每个人……后来，我被保姆抱上了楼。之后茹姨就再也没有回来，好几天后我才知道她被赶出家门的那天就出了车祸，在医院里躺了几天……还是去世了。

她去世之前，一再解释小叔的身世，要求爷爷再验一次DNA。爷爷答应了，验证结果小叔的确是爷爷的亲生儿子，可茹姨永远回不来了。”

枫然静静地讲述着，这个被时光掩埋在岑家大宅的秘密。

岑定国的一己私欲引发了悲剧的开端，岑家人的一味指责推动了悲剧的发展，岑建邦的不信任造成了悲剧的结果。

林茹死了。而岑寂，也从那时开始发生了改变。

母亲死后，他没有责怨岑家任何人，反倒愈加听话乖巧起来。岑建邦心中愧疚，待他比以往好很多，希望可以弥补。只是他并不知道，这个表面平静的男孩早已将怨恨的种子埋在了心底。

他不动声色地在岑家扮演着第三个儿子的角色，用温和的外表掩盖犀利与冷厉的内心。

终有一日，他抓住一个机会，将岑家全盘颠覆。

而今，他已站在另一个集团的顶端，俯视岑家，犹如猫捉老鼠般将过去欺辱他的人玩弄于股掌间，带着轻蔑的冷笑，静静享受他们的悲恸与绝望。

接到出差通知时，她才刚到PL，范青仁告诉她位于H城的亚泰琪专卖店出了岔子。

这家店是年初时新增的，属于加盟店，直接由蓝又恩管理。加盟的人是岑亚然以前一个相熟的朋友，此人作风稳健，开张至今生意一直都很好。

然而几天前他因心脏病突发入院，他下面两个原本关系就不好的儿女为了掌权问题争执不让。两人只顾争权，却忽略了生意，导致一份大订单的合同出了问题。

现在事主追究上门，那对兄妹不负责任，没有能力解决，受损害的不光是加盟店，还有亚泰琪的商誉和品牌。

“帮我订机票，我立刻过去。”

“H城没有飞机场。”范青仁想她真是忙糊涂了，“我开车和你过去！”

“不，你们最近正忙秋季新款，这事更重要，H城那里我自己去处理。”她简单交代了几句，范青仁拗不过她，只得听从。

她带上包和笔记本电脑，匆匆按下电梯，门开后，里面站着的人却是岑寂。

他看了一眼她的神情，缓缓道：“是要去H城？”

“嗯。”她心中焦急，暂时没空想岑枫然的事。

“H城没机场，我送你过去。”

“不用了，我坐火车过去。”

“火车不方便，我正巧也要过去，坐我的车。”他根本不是商量的口吻。电梯到了停车场，他直接带她上了他的车，赶赴高速。

岑寂的车技蓝又恩是领教过的，不动声色地直接加速到一百八，一路超车，根本不在乎被拍下几张照。

她知道以他的人脉，就算被罚也无所谓。

他们只花了一个半小时就赶到了H城。

她先去了趟医院，老人家还在重症病房，那对儿女却不知踪影。

到达亚泰琪专卖店，经理接待了他们，他正焦急万分，见到蓝又恩如见救星。

她听经理详细地说了遍经过，便开始着手处理。其间，岑寂始终安静地跟在她身后，不插手也没离开。到晚饭时，事情终于告一段落。

她这才有空顾及身后的人。

夏日傍晚，浮云流动，天际辽阔悠远。男子上身穿着浅灰色的衬衣，袖口挽起至手肘，眉目俊美浅淡，正回视着她。

“如果那时的你有现在一半认真，我想我赢不了。”整整一天，无论是人际关系还是关键点的拿捏权衡，她通通又快又准，没有半点拖泥带水。

蓝又恩没作声，工作事务完结，接下来轮到岑家的事。

“你跟了我一天，我想你应该没事要忙，找个地方一起吃饭。”她说完，率先开门上车。

后来，她一直后悔为什么要听从他的安排去吃所谓的农家菜。

说是回S城的路上顺便经过，还未征得她的同意，就下了高速，开进山沟。

之后的意外发生得太突然，谁都没有准备。

这是一条下坡路，天已全黑，山间的路原本就蜿蜒难开，发现车子出问题到车身斜倾向外翻出，只是短短数秒。

在那数秒间，蓝又恩的脑海中一片空白。

天旋地转之际，只感觉身边的人朝她张开了手臂……

再度睁眼时，四肢一阵疼痛。她人还好好地坐在副驾上，只是车子翻了个身，她被夹在安全气囊和椅背间，头在下，脚在上。

凭着求生的本能，她解开安全带，用力推开车门，跌跌撞撞地爬了出去。

借着隐约的月光，能看清周围是一片杂乱的树林，前方小树的枝干断了数根，还有一根直直戳破了车窗，想来是车子冲下斜坡时撞断的。也多亏了前面的树林，因为再往前，就是更深的陡坡，如果车子冲下去，她现在就没命了！

她身上除了几处擦伤外没什么大伤。她想起岑寂，又绕到车子的另一侧，使劲拉开门，将他一点点拽了出来。

手上，有湿漉漉的触觉，带着浓烈的腥味。

她脑中嗡的一声，连忙去看他。

只见他原本浅灰色的衬衣上洇了一大摊血，两块碎玻璃深深插入他的左侧肩膀。血还在流，估计是割破了动脉，他的脸色已因失血而变得苍白。他闭着眼没有动，似乎昏迷过去了。

她不敢再移动他，让他靠着一旁的树干，急忙寻找自己的手机。

手机不在身上，包早已不见踪影，她焦急万分，只能又回到他旁边，动手解他的衬衣，察看伤口。

他的眉头皱了皱，低吟一声睁开眼："你……有没有事？"

他开口的第一句话，居然是问她的情况。犹记得去年年初，岑定国闯入宴会，他为护她自己受伤，开口第一句也是如此问的。当时只觉得他虚伪，而现在，心却隐隐有些沉痛。

她压低了眉，轻声道："我没事，都是擦伤，你血流得太多，别乱动！"

她小心翼翼地解开他的衬衣，但玻璃碎片连着衣料扎入肉里，她再怎么小心，还是不免牵动伤口。他垂落两侧的手指赫然收紧，眉宇间显出痛苦来。

伤口很深，凭她是绝对没办法处理的，当务之急必须联络到救助人员。

"你的手机呢？"她小心拉上衬衣。他示意了下裤袋，她立刻动手去掏，结果掏出的手机屏幕早已碎裂，根本没法用。

"该死！"她忍不住骂道，狠狠将手机丢下。

然而一回头，对上他的视线，却感觉那瞳底似乎有笑意："你撞傻了？这个时候还高兴什么！现在重伤的人是你，就算联络不到外界，我一时三刻也不会有事！我真不明白！明明两个人都在前排，为什么你会受伤这么重！以后不要买这个牌子的车了！"

他瞳底的笑意仿佛更浓了，没有血色的薄唇缓缓动着："你现在，很担心我？"疑问句，语气却很肯定。

"这种时候你说这些干什么！"

修长的手指缓缓移动，一点点触上她的手，慢慢握住，收紧在指间。她挣了挣，他没有放，牵动的伤口立刻又洇出一片血。她不敢再动，他趁势将掌心的手握紧：“又恩，还好你在这里。”

那语气和神态，都不是平常的岑寂。

男子的指尖有些颤，应该是很痛很痛，可唇边却带着一丝笑。

她心头烦乱，情绪错综复杂，也不清楚自己此刻的感觉：“好了，别说话。你血流太多，失血过多会有危险！你在这里等着，我上去试试看能不能找到人！”

话落，她的手立刻被握得更紧。他徐徐叹了口气，轻声道：“别去，我没关系，血好像不太流了。天黑，你一个人很难爬上去，就算上去这条路这么僻静也不会找到人。留下陪我吧，你在这里，我比较安心。”他说着，拉了拉她的手，“过来，让我靠着，这树干太硬了，不舒服……”

“离天亮还早，你确定要我留下？”她看着他，他点点头。于是她坐了下来，将他移到自己的怀里，让他能以比较舒服的姿势靠着。

风，划过树林，细微的沙沙声，还有各种昆虫的鸣叫。

世界静得发慌，他的体温在下降。

“你和岑家的那些旧事，我都知道了。”她想她得说些什么，不然她怕他会一睡不醒。话落，她感觉靠着她的人微微僵了僵。

她明白的，每个人心里都有一条界线。界线外面，是所有人都能看到的，界线里面，是对方隐藏和收起的不堪。

她一句话，便越过了他的界。

“岑枫然找你了？”他语速很慢，“她那家店的事，和我没关系，所以我没理她。”

“这么说，除了枫然的事，其他都是你做的？”

他没有说是，也没说不是，但依她的了解，她知道他这样算是默认了。

“枫然的事既然不是你做的，那你能帮忙吗？”

他低低笑了一声，笑容俊雅至极：“我为什么要帮她？”

是啊，他为什么要帮？枫然的父亲一手导致了这一切，他有什么理由心软？

“如果不愿意，当我没说。”她轻叹。

“算了。”他优美的眉微微拧起，“你难得开口，我就帮这一次。下不为例。”

“谢谢。”她吐出两个字。又是许久的安静，不知过了多久，她再度开口，“一笔勾销吧。”

他睁眼看她。

“我是说，我们之间——你利用我的事，搞垮罗丽达的事，还有亚泰琪的事。”之前的生死时刻，让她的心情在一瞬间回到了亚然出意外的那刻。惊心动魄的恐惧，人力无法抵挡的灾祸。在意外面前，人的力量是如此渺小。那一刻，似乎只要能活下去，其他事情都变得微不足道。

“以后，和平相处。”她说着，落下视线去看他。

他也正凝视着她，只是目光太过深邃。

她还想说什么，但目光触及他肩膀的鲜红，终究将话咽下。

过往的恩怨一笔勾销，也就是说她原谅他之前的所有行为。

只是，原谅他并不代表她还在乎他。

她只是放下了。

因为她希望他也能放下，过往的仇痛再深，继续纠葛只会让自己深陷沉沦，永无安宁。

她希望他能放下，所以，她先放下。

挨到快天亮的时候，救护人员在附近居民的通知下赶到。

那些居民是在经过时发现了山坡下方的车子，这才报了警。

她处理完轻伤，来到病房门口，发现警察正在病床前与岑寂交谈。他还算幸运，除了肩部的伤口失血过多没有其他地方受伤。

她刚想进去，自警察口中蹦出的一句话却让她心惊。

他说，这起意外像是人为。

也就是说，岑寂的车子被人动过手脚。有人刻意要置他于危难！

“也不是真要你命，只是一个警告吧，不然你现在恐怕就不是躺在这里了！”那警察似乎与他认识，说话带了点调侃，“还有，医生告诉我，你左肩之所以会受重伤，可能是你在出意外时没有系安全带，然后又侧着身子，肩膀才会被碎玻璃扎中。怎么你现在开车这么猛？真不像你的作风！”

床上的清俊男子微微勾唇，没说什么。

那警察不明白，但蓝又恩知道。

她记得他上车时明明是系好安全带的。还有事发那刻，她似乎感觉他朝她伸出了手臂。

最后，她安然无恙，他却受了重伤。

她心头突地一跳，喉咙似乎被什么东西卡住，上下不得的感觉，很闷很沉。

他们在H城的医院待了几天。

两人的手机都在车祸中遗失，暂时没与S城那边联络，一来她是怕事情闹大，其他人担心，所以想等岑寂伤好一些再回去。

二来，她也想弄清楚这起事故的原因。为此，她悄悄找到了那日的警察，结果对方在打量了她几眼后笑着告诉她，她不是车主，调查结果暂时无可奉告。她若真想知道，可以直接问车主本人。

也就是一个太极，又打了回来。

蓝又恩无奈，回医院后，她正琢磨着要不要去问岑寂，他却先她一步开口。

“车祸的事，你不要去深究，对你没好处。”他半靠在床上，左手绑着吊带，目光深邃。

“这么说，你知道是谁做的？”她沉思，“该不会……”

“听我的！”他打断她，“这件事你不知道，对你比较好！”

“好，就算我不过问，你打算怎么解决？”如果这事是周舒妍做的，那就可怕了。可那天在旋转餐厅遇见，看她的态度又不太像。蓝又恩心中疑惑。

“我自然会解决。”他的瞳底划过骇人的冷芒。

回到S城已是五天之后。

她先回公司取车，回到公寓后，发现客厅茶几上多出来个盒子，打开，里面是一件很时尚的小礼裙。纸条上的字迹龙飞凤舞：又恩二十七岁生日迟来的礼物——我的第一件女装作品，为你而设计！

是纪亚！

她掌心一热，放下衣服立刻转身上楼，楼上没有人，楼下也是。

没有他的行李，也没有住人的迹象。

她想到自己丢失的手机，立刻匆匆洗澡换了身衣服，驱车来到雨晴的画廊。

“你终于出现了啊！”她才踏入店门，短发女子就飞快地迎了出来，“你去哪儿出差了？这么久，纪亚等了你整整五天啊！”

“他果然有来找你！”蓝又恩放下包，“我在外地遇上车祸，在医院待了几天。”见到好友一脸震惊，她赶忙将事情交代清楚。

“原来住院的是岑寂！”雨晴撇撇嘴，似乎有些不高兴，“你怎么回事，他住院就让他住呗！还陪着一起，你知不知道纪亚这次特地回来是想给你一个惊喜！他最近忙到不行，求了那边的教授好久才被放回来的，本来说好了三天，结果到处找不到你，你公司的人只说你出差了，手机也联络不上。他又多等了两天，白天等在我这里，晚上就一个人回公寓。他大概是想你想疯了，整天一句话都不说，我看他那样子都心疼！”

“他现在人呢？”

“他教授下最后通牒了，他不走不行。下午四点的飞机，还有半个小时起飞。”雨晴沉沉叹气。

“你不早说！”

“早说你也赶不上啊……”雨晴话音未落，蓝又恩就拿包冲了出去，“你慢点开车！小心啊！”

是的，当他说太忙可能没法回来时，她的确希望他不要回来。

只希望时间久一点，距离再远一点，这样，所有一切都会淡去，成为记忆深处某个定格的画面。

可是，当听到他回来过，知道他等了她五天，听见他此刻就在机场，她的身体竟然快过了思维。

上车关门的动作如此流畅，车子在车道飞快穿行，一路朝南，直奔机场而去。

内心深处或许明白，其实是赶不上的。

车速再快，也赶不上飞越地球的航班。

见不到他，来不及赶不上这久违的重逢。

车子依然全速来到了机场，推门下车，夏日燥热的风吹来，拂起她长长的发丝。天空中，一架飞机朝南方而去。

震耳欲聋的轰鸣声充斥了整个天空，周围的所有声息都被淹没，她扶着车门，仰头目送飞机的离去。

原来，并非不想念。

原来，并非不想见。

当夜夜入梦，身畔少了那抹缠绕的温暖，才发现那人的音容样貌早已渗透入心。每每归家开门之前，仿佛那笑容还在身边，似乎只要一推门，就能见到柔和的灯光与已准备好的晚餐。她记得少年手臂紧绕她时的那种温馨呵护，记得他温柔又顽皮的眼神，记得他在夜晚索取时的热情，以及肌肤的温度。

原来，她什么都记着。

只是，如今唯一能做的只有目送他离开。

这时的蓝又恩并不知道，错过了这场重逢，当他们再度见面，时间已是两年之后。

他的留学生涯，延长了半年。

两年后的春天，当他再度归来，已是另一番天地。

物是人非，那是怎样也料不到的未来。

蓝又恩重新买了个手机，号码没有用以前那个，而是换了新号。

雨晴对此不悦。

她当然明白她的心思，换个号码，纪亚就没那么容易找到她了。

“不是还有家里电话，再说网上聊天也方便，何必非用回从前的号？”蓝又恩对此笑笑。

“你少来了！家里电话又不是每次都能接到，网上聊天，你整天潜水谁知道你在不在！”雨晴愤愤，“你这不就是变相地想和他疏远吗！看你那天的反应，明明就在乎，何必这样做！”

“雨晴，你相信远距离爱情吗？”

“怎么突然这么问，远距离爱情，的确有些不可靠，可是纪亚他……”

“对，他离开时说，让我等他。可是，我没有说我会等他。如果我真的答应等他，当初何必让他出国？如果真的在乎到无法放弃，我根本不可能放手！你了解我，我何曾因为前途、未来这些理由，放弃过我爱的男人！你懂吗，就是因为不够爱，我才可以放手！如果我不够爱，又怎么能够拖着他耽误他？这对他不公平！”

“不够爱？”雨晴看着她，“你不够爱，那你爱吗？你到底，爱不爱纪亚？”

“爱又是什么？”她抿了抿唇，仍然浅浅地微笑，“我这辈子，情感来得太早太汹涌，所以只懂刻骨深爱。现在这个身体里存在的感情已经变得稀薄，也所剩无几了。雨晴，你曾经问我是不是把他当作亚然的替身。其实对我来说，也许这世上的每个人都是亚然的替补。真的，我不是怕自己会再次受到伤害，而是怕我会伤害到别人。”

“算了！每次和你说到这个问题，连带我的心情也会变糟！”雨晴无奈地支着下巴，“你爱怎样怎样吧，谁让我十几岁就认识你了，真是交友不慎啊！”

那之后，她和纪亚的联络就更少了。

正如雨晴所料，宅电一般是接不到的，公司电话也很难找到她本人，网络再发达，只要蓝又恩不理会，任凭那边的人如何神通也找不着她。

纪亚为此找过雨晴很多次，询问又恩的手机号，可她没有得到允许不敢说，只得装傻，说两人最近见面也很少，又恩大概很忙，手机号的事她也不清楚。

后来，纪亚便开始透过她问又恩的近况，再通过她转述自己的近况。

雨晴便一概只说好，说她反正就两点一线，要不偶尔来画廊坐坐，和他之前在伦敦时没什么差别。

忙碌的时间，总是过得特别快。

纪亚在意大利忙过这一年，又迎来新一年的学业和工作。

学校原本的计划是让他在那边待一年半，等到大三结束时回到国内。

可机缘巧合，他第一年参赛时的作品被巴黎时尚圈一位名人看中，对方和他见面后，极其欣赏他的才华，打算将他纳入自己的公司加以培养。

在做决定之前，他数次打电话回国，这次总算和蓝又恩通上了话，那时他们已将近一年没有见面。

“如果你想我，我就按时在夏天回去。不然，可能要到明年春天，我才会回国。”他并不笨，也明白她是在故意减少联络。心底为此气恼，然而听见她的声音，一切情绪都在瞬间化为了思念。

他暗下决定，只要她一句话，无论他在哪儿，无论在他面前有多平坦的大道，他都会回到她身边。

“这么好的机会，你别不珍惜，早回来晚回来都没有区别。”然而，她淡薄的回答让他失望。

他的思念是如此汹涌疯狂，她却依旧云淡风轻。

“又恩，分开这么久，这是我第一次感觉，你真的离我很遥远。”他声音低沉，挂断了电话。

Chapter 10 归来

一年后。

PL公司顶层，电梯门打开，外间的助理见到某人一脸不快地快步走出，立刻自觉地拨通内线："岑总，蓝总监找……"

话音未落，蓝又恩已直接推门而入。

办公桌后的男子抬了抬眼，继续看手里的文件："你等我一下，马上就好。"

蓝又恩不耐烦地上前，啪地合上他手里的文件："雷克斯要来S城的事我知道了！"

"哦？"他停下，扬眉看她。

"你知道我最近一直想联系他，为什么偏偏这个时候让我去B城出差？时至今日，莫非你还没有放下？"

他眸底闪过某些情绪，最后微微眯起了眼："又恩，我是为你好。"

"为我好，所以始终不肯和亚泰琪解约？"她直起身子，叹息，

“你知道，让亚泰琪打入国际市场，是我现在唯一的心愿！”

他的视线垂了垂，又再度凝视她，无比认真：“那你知道我现在的心愿是什么？”

他的言下之意她很清楚。从两年前那场车祸后开始，他们之间的关系一直维持在某个微妙的平衡点上。

岑寂的过去和意外车祸，让她选择原谅、释怀、放下。

在岑枫然的事情上他很守信，没多久就解决了。对于岑家，这两年他一直未有动作。但同时，他想要与她复合的意图也逐渐明显。

其实到今时今日，蓝又恩仍看不透面前这个男人。

从温柔到无情，从冷酷到处处干涉，再到如今重新示好，她真的不太明白他心里究竟在想什么。

他当初是为了报复岑家，才会故意利用她，和她在一起的不是吗?

可为什么，每每当他如此刻般无声凝视她的时候，她总是从他墨玉般的瞳底看到让她心悸的东西。

她不是小女生，不会因为害羞避开这种目光，于是回视，进而探究，最后发现了他的认真。

“岑寂，我想我必须得告诉你。我可以原谅你以小叔的身份利用我的所有事，但在另一个方面，我有自己的原则。我绝对不能原谅你以男人的身份欺骗背叛我的事！”这是两年来，她第一次清晰地和他说这些。

男子修长睫毛下的眼眸深沉，他转动椅子，缓缓起身，落地玻璃外的阳光在他身前打下斜斜倒影。他身上纯白色的衬衣上跳动着点点光斑，犹如一把剔透的水晶，随着他的脚步，来到她面前。

“那如果我告诉你，当初我并没有以男人的身份骗你，也没有背叛你，你的原则是否能有所松动?”他压低了眉宇，清俊的脸庞越发逼人夺目，见她不语，他慢慢靠着办公桌叠起双臂，“又恩，都这么多年了，从亚然第一次在家宴带你回来，已过去十年。可是这么多年，我居然一直放不下你。”

她愣了愣，没有说话。

“当初，我是真的想和你在一起。明明清楚你是我侄子的女人，明知身份与亲情的枷锁重重，仍一头栽了进去。”

她实在有些无法消化。这么多年来，她一直以为他极其厌恶自己。

“那次，你没有拒绝我吻你，我以为你也和我一样。可后来我才明白，你根本从未爱上过我。在你心里，始终只有亚然，已经死去的亚然。”

夺下罗丽达的计划一直都在进行，只不过她的冷情，让他下定了利用她的决心。公寓里的背叛是事先设计好的，她的助理高凡不过是个被操纵的傀儡，一道在最后时刻，用来试探她的摆设。

如果在当时，她哪怕露出一丝一毫的痛楚与悲伤，他随时都可以停止。

可是，没有。

正如他知道的那样，在她眼底心中，只有岑亚然、亚泰琪、岑家的罗丽达。那里面，没有他，从来都没有。

他以为伤害可以断绝念想，以为有恨就可以忘记爱，哪知却让自己陷入爱恨不得的泥沼。

这些年，兜兜转转直到最后，他依然放不下她。

甚至在车祸发生的瞬间，心里的第一个念头仍是保护她。他甚至想也不想就解开了安全带，侧身为她挡住碎裂的玻璃，就像多年前那个宴会，当岑定国手里的硫酸袭来，他想也不想就挡在她前面一样。

当血液一点点自体内流逝，当靠着柔软的她静静呼吸，他才终于明白——既然如此放不下，他还有什么可与她计较的？

他骨节均匀的修长手指轻轻触上她的发梢：“又恩，我们重新开始吧。”

这是一个名模、名设计师、名人云集的盛宴。

主办者是欧洲时尚界的风云人物雷克斯·萨那。这次即将举办他在中国的首场服装秀，因此率先开启宴会，据闻此次宴会，雷克斯的独生女儿，法日混血名模伊蒂将会陪同父亲现身。

同样现身的，还有他传闻中的得意门生。

据闻，这位集三千宠爱于一身的天之骄子，是个中国人。

范青仁发现身边的女子今天有些恍惚，与雷克斯见面是她期待已久的，然而从早上至今，她一直垂目静坐，明显心不在焉。

“身体不舒服？”钟倪也觉察出她的异样。

“心里有些堵。”蓝又恩取过一杯香槟，仰头一饮而尽。

“是不是昨天和岑寂提见雷克斯的事，他又烦你了？”范青仁猜得比较近，但还是没猜到点子上。

公事固然烦心，但此刻最大的困扰还是岑寂昨天的那些话。那些她不知道的过往，让她素来平静的心起了波澜。

他说，现在在他们之间，没有岑家，也没有罗丽达。

而他自然会帮她将亚泰琪打入国际市场。

所有都不需要她担心，他有足够的能力应付一切变故。

“我没有要求你必须立刻爱上我，但我希望你能认真地和我在一起——以结婚为前提！你考虑一下，明天宴会后给我答复。”

“你不是不想让我见雷克斯？”

“现在没关系了，该说的我都说了。”见她不解，他只是一笑，“明天，你会明白的。”

可是，蓝又恩还是不明白。

他突如其来的一番话，似乎扰乱了她的正常思维。

然而，当宴会正式开始后没多久，她便发觉，自己之所以会不解，不是因为她的思维被扰乱，而是岑寂他，有一些事并没有告诉她。

欧洲时尚圈，被雷克斯收作关门弟子的得意门生，是一位中国人。

过去一年，他虽从未在媒体前露面，却陆续有作品呈现于米兰T台。

他被业界誉为前途非凡的设计新星。

据闻他很年轻，前途无可限量。

媒体将他称为亚当之子，寓意被神眷顾的孩子。

他才华洋溢，气度非凡，拥有华丽的贵族气质。

据说，雷克斯的独生女儿——那位十八岁的混血名模伊蒂对他一见钟情！

而雷克斯本人，也已默认他为宝贝女儿未来的另一半。

随着那道挺拔修长身影的出现，周围的人都在悄悄议论。

而她，终于明白岑寂原本不想让她出席这个宴会的理由。

这是两年前的夏天，她在机场外目送飞机离开时，怎样也料不到的。

宴会前方，陪同雷克斯及伊蒂一起出现的人，是纪亚！

是那个一年前挂上电话后再也未与她有过任何联系的纪亚。

是那个两年前不顾一切从意大利飞回来，只为见她一面的纪亚。

是那个，冬夜搂着她在落地窗前看繁华都市，让她等他回来的纪亚。

往日古铜色的肌肤已恢复成素净的象牙色，栗色的短发留长了些许，染成了出挑迷人的亚麻，微微带了一点卷，恰到好处地衬托出他尖瘦的下颌。

如果说他从前是个俊朗的男孩，那现在，已可称作是极俊美的男子。

浅棕色的瞳内敛而深沉，将所有的张扬和明朗通通收入眼底，只留淡淡的自信与沉稳。

三件式的正统修身西服，完美修饰出他紧窄的腰身线条，白色与烟灰色完美搭配，即便不佩领带，也帅得无可挑剔。

价格不菲的名表与西服搭扣，更令他眉宇间耀眼的贵族气质展露无遗。

他在闪光灯下微笑开口："大家好，我是你们口中的亚当之子——温纪亚。"

纪亚？

真的是纪亚。

看到他时，她一度以为是自己看错了。

不过两年，那样大的变化，她差点不敢相信。

他介绍完自己，从舞台上退下，伊蒂在雷克斯耳边轻轻说了一句话，随后追上他，两人互相笑了笑，各自拿起一杯香槟，碰杯饮尽。

他的笑容一如既往地俊朗，只是少了份飞扬，多了抹魅力。

没有错的，这的确是纪亚。

他终于完完全全退去了少年的青涩，成为一个男人。

他说过，他会变成男人回来，他做到了。

再没有任何一刻，如此时般让她坚定地相信自己当初的放手是对的。

她的选择是对的。

蓝又恩自范青仁手里接过第二杯香槟，轻轻抿了一口，淡淡笑了。

宴会开场舞曲响起。

作为主办方，伊蒂自然成为开舞者，她一改由男士主动的风格，率先朝身边的人伸出手。

身为名模，伊蒂拥有高挑曼妙的身材，她是个标准的混血美女，年轻性感，肌肤亮泽，气质出众，当她展露笑颜时，精致的五官又透出少女独有的青春妩媚，当真是绝代佳人。

在几乎全场男士以羡慕的眼神看着被她邀请的年轻男子时，后者却只是轻轻看了眼面前的美女，随后勾了勾唇，一语不发地与她携手入场。

“我说过，你会明白的。”身着一袭黑色西服的清俊男子缓缓现身，“现在你明白了？”

她握着高脚杯，冲他挑眉：“你可别告诉我，这件事背后，你从未插过手。”

他似笑非笑地眯起眼：“聪明。我是和雷克斯推荐过他，不过这小子也确实有点本事，据我所知，他是雷克斯第一个收入门下的华裔学生。”

“你可真是费尽心思。”她目色静淡。

“当然。”他伸出手指，轻轻触碰她的脸颊。时光流逝，她的肌肤却半点不见黯淡，仍如往昔般通透细腻，白皙如玉，“我说过，我只重视结果，过程如何现在已经不重要了。你呢，看着那边的两人，是否决定好给我一个答复？”

她轻轻叹了口气，实在不想与他多纠缠这个话题。转身将手里的酒杯递给服务生后，就打算离去。

然而，才走出两步她的腰上就是一紧，侧目对上男子细致优雅的五官，注视着她的瞳底带了抹不由分说的强势。

他脚步一转，指上用力，转眼间已动作熟练地将她带入宴会舞池。

“岑寂！”她无奈。

“陪我跳个舞吧，距离上次跳舞已经隔得太久，我的记忆都模糊了。”他一手搂住她的腰，一手与她相扣，优雅地带着她随旋律转动。

上次？他一句话，勾起了她久远的回忆。

真的太久了，上次跳舞，还是亚然在世时。那时他们刚结婚没多久，适逢岑寂生日，便喊了些年轻朋友，在岑家别院举办生日宴。

她还记得亚然教自己跳华尔兹，她却懵懵懂懂，怎么也跳不好。

之后，在旁沉静许久的岑寂终于看不过，皱着眉上前，将她接过去。

“你什么都不用想，就跟着我动。不要看脚下，看着我。”他淡淡说了两句，之后便带着她，熟练地开始旋转。

后来，她没多久便进入状态，一步都没跳错。

当舞曲结束时，她高兴地拉着他笑道：“我居然学会了！谢谢你小叔，你实在太厉害了！”

男子原本泛着笑意的眼瞳在瞬间冷却，他蹙了蹙眉心，很快放开她，转身离去。

她尴尬地愣在那里，亚然上前安慰，她却仍是莫名：“我又说错什么了？小叔他是不是在生气？”

“他就这样，没事的。”温柔的丈夫细语安慰，她又重展笑颜。

她从回忆里走出，抬眼看他：“对了，那个时候，你为什么会突然翻脸？是我说错什么还是做错什么了？”

他垂目凝视着她，贴着她后背的手用力，拉近两人的距离：“我很讨厌，你叫我小叔。”

“那个时候，你本来就是我小叔吧。”

男子的薄唇勾出极美的弧度，他像是在思索要不要说。最后，还是轻声道：“因为那时，我就想把你变成——我的女人。”

最后一个字，结束在他赫然落下的唇里。

两唇紧贴，虽然只是浅薄的碰触，但因为他的手紧收着她的腰身，她竟没法挣开。

震愕之际，只听见前方不远处传来哐啷巨响。

她推开他看去，只见原本被服务生推出的水晶杯塔已轰然倒塌，碎了一地。

在那旁边，惊魂未定的伊蒂愣愣地看着面前的俊美男子：“你、你没事吧，怎么这么不小心？”

距离虽然隔得不远，但因为中间人很多，所以她看得不是很真切。

只感觉他似乎正沉脸看着她的方向，她正要细看，他却已转身，头也不回地大步离去。

是错觉吗？为什么，她觉得那目光很阴郁？

她视线回转，却发现身旁的人正莫测地笑着。

她拧眉：“你总是这样善于计算，就没有腻味的一天？”

他不置可否，只是徐徐道：“雷克斯会先在S城逗留几天，然后接受我的邀请，去海南度假，你自己决定，要不要和我同行！”

他说完，勾着唇径自离开。

一间办公室，两男一女，正在秘密开会。

起因是钟倪因不放心岑寂拉蓝又恩跳舞，所以在宴会上悄悄跟在一旁，结果听到了他们的对话。

“也就是说，你如果答应岑寂和他交往，他就会帮你搞定亚泰琪打入欧洲市场的事，对不对？”钟倪归纳总结。

这话让蓝又恩很无奈，但现在看来的确是事实。她看了眼没开口的范青仁，问他的意见。

“雷克斯毕竟和岑寂交情好些！虽然他几年前答应过给你机会，但这种口头承诺根本不可靠。”

“那你什么意思，难道想让又恩答应和岑寂交往？就算当年有隐情，他伤害过又恩也是不争的事实！”钟倪有些激动。

“那我再找雷克斯谈一次。”蓝又恩拧眉。这几天变化来得太快，她感觉有些力不从心。

“说到雷克斯，他那个被称作亚当之子的得意门生真是不错啊！年纪轻轻居然就如此有才华，听说之前在米兰获奖了呢！”钟倪回忆起昨晚，“果然是后生可畏！”

范青仁注意到蓝又恩脸上一闪即过的神情：“又恩，你认识他？”

“是啊，认识。”她的唇角不由自主地提起：“只是好久没见了，变化真的很大。”

“既然认识，不如就从他着手！与其和岑寂打交道，我觉得这个温纪亚应该更容易搞定！”

“行了你！别添乱。”范青仁隐约觉察到什么，思索片刻，颇为认真地朝蓝又恩道，“事情既然已经发展成这样，我看要不……你试一下岑寂到底有没有诚意！”

见两人都看着自己，范青仁决定直白表达：“也就是说，不管岑寂对你真心还是假意，你先不要拒绝，和他拖着，等亚泰琪与雷克斯合作成功之后再做决定！”

“你要又恩出卖色相？”钟倪瞪大眼。

“怎么说话的！这叫虚与委蛇！”范青仁瞪他，“我是那样的人吗！”

“那不就是出卖色相！岑寂的个性你又不是不了解，没尝到甜头之前，他怎么可能让我们和雷克斯达成合作？”

“那就看又恩怎么表现了！她比我们任何人都了解岑寂。再说，岑寂这么多年下来，什么女人没见过，想要什么女人得不到，偏偏还惦记着又恩！这说明了什么你懂吗？”

“说明我们又恩魅力无人能及！”

“正经点！总之，我感觉岑寂应该会妥协！你还记得两年前他转股份给又恩的事？没有买卖权，但有收益权，这说明什么？他早知道又恩想让亚泰琪独立，所以用股份来贿赂她，就是想留她在PL！”

“这么说，岑寂那家伙对又恩也算有心？看来这招虚与委蛇可行！”

“绝对可行！以又恩的头脑，游刃有余！”

“之前我有听见岑寂邀请她去海南！像是和雷克斯聚会！”

“机会来了！”

两人谈着谈着，就这么直接决定了。

“这样做不妥，我想我还是……”蓝又恩出声。

“二对一，你输了！”钟倪当机立断。

“似乎我才是上司吧！”

“所以你更应该努力！”钟倪继续。

“去准备准备，过两天就去海南吧！”范青仁拍拍她的肩膀，算是安慰。

作为被下属出卖的倒霉上司，蓝又恩被一张机票打发去了海南。

她没有和岑寂同行，这是范青仁的建议，说一前一后到达显得更真实，毕竟她不是那种会突然改变决定的女人。

这家近海的五星级花园酒店，是岑寂和雷克斯的落脚处。据说，岑寂也是这家酒店的股东之一，这次为雷克斯安排了最豪华的全海景总统套房。

她取了房卡，才放下行李没多久，房间门就被人敲开。

服务生推了一车美食和鲜花进来，说有人叫的房间服务。

虽已过了午饭时间，但她赶飞机匆忙，还没有吃过。餐车的鲜花旁边搁着一个长方形的盒子，她打开，里面居然是一件精致的黑色丝质小礼服。

手机在同时响起，她看了眼，是岑寂的号码。

“礼物还满意吗？”电话那头的男子声音平缓低沉，带了抹柔和，似乎对她的出现并不意外，“下午好好休息，晚上在海边会有个小型宴会，我六点来接你。”

他说完，也不等她答复就挂了电话，像是笃定她会出席一样。

蓝又恩捏着手机叹了口气，面对这么精明的岑寂，她真能如范青仁和钟倪期待的那样将事情顺利进行下去吗？

她实在有些怀疑。

酒店位于海南三亚最清澈的一片海域，酒店前方的大片沙滩禁止普通游客进入，能在这里休闲玩耍的，只有酒店的住客。

这里的沙滩色泽偏淡，沙粒细腻，海水透着蓝绿色，湿漉的海风拂来，她仿佛听到有人在低低地笑。

——老在浅水区有什么好玩的，去游泳吧！

——我会带你一起游，绝对不会松开你！

——你是我的！

——我是你的？也可以啊……

她回首，身后却只有稀疏的陌生游人。

雨晴在宴会后的第二日从网络上得知了纪亚回国的消息，一个电话打来，询问她怎么回事，为什么他成了雷克斯独生女儿的未婚夫？

“他现在是雷克斯的门生。”面对雨晴的一系列疑问，其实她知道得也很少，只能简单解释，“我也是昨天在宴会上才知道的。”

“你看见他了？你们怎么样？”雨晴忙追问道。

“人太多，没打上招呼。”

“那他后来没去找你？”

“没有。”

雨晴没有忍住，当晚就冲到她家。

“你怎么还待在家里？他不来找你你可以找他去啊！听说他好像住在‘纯馆’！太奢侈了，真是今时不同往日！”

“纯馆是会员制的，我就算去也进不了门。”她对着笔记本电脑忙碌，只间或看雨晴两眼。

“你是不是太淡定了？喂，现在纪亚回来了，身边还多了个法日混血名模！你都不担心？”

她停下工作，正视好友：“雨晴，是我决定让他去意大利的，也是我决定疏远他的。这不是我担不担心的问题，不管他现在身边有谁，我都没权再去干涉和过问。”

雨晴沉沉地看了她许久：“你真的，一点都不难过吗？他变成了男人回来，可你们……”

“这样很好！”蓝又恩终于推开了电脑，“看见他的那刻，真的觉得很好……”她语调渐低，起身走去落地窗前，“雨晴，过去的事情以后不要再提了。今天既然来了，陪我喝一杯吧！”

“你真是气死我了！”无须蓝又恩说，她已经去餐厅处取了酒杯和红酒，“别说我这个做朋友的不了解你，我今天来之前就没对你抱太大希望！果然被我料中！来吧，两个剩女干一杯！”

雨晴说了解她，可她似乎有些不了解自己。

明明觉得很好，却又仿佛不好。

耳旁的幻听干扰了她的思绪，心也一直隐隐作痛。

打算回房间时，她在沙滩遇见了散步的雷克斯。

他独自一人，见她，笑着问好。

她礼貌回应，当得知他是一个人来海南度假时，悄悄松了口气。

心底有些微的失落，她尽量不去多想。

在房间阳台上看日落时，房门被人敲响。门外，优雅俊贵的男子一身休闲宽松的短袖长裤，那双墨玉般的瞳定定看了她片刻，浮起笑意：“我就知道，这件衣服适合你。”

海边，长长的白色餐桌已经摆好，饮料与精致的食物散着香气，乐队在沙滩上演奏着小夜曲。

这个宴会真是小到可以，除了她和岑寂，餐桌旁只有雷克斯和一个性感的东方女子——这根本就是四人晚餐。

见到他们，雷克斯将依偎在他身上的女子推开一些，颇为惊艳地打量着蓝又恩。

黑色的丝质礼服，没有任何肩带，简洁的抹胸款式贴身轻盈，显出她姣好的身段，礼服下摆呈不规则的曲线造型，露出一双笔直的腿。

她及腰的黑发剪得很碎，纤细的发梢萦绕流连在瓷白的肩膀和手臂上，令她看起来更加纤细柔软，仿佛天际云絮，落日余晖，美好得令人心悸。

“蓝小姐果然气质出众！”雷克斯的眼底透出些许探究。

闻言，岑寂唇角勾起，伸手搂住身旁人的腰。她看他一眼，刚想挣开，他的呼吸已贴上她耳际：“让雷克斯重新对你有兴趣，并不是一件好事。”

蓝又恩明白过来，拉住他亦在他耳际轻声道：“你故意的！”

“现在明白已经晚了，乖乖的，今晚就做我的女人。”他收紧手指，肆无忌惮地将唇贴上她的耳垂，重重吻住。

如此情景，雷克斯一目了然，他低笑着，将某些才冒起的念头无声平息。

晚餐的谈话并没有涉及工作，蓝又恩知道这事急不得，便坐在一旁静静倾听，找寻开口的契机。

然而，晚餐快结束时，一个本不应该出现的人竟然出现了！

苍穹辽阔，夜幕幽远。

他穿着纯白色的衬衣与长裤，并不像是来沙滩的打扮。

微敞的衬衣领口被海风吹动，露出性感的锁骨和缠绕脖间的银色十字架。亚麻色的细碎发丝在他前额拂动，原本带笑的眼瞳在看清桌子对面的两人后骤然深邃。

她的喉咙瞬间有些发干，还未深思，两个字已脱口而出：“纪亚！”

雷克斯拍拍爱徒，拉开身边的位置示意他坐下。

温纪亚笑了笑。那笑容只停留在唇边，并未及眼底。他只淡淡地看了她一眼，就将目光转向雷克斯，告诉他，伊蒂因为坐飞机太累，在房间休息不出来了。

“真是体贴。”岑寂握着酒杯，一手将蓝又恩搂住，轻笑着朝她道，“我和他比起来，哪一个更体贴？”

“岑寂！”对于他的刻意，她有些反感。

“别生气，我知道本来今晚答应了你两人世界。可是，我和雷克斯好久没聚了，就当是陪陪我？”他的笑容分毫不减，按在她肩上的手指力度却在一分分加重。

她不语，指尖一动，面前的红酒杯赫然翻倒，洒了自己一身。她不惊不急，不着痕迹地脱开肩上的手慢慢站起，朝几个人微微一笑：“抱歉，酒翻了，我失陪一下。”

说完，她转身，笑容也在同时落下。

岑寂若有所思地看了眼倾翻的红酒杯，将它慢慢扶正，目光上移，对上对面的人深沉的浅棕色眼瞳。

“PL的岑总，真没料到，原来你和老师的关系如此亲近。”

“现在知道，也不算太迟。”他扬了扬眉，眼底是一切尽在掌握的从容。

“的确，现在知道，并不算太迟。”他亦扬眉，漂亮的唇角带笑，然而瞳底却有凌厉的冷光一闪而过，他起身，“老师，你们继续用晚餐，我先回房间去了。”

远离晚餐场地的沙滩另一侧，蓝又恩在岩石上坐下。海风拂来，她闭上了眼。

不知过了多久，耳旁传来缓慢的脚步声。

脚步在她不远处停下，之后咔嚓一声，是打火机的声音。

海风里顿时漫入烟草味，隐隐约约，还有古龙水的淡香。

她眉头一皱，很不耐地睁眼：“你又来……”声音戛然而止。

站在那里的人，不是岑寂，而是纪亚。

“看到是我，失望了吧？”他的态度凉薄轻慢，插着裤袋，凝视着海的方向。戴着炫目饰品戒指的细长指间夹着香烟，不时送到唇边，烟雾随呼吸袅袅而出。

她心头一震，他何时学会了抽烟？又是何时，开始用香水？

烟头随呼吸明灭，明明是陌生的动作，他此刻做来却万般流畅。

月光下，他左耳上的两颗钻石耳钉正随着他的动作而闪着冷芒——那已不是她的耳钉。世人常言物是人非，而今在她面前的，连物也不是从前的了。

心中虽然酸涩，但所有感觉仍敌不过再见面的喜悦。她走到他面前，伸出手臂，拥住了他："怎么会失望！欢迎回来，纪亚！"

年轻男子的身体似乎在瞬间绷紧，他没有回应，更没有推开。

待她放开抬头，只见到他眼底的一片漠然与沉冷。他下颌微扬，视线低垂，与她形成俯视的落差。

他许久都没开口，指间的香烟燃尽，被他丢在沙滩上踩灭，再度看向面前的她，视线在她雪白光裸的肩膀上游移："裙子不错，他送的？"

"你不要误会，这只是……"解释的话语脱口而出，却又即刻打住。她向他说这些做什么？物是人非，没有意义的话，说了也只是增加彼此的烦扰。

"误会什么？"他俊美的眉间起了褶皱。

"没有，是他送的。"她提了提轻柔的裙摆。

他的神情再度恢复一片淡漠："和他来这里度假？"

"算是。"

"我也是过来度假的。"

"我知道。"她淡笑，"伊蒂很漂亮。"

"这和你无关。"他的语气有些冷硬。

"是啊。"她低着头笑出了声，又是许久的安静后，她终于再度抬头，"纪亚，你现在过得好不好？"

夜色下，他的眼眸格外深邃迷人。他的唇动了动，吐出两个字："很好。"

"我也是。"她又一次笑了，"看来我们都很好。"

海浪细细地涌来，沾湿了她的细跟凉拖，也湿了他光洁的鞋面。那是双纯黑色的漆面皮鞋，他过去从来不会穿的款式。记得有一次和他逛街，她看中了一家鞋店的新鞋，想让他试穿，他却如何也不肯。

从来只穿休闲鞋与球鞋的男孩，现在终于成了男人。

手机铃声在寂静的夜里显得很突兀，她接听，对方的声音不响，但身旁的人还是可以听见。

“还在外面？”

“什么事？”

“有事要谈，在房间等你。”

寥寥几句，电话挂上。

她转身朝身旁的人开口：“我先回去了。”转头的瞬间，她仿佛感觉到一股逼人的气息，自身后朝她包围而来。然而回首对上他的视线，却仍是漫不经心的淡冷。

“晚安。”他插着裤袋，目光重新投向夜幕下的海。

“晚安。”她转过身离开。

房间里，烟雾弥漫，香烟味重得有些呛人。

她不知道他是怎么进来的，他总是有自己的办法。

“我以为你在房间。”沙发上的人伸手摁灭香烟，目光从睫毛下扫过来。

“你这样我压力很大！”她走去推窗，外间新鲜的空气伴随着海潮声涌入室内，将烟味一扫而空。她吸了口气，腰上顿时一紧，反应过来时，人已经被岑寂卷着腰带上沙发。

带着烟味的性感薄唇近在眼前，他清俊的脸在灯光下半明半暗：“压力？你说说看，是什么样的压力？”

她极其不悦，推着他想要起身。

他手上用力，她反而被按得更牢，被迫坐在他腿上，侧身贴着他：“现在这种就叫压力！”她不得不用力抵着他的肩膀，才能避免两人的呼吸相缠，“你找我要谈什么，先放开再说！”

“和他单独见过了？”他问得有些突兀，但彼此都明白话里的意思，“如何，久别重逢，你们有没有忘情地叙旧一番？”

“你够了！”这样的暗示，终是让她忍不了恼意，用尽全力推开他，起身走向门口。

她在开门前被身后的人拉住，他脸上那种似笑非笑的神情此刻已完全消失，深邃的目光让她心生警惕。

还是晚了。

吻，来得强势霸道，爆发出来的灼热气息，格外骇人。

脸颊上传来压力，她被他紧紧缠住。

她越抗拒地推他，他就吻得越深入，带着怒气，带着肆意……带着，渴望。

记忆中，岑寂从来不曾这样渴望过她的身体。

他们曾经有过一年的相处，但接触仅止于嘴唇。

就算之前曾有次他酒后强迫，也不过是因为愤怒，惩罚的性质远远大过索取。

这次却不同，她能感受到他身体散发出来的讯号——那种渴求，没有丝毫隐晦，男性的气息浓烈而滚烫，随着他柔软的薄唇，一点点侵袭着她。

“岑寂！你不要乱来！”

“乱来？”他将唇移到她耳郭上，“那小子这样对你时，你也拒绝过吗，还是坦然而欣喜地接受？”

她不开口，花费了很大力气才把他稍稍推开一些：“岑寂……”她正准备冷眉警告，房间的门却突然被人敲响。

这个时候，会是谁？

疑惑间，身前的男人放开了她去开门。

压迫感卸去，她松了口气，低头才发现身上的小礼服已经被揉得乱七八糟，她刚想整理一下，却突然反应过来这是她的房间，怎么能让岑寂去开门，何况他身上的衣物不比她整齐多少。

然而当她快步走到门口时，房门已经打开了。

门外，俊美的年轻男子维持着叩门的动作，满眼惊愕地看着门里衣衫凌乱的两人。

蓝又恩的脚步凝滞。

门外的人，是纪亚！

这一刻，她仿佛感觉到了空气的凝滞。

“纪、纪亚？”在那双浅棕色眼眸的注视下，她的声音有些不稳。

“有事？”门里的男人拉了拉敞开的衣襟，有些玩味地看着对方。那表情突然让她明白了对方放弃纠缠她转而开门的原因。

温纪亚没有出声，额际的一缕碎发随着他手放下的动作缓缓垂落。他的表情僵硬，脸上是漠然的冷，可心里仿佛堆砌着众多不明的情绪。

她又感觉到了那种阴郁沉冷的气息，慢慢看向他的眼。他的目光正定在她的脖子上，瞳底似乎带着可怕的眸光。

“你有事吗？”岑寂低笑一声，再度问道。

“没有。”那两个字，仿佛自齿间挤出，“我敲错门了。”或许是走廊的灯光太暗，他象牙色的脸庞透出一种冷硬的苍白。

她看不真切。

岑寂勾着唇，做了个请便的手势，慢慢将门关上。

轻微的锁扣声中断了门内外两人的视线，她有些无力地退后两步，仿佛刚刚结束一场硬仗。

片刻之后，走廊上传来另一扇房门关闭的重响。

隔音效果如此好的五星级酒店，那关门声却犹如平地惊雷，狠狠地在她耳边炸响。

房间里的男人看了她一眼，女子眸底的那抹晦暗令他缓缓蹙眉。

他上前，唇再度落下，她侧脸避开，他的唇没有追逐，而是在她脸颊上蜻蜓点水般地吻了吻：“今天你也累了，早点睡，明天才是重头戏。明早九点，我在码头等你。”

房间里，终于只剩下她一人，她松开手，缓缓在床沿坐下。

窗外，夜色沉寂，潮汐的声音从未停止过。

天空澄澈，阳光耀眼，小巧的家用游艇在碧海之间犹如一片轻薄的叶。海风清淡凉爽，春天果然是来海南最佳的季节。

只可惜，地点、人物通通不对。

游艇是雷克斯的，她坐在艇尾，只要一转头就能看见围栏处并肩而立的两个年轻人。

太阳由清澈的海水折射出点点流光，年轻的男子身上仿佛萃了一层华丽的外衣。他身姿挺拔修长，贴身的休闲T恤勾勒出强健的体魄，脸孔俊美，分外耀眼。

两人在欣赏海景，间或聊天，他不时浅笑，那是种恰到好处的表情，每一次展露后，他身旁身材高挑的混血美女都会回以同样迷人的笑。

那样的他，与身旁的美丽少女，配到了极致。

他们站在一起，绝对不会有人误会和质疑。

有个词叫天生一对，用在他们身上刚刚好。

岑寂和雷克斯在上层驾驶舱品酒，她看看时间，从她上艇至今已过去近一个小时，也是时候进入正题了。

她喝光杯子里的果汁，转身上了二层。

对她的出现岑寂一点也不意外，她想也许从她踏上海南的那一刻起，他就明白她是冲着什么来的。他没有点破，也没有质疑，而是很聪明地利用她的目的，来达到他的某些目的。

到目前为止，她觉得他应该很满意事情的发展，所以当她踏入驾驶舱后没多久，他便寻了个不痛不痒的理由离开，将空间留给她和雷克斯。

蓝又恩终于等到与雷克斯独处的机会，自然不会浪费。几句寒暄后，她巧妙地切入主题，然而对方，似乎更关心她和岑寂之间的关系。

“没错，我当初的确是承诺过与亚泰琪合作，可现在看来，你和他之间的关系似乎变得不同了。独立运作亚泰琪是好，但如果能建立在与PL的合作基础之上，我更放心一些。在商言商，假如你还是坚持独立和我合作，我希望你和PL之间的关系由你自己去解决。”雷克斯停了停，又补充道，“不过说实话，我想寂应该没这么容易放手。我认识他的时间不算短，还从没见过有哪个女人能在他身边停留这么久。不管你们以前怎么样，现在怎么样，我的感觉是不会错的。”

雷克斯的话让她沉默。

如今的情况，与上次和他谈话时不同。

那时，她对岑寂只有厌恶和反感，可以毫无顾忌，就算是设局欺骗，她也能坦然为之。

但在放下一切，重新相处了两年后的现在，她对他的感情，再不是简单几个词可以概述的。

尤其是当她知道他对自己的心意后。

内心似乎有了顾忌，包括他对她的亲热举动，再不能像以往般嫌恶而决绝地推开。

她总是会想起他奋不顾身救她的那两次，尤其他手腕上那道丑陋的疤痕，那是她欠他的证明。

是不是，就这样真的和他在一起?

如此一来，她也不必再犯愁亚泰琪的事，他会将一切安排妥当。以他今时今日的地位人脉财力，亚泰琪的未来必定无可限量。

“你们中国有句成语，世事无常。既然环境改变了，人也要跟着改变。有原则是好，不过墨守成规就没必要了。”他看着她的表情，意味深长地说道。

“是啊，世事无常，人又怎么猜得到未来呢。”

“我之前听寂说过，纪亚他，是你很亲近的人？”

她提起唇：“您想知道的事，应该都已知道了吧。想说什么，直接说吧。”

“很好，我就欣赏你的直接！”他放下红酒，收敛神色，“我很欣赏纪亚，他有才华，而且年轻，未来一定无可限量。同样，我的女儿也很喜欢他，年轻人的事我不想多插手，但希望你也不要多干预。放任自由比较好！”

“这正是我已经在做的了。”她表情未变，只是眉宇微冷，“还有，这些话我希望您说一次就够了。毕竟，真正能够决定他人生的，是他本人。”

“没有人会放弃完美的前途和爱情。”那是万分笃定的语气。

她没再说话，礼貌地笑了笑，转身下了楼梯。

楼梯口的扶栏处，一人侧身而立。

伊蒂和岑寂都不在，大约是进了艇舱。

海风拂动着他的发，他指间夹着香烟，烟雾缭绕，片刻即散。

听见脚步声，他回头朝她瞥了眼，又重新看海："没有人会放弃完美的前途和爱情。"他平平淡淡地将雷克斯最后的话重复了一遍，"你从一开始，就是这样认为的，对吗？"

她看着他，没有说话，他的视线又慢慢转过来，与她的遇上。

空气里，仿佛有木樨花的清淡香气。

她突然想起很多年前的那个春天，那时他刚从伦敦返回，带着满满的惊喜出现在她面前，将她抱紧。

她又想起与他在一起的那一年，总是无时无刻不被他温暖的手臂缠绕着，被他清澈的眼眸凝视着。

"纪亚……"她低低叫了声，他的身体似乎晃了晃，然而另一个声音却在这时响起："亚！你在外面干吗？快进来啊！"

伊蒂的脚步伴随声音而来，在她身旁，岑寂笑吟吟地开口道："进来吧，又恩，我们切了些鱼生，你应该会喜欢。"

仿佛瞬间从梦中醒来。睁开眼时，才恍然发现，一切都已成为过去。

原来，当时光消逝，他们已隔了如此遥远的距离。哪怕近在咫尺，却可望而不可即。

他已不再是她的他，她亦不是他的她。从此后，各自的人生都将与其他人度过。那些美好的、伤心的、难过的心情，再不会分享，再不会共有。

原来，这才是分手的意义。

而她，却到了此刻才真正明白。

她移开视线，缓缓自他身旁擦过。

后来，她在海南再没见过纪亚。

返回S城是在两天后，亚泰琪的事，她没和雷克斯继续谈。她决定暂时留在PL，所有的合作事宜，交给岑寂负责。

范青仁和钟倪对她的决定很意外，明明是让她去海南搞定岑寂，哪知她逛了圈回来，居然被岑寂搞定了！

“你该不会，真要和岑寂在一起吧？”钟倪实在想不通。

“还没决定。”

“那就是正在考虑？”钟倪扶额，“又恩，你这样我很恐慌啊，感觉像是我亲手推你入火坑一样！”

她被逗笑了：“现在还只停留在公事上，你不用担心。就算以后我真的和他在一起，也与你无关。”她抿了口手里的奶茶，缓缓道，“只不过，说明我真的累了，妥协了……”

钟倪还是哀声连连，一大堆他是罪人的废话后，蓝又恩的手机响起。电话是岑寂打来的，约她吃午饭，顺便谈谈亚泰琪进驻欧洲市场的细节。

钟倪直说要陪她去，范青仁看了看蓝又恩的表情，还是阻止了钟倪。

虽然他对岑寂也没好感，但他比钟倪更理智。在他看来，选择权在蓝又恩自己手里。她并不是个鲁莽的人，也不会意气用事。反过来说，如果当她下了某个决定，那便是真的决定，无论是谁都撼动不了。

他想看看，岑寂，是否真有这个本事令她点头。

Chapter 11 难舍

四月，S城春意浓浓，花朵绽放，满目的翠绿鲜活。坐在沿街的露天咖啡茶座，只觉得天空湛蓝，无边无际，云絮以美好的形态飘浮其中，却遥不可及。

岑寂午饭后匆匆回了公司，看神态似乎有些麻烦事要处理。蓝又恩难得清闲，独自逛了会儿步行街，便来到这里休息。

从海南回来的第二天，她将公寓的门锁换了。

虽然不在数日，但公寓每件物品的摆放位置她都还记得。所以，她也清楚地知道有些东西被人动过了。

公寓的钥匙除了她，就只有纪亚有。

他回来过，在她不在的时候。

或许曾站在落地窗前凝望过下方的夜景，或许在厨房里静静喝过水，或许靠在沙发上看过电影……她几乎可以想象他的神情和眼神。

心里有种说不出来的感觉。

虽然很清楚与纪亚的一切都已成为过去，也清楚如今的现状是自己一手促成的，可人，始终不是毫无感情的，再理性的人也会有感性的部分。

雨晴问她在海南见到纪亚与伊蒂在一起是不是很难过，她觉得“难过”两个字用在这里不恰当。她不是失恋，不是被夺爱，她只是放手。

所以，如果非要用一个伤感的词，她想应该是惆怅。

而同时，她也很欣慰，毕竟他终于能够接受另一个女孩。虽然心里有些酸涩和不适，但她是真心希望他能够幸福。

那天，雨晴听她说完，用一种很不解的目光看着她：“有时候，我真的很不理解你的一些想法。你真的认为他已经忘记你了？你真的能肯定他以后可以和别人高高兴兴地生活？”

“他是否已经完全忘记我——说实话，这次我真的不知道。现在的纪亚已经和以前不同，我看着他的时候，已经无法像从前那样一眼看透他的心思。两年半的时间，他到底是不同了。他的眼神很深沉，与他对视时，总觉得在表面的冷淡之下，藏着一些情绪。可那些情绪，却是我无法探知的。”说到这里，蓝又恩终是忍不住轻轻叹了口气，“雨晴，他没有说谎。他真的变成男人回来了。”

“是啊，他变成男人回来了，只可惜这个优秀的男人已不再属于你。你们以后该不会老死不相往来吧，我好久没见他了，还是挺想念他的。”雨晴瞥她一眼，半点不留情地说道，“当然，无论如何要恭喜你，你终于又彻底地恢复了单身贵族身份！”

她记得她当时听到这句话时，反而笑了。

其实她知道，雨晴比任何人都希望她能和纪亚在一起，会说这样的话，也是恨铁不成钢的一种表现。这世上有种朋友，会比当事者更关心他的生活，以至于往往说些言不由衷的气话。

每每听到这些，她的身体里便会泛起阵阵暖意。

有事业，有友情，还有回忆，她的人生虽然有缺憾，可已足够温暖。

这样的生活，她已满足。

阳伞下的女子捧着咖啡，安静浅笑。

她并不知道，在距离她不远的另一个街口，站着一道安静的身影。

风吹过他微卷的亚麻色额发，露出浅棕色的深邃眼眸和微蹙的眉宇。

他凝望着她，直至另一个年轻女孩来到他身后："打算一整个下午都站在这里？"伊蒂的神色带了点似笑非笑，"她是长得还不错，可是别人的女朋友真的有这么好看？"

他回过头，冷冷瞥了她一眼，一言不发地旋身离开。

她耸耸肩，提步跟上。

近日，因为亚泰琪的事，岑寂邀约频繁。

其实她知道他很忙，那么大的PL，他又是个实干派，日常事务很多都喜欢亲力亲为，如今又加了这笔。从市场调查、客户定位到具体的计划书，都不假他人之手。

说她不感动是骗人的，但感动毕竟只是感动，要让她瞬间升华为感情，她连自己都骗不了。

其间和雷克斯吃过两次饭，地点都在纯馆，也因此不可避免地和纪亚打过照面。

但真的仅仅是打过照面，他待她的态度一直很淡冷，即便是她带着笑容和他问好，他也仅仅只是不冷不热地看她一眼。

在第一晚得知她是为了亚泰琪与PL合作一同打入国际市场的事而来后，他便很少留下与他们一同用餐了。一般情况下，他每次出现，身边都会跟着伊蒂。

有时看着那对年轻人相携离去的背影，她也会偶尔失神片刻。

雷克斯似乎对她改变主意与岑寂合作很是高兴，欧洲这块他没再推脱，反而在商讨合作细节之余颇为认真地给她提供了不少有用的讯息。

为此，钟倪感叹说裙带关系果然是个无敌的存在。

相比粗枝大叶的钟倪，范青仁却隐隐觉察出什么，问她最近是否遇到了什么不顺利的事，如果心情不好，可以放个假。

"我才从海南回来，你又让我放假？"她坐在办公桌后，边笑边在文件上签字。

"去海南能算放假吗？早知道去了趟海南会让你的心情不好，当初我应该和钟倪一起陪你去。”

闻言，她的笑容淡了几分，片刻后才又道：“范，我看起来，像心情不好？”

见她问得认真，范青仁反而笑了：“别当真，我随口说说而已。这几年你为了亚泰琪日夜忙碌，就算身体不累，心也会累。身为下属也好，朋友也好，我是真心希望你放个假。反正进驻欧洲市场的事已经在进行中，也有人一手包办，你何乐不为呢？”

范青仁的话多少起了些作用，亚泰琪一切皆已上了轨道，如今进驻欧洲市场的事也不用她担心什么，她在不在这个办公室坐着，区别确实不大。

那天后，她开始休假，也没有远行的打算，只是驾车在临郊的几个景点随意走走。那天正开在返程的高速上，岑寂来了电话，约她第二天晚上吃饭。

经他这一提醒，她才想起次日是十八号，是她的二十九岁生日。

“最近都在忙什么？在公司总见不到你。”他的声音自电话那头传来，低柔犹如耳语。

“范青仁他们没和你说？这几日公司没重大事务，所以我暂时放假。”

“你手下那两个人，何时把我当作上司。”

“你倒是颇有自知之明。”她笑了声。

“明天是你生日，一起吃饭吧。”男人嘱咐她开车小心后挂了电话。

搁下电话后，她有刹那的恍惚，这样平和地与岑寂聊天，答应他的邀约，仿佛回到了过去几年的时光，回到一切尚未发生之前。

无论公事还是私事，他似乎真的在很用心地对待……

前方的高速公路出现新的指示牌，分岔口指示的地方是——乌镇。

她怔怔地看着那两个字，等反应过来时，车已沿匝道驶下高速路。

她听见自己轻轻叹了口气，匝道无逆向的可能，既然已经开错了，那就去看一看吧。

不是假日，游人不算多，她找地方停了车，也没有目的，只是很随意地沿着河岸散步。

春光四月，微风拂面，天高云淡，依旧是江南水乡的白墙黛瓦。一转数年，都市里的马路建筑拆拆建建，这里却一如往昔，仿佛静止在了时光里。

走累了，她随意选了家沿河的茶楼，在二楼窗边的位置坐下。第一杯普洱喝光的时候，她才赫然觉察，楼下的那片露天桌椅，正是数年前她与纪亚同来时吃晚餐的地方。

目光在扫过下方河岸的木桌时顿住，那么熟悉的背影，她几乎下意识地便喊出了声："纪亚？"

原本专注看风景的身影僵了僵，他缓缓侧首上扬，眼中带了些不敢置信。

两人的目光在半空对上，楼上的女子看着男子年轻俊美的脸，缓缓笑了。

他看着那笑容，唇角始终紧抿，眸底有一丝情绪掠过，却快得让人无法捉摸。

片刻之后，她下楼与他坐在一处。

"你怎么会来？"他盯着她，在她之前开了口。

那目光实在有些灼人，她看了他一眼，只得道："最近放假，就到处走走看看。"

"那么多地方，为什么偏偏来这里？"他似乎并不打算轻易绕过这个话题。

她微微叹了口气："我在高速上不小心开错了道，就顺便过来了。"

"开错道？"他重复她的话，勾唇笑了笑，像是听到了一个极有趣的笑话。

他今天穿了件黑色的修身长风衣，薄薄的围巾松松绕在脖间，衬着那笑容，有种异常陌生的成熟感。

"做事向来有计划的你，也会有出错的时候？"那不是很客气的口吻，带着微微的挑衅。

她有些诧异地看向他，他却在这时移开了视线。

日光耀眼，他逆着光，从她的角度看去，他的侧脸陷在阴影里，分辨不清神色。

“蓝又恩。”他忽然叫她的名字，视线凝视着远处的屋檐一动不动，“我再问你一次，为什么会来这里？”

“你到底想问什么？”

“现在是我问你，不是你问我！”像是被触怒，又像是终于忍耐到了极限，他赫然提高的音量让她微微一愣。他再度盯着她，亚麻色的额发下，那双眸冷锐深沉。

如此逼问之下，她眸底最后一丝笑意终是荡然无存：“纪亚，你能不能别这样。”

他搁在桌上的长指赫然收起，又缓缓松开：“我怎么样？”

“我们难得见面，心平气和不行吗？”

“是啊，你从前就永远这么心平气和，淡定洒脱远超常人。所以，你现在是在暗示和反衬我很幼稚吗？”

“纪亚！你知道我不是这个意思……”

“那是什么意思？”他打断她，“好好说清楚，我正在听。”

“纪亚。”她凝视着他，眸光渐深，“我以为……你对过去已经释怀了。即便之前几次见面，你的态度都很冷淡，我也告诉自己，那只是因为我们很久没见，你不适应，我以为……”

“你以为？你以为什么？”

“我以为你现在已经有了新的生活，你过得很好，所以你……”

“所以我就该像什么事都没发生过那样和你笑笑闹闹，重新回到又恩姐与温纪亚的那种关系？因为你的故意疏远和抛弃，使得我现在学成归来，所以应该忘记一切对你表示万分感谢？因为你的一句关心，我就该开诚布公地回应你的关心？蓝又恩！我现在过什么样的生活，过得好或是不好，和你有什么关系！你现在是我什么人！凭什么一次次出现在我的视线里！”他赫然撑着桌面站起来，那突然爆发的怒意令人措手不及，“别总是一副理所当然的模样出现在我面前！你早就放弃我了不是吗！在你决定和那个人在一起的时候，你就该明白，这一辈子，我和你只能成为陌路！”

“纪亚……”她被他突来的怒意震住。

“别叫我！”他狠狠地盯着她，毫不掩饰眼底对她的厌恶。

从以前到现在，什么样的纪亚她都见过，也曾见到他对别的女生露出不耐或厌恶的眼神，但她没想到，有一天他会用这种眼神看着自己。

这是她自己一手造成的，她这才意识到，以前的纪亚对她究竟有多温柔。

“抱歉，我刚刚不应该出声喊你，你当没遇见我，打扰了。”她缓缓起身打算离开，可没走两步，手臂却被重重扣住。

身后男子的气息有些重，她没回头，蹙眉挣了挣，结果却换来腕间的一阵剧痛。

“我什么时候说你可以走了！”他一手紧拽着她，另一只手按住她的肩膀，“永远想来就来，想走就走？”那语调，似乎比刚才更加愤怒。

身前的女子黑发轻盈，阳光铺洒下来，有耀眼而炫目的金光跳跃其上。她没回头，始终背对着他，似乎连眼神都不想再给予。

男子的手指似已嵌入她的肩膀，嗓音嘶哑：“为什么把公寓的锁换了？”

“因为我知道你去过。”

他牙关紧咬，忍了又忍，最后还是沉沉出声：“蓝又恩，你为什么不等我？”

为什么不等他，为什么要和别人在一起。如果可以，这些话他根本不想问出口。

“纪亚。”她似在叹气，却依旧不回头，“你忘了吗，我从没答应过等你。”而且现在问这个问题没有任何意义，他已经有了伊蒂。

“蓝又恩！”他的十指顿时收紧。

“你再捏下去，我骨头要断了！”她回头，“其实你早就知道我会这么回答，又何必问。”

她话音未落，他已倾身上前。他不知道自己在做什么，只是不想再听见她说的任何一个字！

腰身被扣住，他的唇落了下来，隔了那么久，她几乎快要忘记他嘴唇的味道。

她睁着眼睛，近在咫尺的眼瞳眸光沉暗灼热，排山倒海的窒息感袭来，那一刹那她几乎无法站稳。

纪亚……在吻她？

当她反应过来时，挣扎也紧随其后。他眼睛一闭，围在她腰上的手臂禁锢着她，用力地吻了下去。

她几次想咬，可到底下不了狠心。

许久，他喘息着放开她，双手扣着她的脸颊捧向自己："蓝又恩，我的心情你永远不会懂！"那声音十分沉闷，却清晰无比，"听好了，我不会再爱你了。蓝又恩，我不爱你了。"

几乎是在话落的同时，所有禁锢她的力度消失。

他旋身离开，没再看她一眼，头也不回，大步走开。

她站在原地，怔了很久很久都没回神。

当意识重新回来时，才发现他已经消失在视线里。

一股浓重的情绪自身体某个角落散开，无声无息地缓缓游移，直至四肢百骸。

当呼吸开始发冷发紧时，她才明白过来这股情绪的名字，叫疼痛。

蓝又恩近来总是失眠。

与纪亚的那场争执，那个吻，还有他的怒意和离去前的那句话，一直缠着她。脑海里总会浮现起过往，几乎所有的场景都与他有关。

她常常半夜一个人起床，倒一杯红酒，靠在客厅沙发上慢慢喝，想一些她一直以为不可能的事。

其实她很清楚，事到如今，自己想再多都没有意义了。纪亚已经有了新的恋人，那样年轻漂亮的小女孩，他们站在一起和谐到了极致。而她呢，难道要她这个快三十岁的女人，再重新回头，去和别人抢自己本来一心推离并且已经推离的人？

就算她真的抛开一切把他抢回来又能怎样！她已经二十九岁了，他还有半年才满二十三岁。这种事，她想想就觉得荒唐！

蓝又恩决定回去上班，每日朝九晚五的规律生活可以令她把注意力专注在其他事情上。

去公司的时候范青仁和钟倪都不在，她的办公室桌干干净净的，没有任何积压的工作。两人的这份贴心令蓝又恩一整个上午都在游戏里度过。

午饭后两人听说她来了公司，都有些意外。

“怎么没几天就来了？”钟倪边说边将文件资料搁在她桌上，“这是之前的业绩报告，成绩很漂亮。我和范商量过了，如今女装市场稳定，我和他想开拓男装市场。”

“男装？”蓝又恩微微诧异。

“对，男装市场这么大块肥肉不啃下来，我始终觉得心里痒痒！”钟倪性子急，夺过范青仁手里的计划书递给她，“我们也不是这两天才计划这事，早就有打算了，只是之前我们一直都是借助PL的资源，光是看顾女装这块就够累了，没完全准备，不想冒险。”

蓝又恩接过计划书细细翻看，直赞写得详细出色。

“那是当然，我和范酝酿这计划快一年了，能不好吗！”钟倪得意扬扬。

“看来该给你升职了，光顶着个设计师的头衔太浪费了。”蓝又恩调侃，三人笑了会儿，又说了说计划书的细节。

目前来说，他们的成衣制作宣传运输销售流程趋于成熟，唯一的问题是——他们没有男装设计师。或者说，他们没有在男装这块，相对来说更专业更权威的设计师。

范青仁和钟倪的强项是女装，男装虽然也懂，但毕竟不专业。

提到男装设计师，蓝又恩眼前不由得掠过一道身影。如果是他，依靠他的才华和如今的名声，应该游刃有余。她知道自己这想法有些异想天开，笑了笑便作罢，随后问两人是否有合适的人选。

“兰缇尼的设计师——庄晟。”范青仁报了个名字给她。

“他？”这个人的名字他们三个都不陌生，有段时间，这是个令他们三人每每提到都会头疼的名字。

范青仁接着道："我也知道，挖他过来的难度不小，所以我和钟倪打算这几天完成手里的工作，就先找他谈一谈。"

蓝又恩低头思索片刻，道："这样吧，你们先忙你们的，庄晟这边我来负责。"

"你去？"钟倪诧异。

"没事，反正我也休息这么久了，这件事我先办，万一搞不定，再让你们去试。"

钟倪和范青仁对视一眼，点头同意。

联络到庄晟并没有花费太大功夫，蓝又恩在这行数年，总有自己的人脉。

她自报姓名后，对方原本公式化的声音里顿时多了抹玩味。

蓝又恩没绕圈子，简单几句把自己的意思大致说了一下。

"这么大的事，蓝总来个电话就算是挖人了？"对方言语调侃。

"怎么会呢，这样轻率怎么能显示亚泰琪的诚意。不如这样吧，反正我们也很久没见了，找个地方一起吃饭，顺便再谈谈细节。"

"好啊！"对方一口答应，随后报了个餐厅名，"明天晚上七点，不见不散。"

当晚，蓝又恩细细研究了一下范青仁和钟倪给她的有关男装这块的资料，之后又查了查近年来兰缇尼在市场上的评价口碑。她发现范青仁和钟倪的眼光的确不错，依照亚泰琪如今的市场定位，庄晟这位设计师无论从个人风格还是知名度来说，都是相当适合的人选。

再高端一些的设计师他们请不到，知名度小的设计师，又撑不起与如今的亚泰琪名气旗鼓相当的男装品牌。

看来，庄晟这个人，她无论如何也得挖过来。

次日，蓝又恩提前半小时到了约定的餐厅。

然而，这一等便是两个小时。她数次拨打对方的电话，却总是无人回应。她心里明白，这次估计是被耍了。然而，因为多年前的旧事，她多少有了些心理准备，正打算买单走人，耳旁却听见一道略显陌生的嗓音。

“蓝又恩？”

她回过头去，一位短发的清秀女子正诧异地看着她。

蓝又恩看着缓步朝自己走来的人，赫然间被勾起了数年前的记忆。

严格来说，她们算不上认识，只碰过两次面，她知道她叫阿琴，仅此而已。两年多时光，阿琴几乎没怎么变，仍旧是很男孩子气的打扮，蓝又恩注意到了她左手无名指的钻戒。

“我快结婚了。”阿琴笑了笑，笑容里却看不出太多幸福。她们随意聊了起来，阿琴显然有话要说，几次都踌躇欲语。

“想问就问吧，我记得你以前是很直接的女孩。”蓝又恩道。

“你知道我要问纪亚？”提到这个名字，她的表情瞬间柔和起来。

阿琴告诉她，其实纪亚在飞去意大利前，她曾找过他一次。那时她还不知道他已经决定出国，本来是想继续劝说，结果她还没开口，他就告诉她，他决定去留学。

“他是为了你。”阿琴告诉蓝又恩，她永远都忘不了他那天的表情。

那是深爱着一个人才会有的眼神。她可以看出他的不舍，其实他完全不愿意离开。两年时间，分隔两地，他有太多的顾虑和担心，可他又必须让自己去，因为只有如此，才能真正成为可以站在她身边的男人。

“我不愿他走得不安心，便和他说：‘年轻男孩，总是忘不了他们的第一个女人，而当有天成为男人后，所有一切都会成为回忆。初恋总是难忘而美好的，你现在看不到她的缺点，认为没人能取代。可当时间过去，当情感淡去，就会发现，没有什么是不能遗忘的。要知道，这个世界上没有这么完美的事，这是必须经历的挫折，成长的过程。’”

“他却告诉我，有些人之所以放弃，是因为他们爱得不够。如果真的无法割舍，即便再艰难，也不会遗忘。会一直记在心里，哪怕隔得再远，也要找回来。”阿琴停顿了许久，仿佛在回忆他当时的表情。

回忆着，他对她说他舍不得，放不下，也不会结束时的神情。

直到那个时候，她才真正决定对他死心。

在这之前，她一直都以为纪亚对蓝又恩的感情里面，起码有一半是亲情般的依赖，仿佛世界上最亲密的家人。可这之后，她明白并不是这样。

纪亚只是很单纯地爱上了一个女人，就像其他普通人一样，只是他的这份爱更纯粹更执着更汹涌更长久。

后来，她慢慢接受了另一个喜欢了她很久的男生。她妥协了，现在就快要结婚，虽然不是和自己喜欢的人，但起码那个人喜欢自己，这样，也已是幸运。

这晚两人分开前，阿琴忍不住问她和纪亚的现状。

“我们现在没有在一起，我们分手了。”蓝又恩说完，淡淡地笑了笑。

面前的女子很诧异，她有看新闻报道，知道温纪亚学成归来。她以为他们两个会在一起，永远不再分开。她想不出会有什么事，使得他放弃了花费这么多年的努力才争来的，能与她平等地站在一起的机会！

阿琴那理所当然的语气，蓝又恩听得着实有些好笑：“那是很久以前的事了。时间会改变很多事，或许以前他真的非常非常爱我。可是这世界上，最变幻莫测的便是感情，没有任何人是非要爱着另一个人的。阿琴，你难道就没想过，也许他并不是放弃，也许他只是不爱了，仅此而已。”

阿琴沉默地看着她，许久许久才轻轻道：“蓝又恩，既然你看得这么通透，说得这么洒脱，那你现在……又为什么要哭？”

遇见阿琴之后，蓝又恩的情绪无端变得有些糟，加上邀请庄晟一事不顺，令她近日愁眉不展。

雨晴虽恼她对爱情不坦诚，可到底心疼好友，正巧有朋友的酒吧开业，便拖着她一起去散心。她这位朋友在城内也算新贵，结交的自然是一些名流。

巧得很，在他请来的众多朋友之中，蓝又恩见到了不久前放她鸽子的庄晟。

起先一群人在包厢内举杯庆祝，她并未留心，等到去洗手间回来，在走廊上与对方迎面遇见。庄晟是岑亚然的学长，曾经和亚然、范青仁、钟倪在同一所大学读书。

那时她刚和亚然谈恋爱，一次他带她去他们学校，碰上回校的庄晟，就这样认识了。庄晟从读书时代就是个很叛逆的人，设计风格另类，不喜欢学校教的那套，也从来不按时交作业，可他和亚然却是关系不错的朋友，直至一次设计考试。

在那次考试之前，庄晟一直都是设计女装的，那次考试，他提交了一副和亚然风格类似的作品。其实这真的只是一次单纯的巧合，可当时的教授基于平时对两人的印象，认为是庄晟抄袭了亚然。虽然后来这件事弄清楚了，可庄晟却和亚然针锋相对起来，后来甚至放弃原本成绩不错的女装，改为设计男装。

那次碰面，庄晟看着亚然对蓝又恩的百般呵护，便起了其他的心思。

他弄清楚蓝又恩当时上的高中后，开着摩托跑去学校门口等她，谎称晚上要和亚然吃饭，亚然知道他正巧路过这里，便让他先带她过去。

蓝又恩以为他们是朋友，他又知道自己读书的高中，便没多怀疑，上了他的摩托车。结果那次她被带到他一个朋友的店里，硬是被缠了两个小时，后来亚然带着范青仁和钟倪一起找来，她才算脱了困。

其实庄晟也没真的想对她做什么，那两个小时里，充其量不过是用言语吓唬吓唬她，拽着她的手摸了两下。只是他这次触了亚然的逆鳞，那之后很长一段时间，亚然每天都会来接她下课。

关于庄晟那件事的后续，亚然什么都没说，但她后来从钟倪和范青仁口中得知那次事件使得亚然和庄晟彻底交恶。因为亚然不再对他客气忍让，庄晟的针对变本加厉，各种手段层出不穷，连范青仁和钟倪都觉得头痛。

再后来如何她就不清楚了，她嫁入岑家后虽然一直没见过他，但这行毕竟不大，亚泰琪又做得有声有色，即便不刻意打听，也多少会对她的事有所了解。

上次她打电话挖人，明显是有求于他，他会耍她，她不奇怪。

“蓝又恩？”虽然是她先看见他的，却是他率先出声喊人。

她笑了笑，对方能主动开口，就代表这事还有戏。有时候，她不怕别人刻意刁难，就怕对方连刁难的兴趣都没有。

包厢太吵闹，她和雨晴打了声招呼，与庄晟在外面寻了个较安静的角落卡座。

开场白无非是许久不见如何如何，上次没赴约，如何抱歉。她一一听着，不时笑一笑。读书那会儿她还年轻，性子也单纯，亚然让她以后见到庄晟绕着走，钟倪和范青仁也一次次在她面前表达对庄晟的不满意，所以那时对她来说，庄晟两个字基本代表着洪水猛兽，生人勿近。

后来踏上社会，接触到形形色色的人，见识过各种表里不一两面三刀，她才明白庄晟实在算不得什么坏人。最起码，在他困着她的那两个小时里，他有机会对她做任何事，可他什么都没做。

她相信，其实他对亚然并不全是厌恶。她觉得，对庄晟来说，亚然更多的应该是一个矛盾的存在。他们原本是朋友，能力旗鼓相当，他却因为不得教授喜爱而成为不被相信的一方，这使得他对亚然产生了怨恨。她始终认为，如果一个人不是因为在乎，绝对不可能花那么多心思去做一些事。无论那些事是好的还是坏的，但凡花费了心思的，至少说明他还在乎。

蓝又恩再次向庄晟表达了亚泰琪的诚意，她并没有放低姿态，只是很诚恳地邀请。

她开出加薪百分之五十，年底分红两项条件，并承诺他将是男装部的总设计师，范青仁和钟倪会协助，但绝对不会干预。

“多年不见，蓝总还是那么口齿伶俐头脑清楚。先前就听闻你能力出众，现在亲眼看见，果然名不虚传！”庄晟握着啤酒瓶，十分舒适地窝在柔软的沙发里，朝她挑眉，“只是，你也知道我这个人向来叛逆。在哪里工作，主要看的是心情。要我每天对着那两个家伙，似乎太痛苦了点……”

“那好吧，既然我开出的条件你不满意，那不如这样。有什么条件你自己提，如果我这里可以配合，我会尽量满足你。”

“我之前就说了，在哪儿工作主要看心情。如果我心情好，不加薪我也愿意做！”他盯着对面温婉笑着的女子，眸底掠过一丝深意，“不如这样吧，我想看看蓝总邀请我的诚意到底有多少。这里有半打啤酒，如果你能干掉，我就相信你的诚意。”

“喝酒？”她有些诧异。

“当然，我绝对不是逼你。我只是给你一个选择的机会，如果你不愿意自然没问题，只是跳槽去亚泰琪这事你就别再提了。”庄晟不否认他这是故意刁难。其实先前在包厢他早就已经看到她了，因为他到得早，混在人堆里她没注意。在包厢的半个多小时里，她一直在喝果汁，偶尔有人朝她递酒她也一概推了。她不是不会喝，就是不愿意喝。

他很想看看，她为了亚泰琪，可以做到什么地步。

蓝又恩自然明白这是对方的刁难，她看着面前被他一字排开的六瓶啤酒，缓缓摇头笑了。

“要喝酒吗？”她低语，似是自问自答，“也好。”

当面前的女子喝下第三瓶啤酒时，庄晟开始眼露诧异。

她喝酒喝得极快，仰着头一口气灌下去，简直像不需要呼吸一样。不知怎么的，这样喝酒的蓝又恩竟令他感觉到隐隐不安。

当她喝掉第四瓶准备拿第五瓶时，庄晟终于忍不住伸手：“够了……”

他的动作被人抢先一步，一只修长而白皙的手自一旁伸来，捏住她手里的酒瓶，将其夺走。庄晟看到那动作极其用力，甚至近乎粗鲁。可当他回头，却只看到对方平淡到近乎漠然的神情，那表情似乎与他的动作很不符。

酒喝得太猛，蓝又恩头脑有些发胀，但距离喝醉还有些距离。可当她看清面前人时，却怀疑自己已经醉了。

他穿得很随意，V领薄衫搭配黑色马甲，亚麻色的发有些乱，酒吧忽明忽灭的灯光下，他低头注视着她。象牙色的俊美脸庞上，那神色淡漠如静潭之水。

他离她很近，她能闻到他身上幽淡的香水味。他将啤酒瓶缓缓搁在桌上，那只手的食指与中指间还夹着点燃的香烟。显然因为夺下酒瓶的动作太快，所以连烟都没来得及换手。

“你在做什么？”温纪亚看了眼卡座上的男人，目光再度落在她身上。

他身上烟味浓重，很陌生的感觉，她不适地蹙眉，侧过头避开那股陌生的气息。

“继续！”她瞥了眼一副看好戏表情的庄晟，再度捏起那个啤酒瓶。

这次，连酒瓶带她的手一起被捏住。

“纪亚。”她垂着视线，低低叫了他一声。这样的见面来得太突然，她全无准备，多日来翻涌在心底的感觉此刻堵在喉咙，她不知道该说什么。

“问你在做什么！”年轻男子的音量赫然提高。原本打算开口的庄晟愣在那里，气氛瞬间变得尴尬，三人正僵着，冷不丁一道女声响起。

“亚，你不是去洗手间吗，在这里做什么？”

这声音是——伊蒂。

蓝又恩闭了闭眼，缓缓从他指间抽出自己的手。

感觉到她的动作，他眉头蹙起，也不回头，只朝身后的人说了声：“你回包厢等我。”

“干吗赶我回去，咦？这不是又恩姐，这么巧，又见面了！”那年轻的混血美女已走上前，她的中文不如她父亲，音调有些古怪。

温纪亚侧过视线，脸色有些暗沉：“我让你回包厢。”

那语气里的不耐很明显，伊蒂看了他一眼，视线掠过蓝又恩，勾着唇转身离开。

看到突然出现的年轻男子似乎没有离开的打算，庄晟很识趣地笑着起身：“看来我们今天应该没时间了，你先忙吧，下次再继续！”丢下暧昧的话语后，庄晟拍了拍她的肩膀，转身朝包厢走去。

蓝又恩闻言喊了声庄晟，刚追了两步，就被后面的人紧紧扣住手腕。

“温纪亚，松开手。”她没回头，只是换了个称呼，那语调淡凉，带着不悦。好好的事情被他搅和，她那几瓶酒也算白喝了。她不明白他这算什么，明明身边有其他女人，明明是他自己说不再爱她，现在这又算什么？

在遇见阿琴之后，在了解到一些深埋心中的事后，现在的她没有自信能若无其事地看着他和其他女孩在一起。

“你别误会，我只是想送你回去。”隔了许久，他沉冷的声音才从背后传来。

“送我回去？”她失笑回头，“我为什么要你送我回去？”

“你喝了多少酒？”他脸色依旧暗沉，问出这话时眉宇间的不悦陡增，“自己的事自己不清楚吗？乱喝什么酒！”

“这是我的事，和你没有关系，现在请你松开我，我还有重要公事。”话说到这种地步，她当然明白他言下之意，而他的话也令她怒意渐生。

“陪男人喝酒也算重要公事？原来你都是这样谈公事的？”

“公事就是这样，不是陪女人喝酒，就是陪男人喝酒。我记得你应该还有两个月才毕业，工作应酬这种事你懂多少？”

他盯着她眉梢的冷然，拽着她将她拖近自己：“蓝又恩，别和我提工作，你会不懂我在说什么？”他的气息近在咫尺，带着烟味仿佛有生命般地在她的脸庞游移。

她的头仍旧胀痛，微张着嘴沉沉呼吸，两人的气息交缠在一块，瞬间有奇妙的暧昧气氛蔓延开。这一刻两人都没说话，不知是否是想起了那件很久远很久远的事。那一场令他彻底沦陷的情事，也是一场令她后悔了无数次的情事。

她伸手抵住他的胸口推了推，他纹丝不动。

她再度用力，没推开他，却令他瞬间清醒过来。

他盯着面前女子红润的嘴唇，赫然对自己身体的反应恼恨起来。他反手推开她，头也不回地离开。

包厢的门被重重关上，他几步走至茶几处，端起红酒杯一饮而尽。

大概是晚上烟抽多了，他头肿痛得厉害。

这阵子一直都是这样，自从回国之后，他烟抽得越发凶了。

一双柔白的手自他背后伸来，他眉头一皱，在即将触上他腰身的刹那把那双手捏在手里，转身并且推开。

他身后，身段诱人的混血美女正缓缓开口："亚，你太粗鲁了哦！"她在沙发上坐下，刻意展露出自己修长性感的美腿，红润的唇朝他微微嘟起，似乎在撒娇。

他眼神平淡地瞥她一眼："这里没别人，不用演戏了。"

"你怎么知道我是在演戏？说不定我真的爱上你了呢！"

"我现在心情不好，你最好闭嘴。"

"每次见她都心情不好，为什么不忘记她？她和岑寂很配……"

她的话被碎裂的红酒杯打断，面前的男子瞬间脸色阴郁到了极点："警告你，小心说话！"

几次三番遭到冷语，伊蒂自然不可能次次都好说话。

"我说的是事实，有眼睛的人都看得到。那女人根本不爱你，对她来说，你只是个孩子，年纪差那么多，你再怎么做都不可能赢得她的爱！"

包厢内有片刻的死寂，伊蒂长腿一叠，双手抱胸，靠在沙发上斜着视线继续道："她刚才喝酒了对吧？我记得岑寂好像住这附近，要不要我打个电话让他来接她？反正他们是情侣，她怎么样都不吃亏！"

以前她也不是没踩过他的界，温纪亚这个人虽然脾气不好，不怎么容易相处，但生气时不过也就那样。

"伊蒂，我警告过你了。"他眸色沉冷，盯着沙发上的年轻女孩看了许久，缓缓开口，"你我之间的合作，到今夜为止。"

伊蒂惊住："你说什么？！"不过就是开个玩笑，他居然要中止合作？！

"温纪亚！你确定知道你在说什么吗？"

"今天这顿我请，你自己慢慢喝，我没兴趣继续对着你。"他搁下钱，取过车钥匙，推门离开前回头淡淡道，"今夜之后，我们什么关系都没有，所以请你别再出现在我面前。"

"温纪亚！"她气得大叫，回答她的却只有砰的关门声。

蓝又恩离开酒吧时，雨晴还在和朋友聊天。

她没什么心情，说了句第二天早上要开会，就独自走了。

这几日，天气反常，春天的深夜空气潮湿沉闷，很不舒服。

她没有开车，也不想坐车，一个人沿着街道走了片刻，夜空突然淅淅沥沥地下起雨来。初时是小的，后来慢慢大了，她没带伞，也没避雨，站在街旁有些恍惚。

十字路口，一辆全新的黑色沃尔沃停在那里，玻璃后的人无意一瞥，看到了不远处的清瘦身影，握着方向盘的手指随着他蹙眉的动作慢慢收紧。

她并没有注意，直到走到这条街的路口，才觉察有辆车正用很慢的速度跟在她身后。

细密的雨丝让她的视线有些模糊，透过摆动着雨刷的车窗，她似乎看到了熟悉的浅色眼瞳。车门终于开了，身姿挺拔的年轻男子走下来，撑着一把伞，来到她面前。

他将伞举到她面前："拿去。"

那是一把粉红色的伞，并不是男款。她的眉梢浮起些许淡凉："不用，谢谢。"

他拉住扭身要走的人："上车！送你回去。"

"你这么走了，伊蒂怎么办？"

"她的事你不用理会，上车。"

她的目光移向他身后："你的车？"

"回国买的。"他开始有些焦躁，不明白她突然问车的事做什么，见她还是站着不动，他皱起眉，"上车！"

"纪亚。"她低低叹了口气，"你看清楚，我今晚没有醉。喝酒会误事，这个道理很多年前我就明白了，那次之后……我没有再喝醉过。"

"误事？"他死死地盯着她，忽然笑了起来。笑得那样嘲讽，连同眼底都是冰冷的。

"我只是想说你没必要送我，回去吧，雨不大，走到前面那条街就有出租，再见。"她再次拨下胳膊上的手指，旋身离开。

"蓝又恩！"低沉的怒意自她背后散出，她听见他疾步走来，脚步那样沉重，每一下似乎都狠狠地撞击在她心上。

身子被一股大力拖住，这次拽住她的人没有丝毫迟疑和留情，更谈不上顾及她的疼痛。他拉着她，头也不回地朝车子走去。

车门打开，她被重重丢了上去。后脑撞击在靠背上，等她回过神想下车时，他已上车锁了门。

车没有熄火，他拨档后立刻踩下油门，车子犹如离弦的箭般飞驰出去。她想去开锁的手被他拽住："现在开门？然后呢，你想跳车？"

昏黄的车灯下，他俊逸的侧脸冷静而漠然，唯独指尖的力度泄露了心底张扬的怒意。

这个可恶的女人！

居然敢用"误事"来形容他们之间的事！

自他出国，她疏离、不想念、冷淡，最后甚至还和岑寂在一起，现在又用这样一个词来否定他们之间的一切！

这个可恨的女人！

车子在连过两个路口后拐进了岔道。这条路她知道，正在拆建，前面临时筑起了围墙，是条死路。他开来这里做什么？

当远处的围墙隐隐出现在视线里时，开车的男子仍旧没有减速的意图。

蓝又恩看着他肃白的侧脸，她的手腕还被他捏在指间，那么紧，已经疼到失去知觉。

陈旧的街道，路灯暗淡，都市的霓虹自半倒塌的旧房背后透来，仿佛来自另一个世界不真实的光。其实那只是很短的数秒，可她却像是被定格在时光之中，看到了时光另一端的过去——那个，站在时光另一端的他。

那是过去的纪亚，那个爱着她依恋她宠着她的纪亚。

那个纪亚，她曾经一度以为早已逝去，再不复返。

当那些华丽的衣饰、昂贵的香水、精致的香烟、淡漠的成熟通通被揭开，她赫然发现，现在坐在她身边的这个男子，仍旧是纪亚——过去的纪亚！

"纪亚。"女人的手缓缓抬起，微凉的指尖落在他紧绷的手背上，轻轻地触碰。

车子在紧急关头被踩住刹车，两人都没系安全带，但因为有准备，身体只朝前狠狠冲了一下，都没受伤。

他低头看着手背上女子白皙如玉的指尖，赫然别开头，将脸颊埋入握着方向盘的臂弯间。

许久许久，才有低沉的男声自手臂下方传来。

“蓝又恩……到底要我做什么，你才能看见我？我真的不知道还能怎么做……”那声音回响在寂静的车厢内，带着深深的无奈。他以为自己可以忍耐，在她走来时冷漠以对，看着她和岑寂在一起，他刻意忽略。他只是在怨恨，这两年多她对他不闻不问，她根本就不知道他是抱着什么样的心情在过每一天！

只有每天回忆他们之间的过去，才能勉强冲淡这日复一日的煎熬。

那天在宴会，他看见岑寂吻她，以为已经彻底失去她了。他不甘心，更加痛恨她的无情。所以他决定赌一次！

他想要知道，她对他，是不是真的一点都不在乎？

可是赌到最后，他还是撑不住先认输了。

他输在自己不够狠心，无法决绝到底。到底，到底为什么会爱她爱到这种地步？为什么无论如何也放弃不了？这个答案，也许连他自己都弄不明白！

“蓝又恩，我不会永远等你的……”低沉的男声缓缓响起，“我不可能……永远这样等下去！总有一天，我要把你忘记，从心里彻彻底底地抹去，一丝一毫都不留！”说到最后，他几乎在咬牙切齿。

一双温软的手臂自他后背缓缓围了上来。

雨丝敲打着车玻璃，废弃的街道上寂静无声。他几乎可以听见自己的心跳，从缓慢到强烈，每一下都清晰可闻。

Chapter 12 呈心

“我最近总是失眠，我一直在想，我快三十岁了，你才二十三岁。我结过一次婚，是个寡妇……还有，伊蒂年轻又漂亮，家境又好，和你非常般配。你有新的人生，新的恋情，这不是我一直以来期待的吗？可是，只要一想到那天你说不爱我了，身体就会发痛……纪亚，我没有勇气去争，甚至连想都觉得很荒唐。但现在，我突然觉得这一切都变得不重要了……”

她抚着男子柔软的发，将脸孔埋入那里：“不能不等我，也不能忘记我……”在雨晴面前，她说了她的顾忌，否定了一切可能。可当真正面对时，才发现什么都是空的，唯独紧贴身体的温暖才是最真实的。

她明明就思念这个体温，她明明就，不舍得放手……

熟悉的体温没有感受多久，她便被人大力推开。驾驶座上的男子已经抬起了头，幽暗的空间里，那眸底的神色她辨识不清。

“纪亚……”她嘴唇微动，只念出他的名字。

“你这个，可恨的女人！”他仍旧咬牙切齿，仿佛任何事都无法平息他此刻的怒意，“你以为，就凭这么几句不痛不痒的话能挽回一切？！蓝又恩，你永远都是这样过分自信，自以为是！”

她静静地看着他，眸光如水，不动也不出声，任他的怒意蔓延笼罩。

“你是不是觉得只要你低头，哪怕只是微乎其微的服软，我就会为了这施舍般的温柔不顾一切？蓝又恩！蓝又恩，你实在是可恶透顶！”他的手指重重按在她的肩上，一再用力，似是想将所有的情绪都通过指尖传递过去。

“纪亚，对不起，让你等了我这么久。虽然现在我还不能给我们的未来任何保证，可是以后的路，我想和你一起走。你还愿意吗？”她轻轻抚着肩上的手，想将他的手放在手中握紧，他却先她一步松了手。

修长有力的手指勾住她的后颈，那双浅棕色的迷人眼瞳在昏黄的路灯映衬下渐渐显出湿润来。

“可恶！”他伸手挡住自己的眼睛，声音里带着恼恨和狼狈，另一只手却将面前的女子重重按在怀里。

他将她搂得那么紧，勒得她几乎无法呼吸，耳旁传来他粗重的呼吸，他开口，每一个字都清晰无比：“蓝又恩，你最好给我牢牢记住今晚！是你自己拉住我的，是你要我和你一起走以后的路！这些话你已经说了，没人逼你……从今以后无论发生任何事我都不会再放手！就算你要离开要抛弃，我也会不择手段用尽一切方法把你留在我身边！你最好把我说的这些话牢牢记住！听到没！”

她没出声，反手攀住他的后背，努力想从他胸前抬头。她用力，他也用力，僵持了片刻，他恼火地放开她：“你干什么！不是已经后悔了吧？”

她的脸颊被蹭得有些微红，喘息不已道：“你抱太紧，我没法说话啊！”见他目光灼灼地瞪着自己，她忍不住笑了。然而笑容刚起，眼眶却一阵泛酸。她从不是个爱哭的人，亚然去世后，她学会了事事依靠自己。她总是理智冷静，情绪再怎么起伏，都不会让别人从表面看出分毫。

她并不是喜怒不形于色的人，只是——她觉得自己再找不到那个可以让她不必做丝毫掩饰，可以无顾忌地尽情哭和笑的人。

可现在她才明白她一直都错了。

原来那个人，不是找不到，而是她看不见。

他就在这里，一直在她身边。

这么多年，他被这份感情折磨得伤痕累累，可凝视她时眸底的爱意却从未退去分毫。是他给了她勇气，是他让她苍白麻木的心重新学会疼痛。

所以，从此刻起，她想从疼痛开始，重新去勇敢地爱一次。

在把纪亚带回公寓之前，她大抵没有想到，这一带，便是数日无休无止的沉溺。

跟一个完全沉浸在愉悦恋情中的男人谈工作和理智是不现实的，尤其当这份工作还牵涉到另一个男人的时候。

“都跟你说了我和岑寂不是那种关系。”两人腻在一起两天，该解释的该说清的都说过了，“这其中牵涉到工作，就像你和伊蒂一样。”

“少拿我和伊蒂说事！我和她可是什么都没发生过！他呢？你可别告诉我他没亲过你，光我看见的就不下两次了！”他一边煎早餐的鸡蛋，一边斜眼瞥她。知道她和岑寂没有关系，他起先是很高兴，可后来想到在海南酒店的那夜，他心里就不痛快！

“那你说，你到底想怎么办？”她靠在冰箱上，笑着用手指点他的肩膀。

“严肃点，笑什么！”他瞪她。

“这么严肃？”她稍稍收了笑容，“我都放假在家陪你了，还不高兴？”

他关了火，准备将鸡蛋和培根盛出来，一转身，她已端着盘子递到他跟前。她站在那里，凝视着他的眸光清宁柔和，他的心被刹那间涌起的温软淹没。

“又恩，我们明天一起去旅行吧。”他伸手将她颊侧的发丝夹去耳后。

“旅行？你不是要回纯馆一趟吗？其实你和伊蒂合作的事雷克斯并

不知道，你不用这么快做决定，在他那里工作对你很有帮助，你不打算继续吗？”

“我现在满脑子都是你，哪有心思工作。”他接过盘子，将她搂入怀中。

“看来你还没毕业就得先失业了。”她打趣。

“不是有你吗，我怕什么？”

“你想来亚泰琪工作？”

“在哪儿工作不是重点。”他将盘子搁在吧台上，反身揽住她的腰，“又恩，我想成为你的专属设计师。”

蓝又恩再次回公司时，已是数日之后。

钟倪见她走出电梯立刻迎了上来：“找你几天了，怎么连手机都不开？”几天前的早晨，她来了个电话说要休息几天时，他完全没想到她竟然整整消失了一个星期。

“抱歉，有点小状况。”她脸上掠过一抹浅红，钟倪忙着说公事，并没注意。他边走边将这几日比较重要的事务说了下，蓝又恩有点不在状态，一路应着，直至钟倪口中出现了熟悉的名字。

“你刚刚说什么？”

见她诧异，钟倪有些不解：“我刚刚说，庄晟明天正式过来上班，他的办公室前两天我找人弄好了，你要不要去看一看？”

“庄晟来亚泰琪？”

“怎么了，有什么不对？这人不是我们三个一致选定的吗？”钟倪说着说着笑了，“又恩，你到底是怎么说服他的？我和范原本都认为在开拓男装市场的计划里，庄晟是最难的一个环节。想不到你没几天就解决了！”

“他打电话过来说接受邀请？”

“怎么可能。”钟倪笑道，“合作这种事当然需要他本人亲自过来，要签合同的。”

“他连合同都签了？”

“嗯，签约价是有些偏高，不过算是在我和范的预计之内。又恩，又恩？”钟倪这才发现她的反应有些奇怪。成功邀请到庄晟，她脸上居然一点高兴的神色都没有，看起来反倒像是在担心什么事，“你怎么了？”

“没事，你先忙，我去打个电话。”

她匆匆进了办公室，想了片刻，搁在电话上的手还是放了下来。

不管是什么原因让庄晟改变主意，现在合同已经签了，而且他明天就会来公司上班，她就算想知道也不急于一时。

目前，有另一件更重要的事需要她处理。

她拿起电话，拨了内线：“范，你晚上有时间吗？是这样的，我有一些事想和你还有钟倪说，晚上一起吃饭吧……好的，晚上见！”

放下电话，她长长地叹了口气。

蓝又恩心里很清楚，即便她什么都不说，到晚上吃饭时，范青仁和钟倪也会知道她想说的事。

晚上的聚会，除了他们三个，还有第四个人。

“温纪亚？”推开包厢门后，钟倪看着早已到达的年轻男子，吃惊不已，“你怎么会在这里？今晚雷克斯也要来？”

相比钟倪的吃惊，先前早就看出点眉目的范青仁就淡定多了。他笑着拍拍钟倪的肩膀，示意他少安毋躁。

几句简单的问候之后，温纪亚接过蓝又恩手里的包，拉开自己身旁的椅子示意她坐下。虽然这动作很平常，但两人之间的互动实在太过暧昧，连向来粗枝大叶的钟倪都感觉到了不对劲。

“其实今晚想请两位吃饭的人是我，不是又恩。”

“他叫她又恩？”钟倪凑向范青仁，后者不置可否。

“是这样的，我听又恩说你们在找男装设计师，恰好我学的是男装设计，不知道你们是否欢迎我加入？”

“什么？！”雷克斯的得意弟子主动要求加入，这消息不亚于重磅炸弹，钟倪一时半会儿根本没反应过来。范青仁看着蓝又恩略带歉意的神色，顿时全明白了。

“我很高兴你终于解开了心结。”范青仁朝她笑笑，“我大概能猜到今晚你想和我们说的事。其实你没必要这么担心，和岑寂合作本来就是意料之外，一切还要看你自己的意愿。如果真要我选，在亚泰琪独立和亚泰琪通过岑寂打入欧洲市场之间，我选择前者。”

“可是这样一来，我们以后会辛苦得多。”早在一星期前，当她决定和纪亚在一起时，她就清楚这个决定会给亚泰琪带去什么影响。

且不说雷克斯是因为岑寂才向他们开启了大门，单单就伊蒂的事来说，雷克斯也曾暗示过她，别介入他女儿和纪亚之间。

蓝又恩自己倒无所谓，可亚泰琪如今不是她一个人的。钟倪和范青仁这几年的努力和辛苦，还有上上下下几十号员工的生计，都是她要考虑的。

“再辛苦也值得！你知道的，其实我和钟倪心里最在意的并非亚泰琪的版图有多大，而是亚泰琪是否真正自由。更何况，你怎么就肯定没了PL和岑寂，我们与雷克斯之间就完全无法合作了呢？在商言商，如果我们足够优秀，就算不是雷克斯，也会有其他人和其他机会出现，如果我们能力不够，被拒绝也不冤枉。所以，你们就好好谈你们的恋爱，其他的事，我和钟倪会搞定！”

一头雾水的钟倪听到这里才明白过来，只是这消息未免太惊人了。在他印象中，温纪亚是雷克斯的门生，也是他向外界公开的女婿。如果他没记错，温纪亚今年才二十三岁，现在范却说他和又恩……在谈恋爱？！

“范，你确定他们两个在谈恋爱？这小子不是那洋妞的男人吗？”

“我和伊蒂没关系，由始至终我爱的人只有又恩。”回答他的人，不是范青仁，而是坐在他正对面的温纪亚。他握着身边女子的手，紧紧收在指间，那是昭告天下的姿态，眸光沉静，眉宇飞扬。

“你这小子，我问你了吗？”钟倪颇为不满。他和范青仁都是看着亚然和蓝又恩一路恋爱然后结婚的，对他们来说，蓝又恩就像是嫂子一样。虽然亚然已经过世很多年了，但嫂子就是嫂子，现在突然跳出来一个年纪相差那么多的年轻小子，还堂而皇之地握着她的手宣告占有权，钟倪心里怎么也舒服不起来。

“我是当事者，由我回答你是最恰当的。”纪亚淡淡一笑，显然并不在意他的无礼。

“哼，就你一个当事者吗，要说最恰当的人，应该是又恩自己……”钟倪这句话说得很轻，几乎是在嘀咕，他毕竟要考虑蓝又恩的心情。其实他原本对温纪亚挺有好感的，有才能有品位，长了张俊到极点的脸孔和模特儿的身材，虽然年轻，言谈举止却透着成熟男人才有的沉稳自信。

这阵子，公司里年轻点的小丫头私底下都在谈论这位设计界新秀，他跟着耳濡目染，也了解了不少，例如他的学业，他的才华，他在国外获得的奖项。

如果他的年纪能稍长一些的话，他和又恩倒是非常郎才女貌的一对。只可惜，差了六岁啊！

这日晚餐的剩余时间，基本都是在讨论公事里过去的。

范青仁个性使然，对蓝又恩和温纪亚的事并没多问什么，钟倪心里想得多，又怕说错话惹蓝又恩不高兴，也只得憋着。四人吃饭聊天，便大多围绕着工作。

温纪亚的加入无疑是如虎添翼，只是他们担心他这样突然加入亚泰琪，会给他自己带去麻烦。毕竟他是雷克斯的学生，而雷克斯旗下有数个自创品牌，爱徒不留在老师身边帮忙，总归说不过去。

对这方面，温纪亚告诉他们不必担心，这些事他会处理妥当，绝不会因自己的事情而给蓝又恩带去麻烦。

越是与他多交流，钟倪心里便越是有种奇特的感觉，这种感觉在数日后温纪亚正式来亚泰琪工作时明朗起来。那夜晚餐，他的前额被头发挡去，他看得不是很清楚，如今是白天，加上被拨去一侧的额发，那眉眼清晰无比地呈现在他们面前。

范青仁他们三人原本在开会，一打照面便立刻停了下来。对于亚然，在这公司除了蓝又恩，最熟悉的就是他们三个。

庄晟认出纪亚是那夜在酒吧的男子，看着对方熟悉的眉宇，他看向蓝又恩的眼中不禁多了抹玩味。

范青仁的低咳声拉回了钟倪和庄晟的视线，三人心照不宣，继续谈论工作。

因为亚泰琪早先已承诺了庄晟首席设计师的位置，所以纪亚便只能暂居次席，钟倪原本以为他会介意，结果纪亚只是嗯了一声，便投入到他们的会议中。

会议结束之后，范青仁等到庄晟离开，将早已准备好的合同推到她面前。

这是一份解约合同，该解决的事，终究还是得解决。

“我是想替你上去，但这事我做没用，一些话还得你亲自说。”

“这么多人的未来啊。”她拿起合同感慨万千，“范，现在反悔还来得及，就算不进驻欧洲市场也不一定要解约独立。其实我们可以有其他方法，例如我辞职？”

“别犯傻了，你辞职了，亚泰琪还是亚泰琪吗？这是亚然留给你的。”提到这个名字，范青仁下意识地瞥了眼温纪亚。对方也正看着他，对视片刻，范青仁从那双眸底读出了一些淡淡的情绪。

看起来，温纪亚对一些事比他以为的更清楚。

“对啊，又恩，你就放心做吧！那些员工看PL的脸色也不是一天两天了，他们都愿意离开PL和亚泰琪共进退！”钟倪说道。

她再度看了眼合同，将目光投向纪亚，后者笑笑：“去吧，我在这里等你，过会儿一起吃午饭。”

她朝他点头，起身拿起了合同。

设计部楼上便是PL公司的总裁办公室，这些天一直在下雨，蓝又恩沿着大厦的玻璃台阶朝上走。台阶紧紧靠着落地玻璃，雨丝细密，从她的位置望去，整座城市仿佛陷入了水中。

烟雨都市，这座在地图上位于中国东南方的大城，时尚与古典并存，希望与绝望共生。

楼上，是属于他的世界。

他的助理见她上来，朝她点点头：“蓝总，岑总等您一上午了。”

看来他已经猜到了，她并不觉得意外。

以他和雷克斯的关系，纪亚的动向他不可能不清楚。两个人同一时间失踪，再笨的人也该猜到了，何况他是岑寂。

越过助理的办公桌沿走廊转弯便是他的办公室。门开着，他立在落地玻璃前，背对着门，身上是一件浅灰色的衬衣，袖子半挽，静默无声，背影几乎与玻璃外的阴沉天空融为一体。

她缓缓走上前，将手中的合同搁在他的办公桌上。那里面是一份解约合同，还有她刚刚打印出来的申明书，申明她愿意自动放弃岑寂曾经转给她的PL股份。

“快下雨了。”他没有转身，依然凝视着窗外的天空，清俊优雅的脸庞仿佛被漫天的落寞笼罩。

“岑寂。”

男人勾起了薄唇：“我本还以为，你起码能陪我过了下个月的生日。我一直希望能有个真正属于自己的生日，只有你和我，没有亚然或者其他什么人。”

“抱歉，岑寂。”她只能道歉。这次的事，她知道他是一心一意在帮她。虽然他知道她在利用他，虽然他也利用了她，可说到底，先投入的那个总是输家。

如果她不曾遇上阿琴，不曾听她说起过往，那么即便那天她在酒吧遇上纪亚，也不一定有勇气重拾他的爱。曾以为已经失去再也追不回，痛彻心扉之后才明白自己真正想要的是什么。

或许岑寂是最适合她的，可这世上再不会有人像纪亚那样纯粹地爱她。

“从你嘴里听到这个词，竟让我觉得讽刺。”他慢慢转身，视线落在办公桌的合同上，眸光刹那间散出一股冷意，“蓝又恩，你倒是决绝，为了他竟连亚泰琪的前途都不要了！”

“不依靠PL，亚泰琪就一定走不下去吗？”她叹了口气，“从一开始，我就没想过和PL合作。岑寂，起初那些刁难你都忘了吗？你那么多次让亚泰琪陷入困境，结果却是磨炼了我们的意志和能力。我知道这次你是真心想帮我，可是你想要的，我给不了。”

他抬眸，视线定格在她身上，一点点深沉，诸多情绪起伏，最终归于平静：“蓝又恩，你选了他，等于选了条从头开始的路。这条路的变数远比你看得见的多得多。”

“我知道。”

“他比你小六岁！”

“我知道。”

“你知道什么？你以为与PL解约后，你会走得比现在顺利？！如果不是我，你以为你……”他的怒意终是爆发出来。

“岑寂，如果你想告诉我什么事，请你直接说。如果你不想或是不能说，就不要提。你没有照顾我的义务……”她顿了顿，还是说了，“也不再有照顾我的资格。”

他盯着她看了许久，唇角再度扬起没温度的笑：“很好，果然是蓝又恩的风格！你记住我今天说的话，是你自己选择了他，以后无论发生任何事，都别再回来找我！”他的声音冰冷，可尾音似乎带了些颤抖。说完，他取过合同，弯腰匆匆签了字，随手丢给她，“你可以走了！明天之前，带着你的所有东西和员工，从PL给我消失！”

“谢谢。”她长长松了口气，本以为会花一番工夫，没想到竟会这么顺利。

只是，如此顺利反倒让她有点担心，尤其是岑寂那番暗示的话。

“字我签了，你还不走？”他点了支烟，拉开椅子坐下，“门在那里，不送！”

她看他一眼，拿起合同，抽出那份申明书：“这份是给你的，另外相同的一份我已经存在律师那里，谢谢你的股份，不过我想，还是还给你比较好。”她缓缓说完，转身离开。

脚步声逐渐远去，他握紧钢笔，始终未曾抬头。

玻璃楼梯下方，年轻的俊美男子站在那里，见她出现，微微一笑，朝她伸出了手：“中午想吃什么？”

“你不问我结果？”

“以他的个性，不会死拽着一个想要离开的女人。”

她看着他笑：“倒是挺了解他的，那你呢？如果一个女人想离开你，你放还是不放？”

他执起指间的手，放在唇边亲了亲：“这个问题的答案你不是已经很清楚了吗？”见她仍旧看着自己，他低头亲上她的唇角，“又恩，无论发生任何事，我都不会放开你的手。”

宏盛大厦十五层以前也是一家公司，基本的简装都有，能很顺利就找到新地方，蓝又恩得感谢一个人——周绍丰。

其实两人已经很久没联络了，近两年，他去了不少国家交流学习，做了很多公益，也是两个月前才回国的。对方约雨晴见面，因为她偶然的一句话知道了蓝又恩的现状，之后便给她介绍了这里。

这大厦是他一个朋友的产业，正巧空档，便租给了她。

因为认识，所以租金给了优惠，可新公司成立之后，蓝又恩银行的存款还是直线降至五位数。

她原本的计划是把房子卖了，先撑一阵，等资金开始回流，再做其他打算。

然而这计划却被范青仁的一张存款单制止，他早已料到这种局面，也知道只有到关键时候拿出来她才肯收下。他告诉她，这笔钱里也有一部分是钟倪的，只是他有老婆，不能拿太多。

那张存款单的数额并不小，足以供亚泰琪撑过最困难的起步阶段，可这么大笔钱也不是马上就能还清的。显然，范青仁也根本没有让她还的意思。

最后，蓝又恩收了存款单，给了两人股份，以入股的方式领了这份人情。

庄晟知道这事后，颇为不满地表示她很厚此薄彼。现在公司里范青仁和钟倪都成了老板，唯独他还是一个打工的。

钟倪反驳说：“人家温纪亚也是打工的，他都还没说话你着什么急！”

“他有可比性吗？凭裙带关系也算半个老板！”庄晟立刻反驳。

“那请问我们有可比性吗？你来亚泰琪才多久？能和我们比？”

“你是想吵架是吧？”

“嘿！你还真说对了！”

炎夏七月，亚泰琪公司内部的气氛与外界的温度一样热力四射。蓝又恩笑着将目光从办公室的窗口收回，去接桌上响起的内线电话。

“今晚别加班，下班后我在楼下等你。”

“有什么事吗？”

“晚上你就知道了。”对方说完就挂了。最近他们一直这样，因为不想影响工作和其他人，回家时常常约在楼下碰头。

她翻翻日历，不是她的生日，也不是他的生日，更不是什么重大节日，她不禁有些奇怪。

下班走出大厦时，黑色的沃尔沃已停在路旁，车窗降下，年轻男子的脸上架着茶色墨镜，支着下巴冲她吹了声口哨：“美女，去哪里？”

“去约会啊。”那淘气的笑容与一袭贴身休闲西服搭配在他身上非但不显突兀，反而令他看起来更加俊美耀眼。

“和谁约会？”他继续调笑。

“和一小屁孩。”她笑吟吟的。

某人不高兴了，取掉墨镜推门下车，一把将她拽了过去：“谁是小屁孩？”

她贴在他怀里，如此近的距离，必须得仰着头才能与他对视。

“你最近是不是又长高了？”她伸手比了比。

“是啊，我二度发育！”他低头在她脸上亲了亲，“傻瓜，是你今天没穿高跟鞋！”

“你才是傻瓜，我逗你呢！”她笑了，主动挽住他的手臂，脸颊贴上去蹭了蹭。

手臂上有他的气息，虽然带了些淡淡的烟味和香水味，却掩盖不了木樨花的气息。他不在身边的这两年，每当她闻到木樨的淡香，总会想到他的拥抱。她不明白，一个男孩子，为何身上总有花的气息？有时候，她会怀疑这是否只是种错觉。所谓木樨，不过是她感官传达过来的讯息，可能对于别人，甚至是他自己，都不会觉察到。

或许只有她，才会感觉到这种气息。

晚上，他带她参加了一个婚宴。

新娘是阿琴，意料之外，情理之中。

新郎外貌一般，戴了副眼镜，很斯文，待人有礼，每次阿琴与他说话，他眼底总漾着温柔。

见到他们一起出现，阿琴很高兴，虽然凝望纪亚时眼底仍藏了一份感伤，但到底是释怀了。

这个世上，两情相悦终成眷属是多么不易。总是你爱我，我不爱你，我爱他，他却偏偏爱着别人。

得不到心中的那个人，到最后总是妥协。

蓝又恩忍不住再次看向身旁的纪亚，从未想过，其实从他第一次对她表现出情感至今，已经过去了四年。这漫长的四年，是什么坚定了他对她的心？

都说男人是因性而爱，可如此长的四年，即便是荷尔蒙，也早该到了枯竭的时候。而他，对她的爱却始终不曾少了分毫。

这些日子，她忙于亚泰琪公司搬迁，很少有时间好好陪他。

而他，却在不知不觉间，把她没时间做的事都做了。

每天，他总是先起床，往往当她拖着衣服从楼上冲下来时，早餐已做好搁在桌上。他会为她倒好牛奶，在她洗漱时提醒她将东西全部吃完。有时她在去公司的路上发现忘了文件或钥匙，他会看着她着急的模样笑，随后从后座拿起她遗忘的东西，要求她先亲他一口，再将它们给她。

他虽然年轻，可做事从来不慌不忙。会议决策时，总是最后一个表态，但说出的方案也是最实际而实用的，连总是挑剔的庄晟，都很少会对他的话提出反对意见。

他明明比她小那么多，明明只是刚刚长大，却在她身边，撑起了她生活的全部。

她凝望着他的侧脸，看着他与人笑言，突然有种幸福到不真实的感觉。

她问自己——要不要，结婚呢？

八月，是亚泰琪旗下新品牌男装EN面世的月份。

发布会定在8月10日，时间有些赶，但因为亚泰琪重获新生，人人斗志满满，个个自愿加班，终是在8月10日前搞定了所有用于走秀的样衣。

资金有限，发布会不可能像以前那样请来诸多明星助阵，钟倪为了吸引眼球，除了打出庄晟、温纪亚两个男装设计师的名头外，还将纪亚推上了走秀T台。

对此，范青仁戏称是物尽其用。

发布会定在市内一家五星级酒店举行，蓝又恩赶到会场的时间比原计划晚了近两个小时。

她之前赶了两个通宵，纪亚见劝说无用，便偷偷改了她闹钟的时间，她醒过来时已经快十一点了。

等她整理完毕赶到会场，已经是午饭时间，然而会场内众人都在，没见一个人去吃饭。

纪亚和范青仁几个正在会场一角说话，四人似乎正在讨论什么，脸色都很严肃。周围的员工皆神色不安地看着他们，见她出现，有人提醒了范青仁一下。

几个设计师转过头，纪亚朝她道："又恩，过来一下。"

那神情令她隐隐有种不好的预感。

她的第六感果然准确，他们告诉她，EN的设计图外泄了。

"两个小时前，一个名为'舍'的男装名牌在君海酒店开了发布会，走秀的样衣中，有七款男装和我们的设计几乎一模一样，这七款里有三款是我们的主打款式。我们被抄袭了。"最先得到这个消息的是范青仁，他得到消息后立刻通知了其他几人。负责媒体宣传的员工从熟识的记者那里拿到了对方发布会的即时资料，已经确定了这个消息。

无疑，EN才是这四款男装的原创，可是"舍"先一步在媒体前公布。这么一来，如果晚上他们照原计划进行发布会，反而会使EN背上抄袭的罪名。

不知真相的大众肯定会认为是EN抄袭了"舍"，而且对方挑今天白天开发布会，摆明是有备而来，估计早已准备好了一切，如果他们晚上坚持原本的发布会，可能没等结束，就会有人跳出来。

设计这行，本来就没有相应的保护措施，抄与被抄，只在于面世的时间先后，就算打官司也难有结果。有些品牌并不在意这些，相似雷同层出不穷，反正即便惹上官司，输了也只是罚钱了事。但亚泰琪不同，EN是他们全力打造的新品牌，容不得半点负面报道。

“我找人查过了，对方这个牌子也是新的，公司刚成立没多久，除了那七款，其他男装的设计不值一提。偏偏公司主事人似乎大有来头，请了很多大牌明星助阵，连附近几个城的媒体都邀请了过去，照片估计很快就会上网。”

“有查到对方的主事人吗？”蓝又恩眉头紧蹙。

“我们还在等照片。”正说着，一旁有人叫了声范青仁的名字，几人朝那人所在的电脑前走去。

数张照片中的一张被点击放大，华丽的灯光背景下，一个女人端着香槟正面对镜头。

那是张蓝又恩非常熟悉的脸孔。

近三年没见，对方变化很大，穿着打扮更加贵气，妆容浓烈。娇柔如芭比娃娃般可人的脸孔洋溢着成熟的性感，笑容里透着柔媚风情。与站在她旁边的女明星相比，她的容貌丝毫不逊色，完完全全长成了风情万种的尤物。

“‘舍’背后的人，是周舒妍？”

蓝又恩想起离开PL那天岑寂没有说完的话，赫然明白过来。看来，这便是让他欲言又止的原因。当然，他顾忌的人绝不是周舒妍，而是周舒妍的父亲。

听钟倪大致解释之后，庄晟不由得嗤笑：“这周家的人真是奇怪了！儿子前脚帮我们解决了公司选址问题，女儿却在后脚拆台，有病吧？”

“现在抱怨没有任何帮助，还是先想办法吧。时间这么短，今晚的发布会还是取消吧，我们计划一下，渡过这个难关再说。”没有主打款，发布会就算继续进行也没什么意义。想到辛苦许久的新品牌就这样被迫中止，众人的脸色都不好看。

“不一定要取消发布会。”在几人沉默之际，温纪亚缓缓开口，“被抄袭的那几款，我们可以用剩下的款式走秀。至于主打款，你们愿不愿意冒险？”

“你的意思是……”蓝又恩大约猜出来了。

“我之前在欧洲为了参赛，设计了很多男装。重要的是，这些设计当时为了看效果都制出了样衣，而且每款样衣都有大中小三个尺寸，即便模特没试穿过，也应该能找到适合的尺寸。”

“这些样衣你都带回来了？”钟倪忍不住插嘴。

“带回来了……”他顿了顿，继续说道，“只是现在不在我这里。”

“那在哪儿？”钟倪自认耐心不好，不过这种关键时候有哪个不着急。

“纯馆。”他给出答案，却是个令众人头痛的回答。

纯馆，雷克斯与伊蒂下榻的会所。

也就是说，这些样衣目前在伊蒂手里，更重要的是，纯馆是会员制场所，拒绝接待所有非会员人员。

“我们自己有其他的替补款式吗？”蓝又恩问，“我记得当时应该还有两款设计……”

“时间太紧，这两款设计第一风格不行，第二我们没有能走T台的样衣。”范青仁答道，“当时因为这两款被否决了，所以根本没有成品样衣。”

“现在赶来得及吗？离开始还有五六个小时！”

“临时找不到工人，这样吧，我们分头进行。这两款衣服我自己动手赶，纪亚你去取你的衣服，万一你取不到，就只能用那两款替补的。”

“不是吧，你自己动手，那两款是秋装，不是夏装啊！”钟倪直摇头，“算了，我跟你一起过去赶！”见庄晟想说话，忙又道，“庄晟，你是今晚要亮相的设计师，现在纪亚也走了，你不能去，你和又恩留下，看着这里！”

事态严重，庄晟破天荒地没有反对。几人商量完毕，各自迅速忙碌起来。

周绍丰是EN秋装发布会的贵宾，下午六点，他接了雨晴，提前到达发布会现场。

他见到后台只有蓝又恩和庄晟两人，再加上庄晟不怎么友善的白眼，这才从蓝又恩口中得知了事情的来龙去脉。

“舒研这次真是太过分了！又恩，虽然现在说这话没什么用，不过还是对不起，我替她向你道歉！”

“知道没用还说！”庄晟讥讽道。

“庄晟，你去外面看看范他们有没有过来。”蓝又恩支开了他，随后朝周绍丰道，“你不用替她道歉，她是她，你是你。就算要追究原因，源头也不在你。”

周舒妍针对她不是一次两次了，每次都是为了同样的原因。只是她不明白，她和岑寂都已经分手这么多年了，她还有什么好恨的?

“那是你，你能释怀，但有些人不可以。”雨晴告诉她，周舒妍和岑寂分手之后，身边一直没断过男人。她像是突然变了性子，但凡追求她又条件好的男人，来者不拒。她的身家摆在那里，加上长相的确不错，男人们前赴后继，个个宠着她追着她。

“我有个朋友的哥哥也当过她男友，时间大概一个月吧，据说交往得正顺利时被很无情地甩了！邵丰，我不是要说你妹妹坏话，这些事情我不知道你是否清楚，但这几年她真的像是变了个人。我想，唯一的解释就是岑寂带给她的情伤太深了。换句话说，也许她到现在，心里真正喜欢的还是岑寂。她被他伤得太深，如今见又恩这么幸福，自然会迁怒。”

周绍丰静静听完，眉头一点点蹙起：“我可能真的是离开太久了，抱歉又恩，这次的事我会让她给你一个交代的。”

“算了吧，这事都已经这样了，还能怎么交代。倒不如看看又恩这里还有什么需要帮忙的，纪亚他们都在做补救工作，我们能帮多少是多少。”

“我现在倒是真的缺人手，一会儿客人陆续到场，我得先去前面，你们帮我在后台盯着吧。”

这场发布会，是蓝又恩这些年所经历的发布会里最漫长的。

范青仁和钟倪总算赶在发布会前将样衣制成，虽然款式无法与被抄袭的那几款相比，但好歹填了空档。

大家都知道，要从雷克斯那里取东西没这么简单，可说到底也只是取东西，都已经过去五六个小时了，成不成都该有个结果。

“不行先上原定的几款，把你新赶出来的两款放在后面，实在不行最后也能充个数。”无奈之下，蓝又恩只能如此吩咐。

时间一点点过去，众人都没说话，沉默地看着模特一个个出场。她知道大家不甘心，辛苦努力了这么久，成果却被人白白取走!

只是她想不明白，到底是谁泄露了设计图纸?

她做这行不是一两天，自然知道在发布会之前，保密工作是最重要的，说到底知道亚泰琪会推出EN这个男装品牌的也只有公司里那些人……

“又恩！是纪亚！”钟倪惊喜的喊声拉回了她的思绪。

后台涌进几个工作人员，将移动衣架拖入。

“这里大概有五六款男装，每款三个号，你们五个过来赶紧试衣服！”时间紧迫，纪亚顾不得打招呼便开始忙碌。嘱咐完模特，他又叫来工作人员，“新的服装没配过音乐和灯光，去和灯光师音响师说一下，等下听我指示，音乐和灯光要同时拉下，制造气氛，别让台下的人感觉不自然！之后接这盘CD，灯光让他们自己看着办！”

一一嘱咐完毕，他长长松了口气，朝一旁的蓝又恩伸出手：“又恩，我赶上了！”

这漫长的一夜终是圆满落下帷幕。

从跟随纪亚前来的伊蒂口中得知，纪亚找上伊蒂时，她和父亲都不在S城。对他的求助她原来根本没想理会，她的父亲更是勒令她不许出手帮忙。

就算当初是岑寂要了手段，故意让雷克斯收纪亚为学生，但她父亲毕竟当了他的老师，也确实教了他很多东西。这样说离开就离开，完全不顾他的教导之情，令雷克斯非常失望。

“不过他很厉害，虽然说不动我父亲，最后还是说动了我，我是搭私人飞机回来的，要不要谢谢我？”

看着伊蒂一脸你欠我你得还的表情，蓝又恩失笑：“你想要我怎么谢你？”

“我要求不高，一个吻就行！”那漂亮的混血美女迈动长腿，很快来到他们面前。

“什么？”蓝又恩还没反应过来，见她走近，下意识挡在纪亚前面。对方眯着眼笑起来，伸出双手——目标不是她身后的纪亚，而是她!

那少女的唇贴上来时，蓝又恩脑中有片刻空白。一时之间，她根本不明白发生了什么事。

这不是一个问候吻，虽然她不是西方人，可还是能分辨出。伊蒂吻她的方式和纪亚吻她的方式没有什么不同，除了对方的性别与她一样，这完完全全是一个恋人之间的吻!

吻维持了数秒，蓝又恩僵在那里，不光是她，后台其他几个设计师也都僵在那里。

浓浓的不悦自她身后散出，温纪亚到底没忍住，狠狠将她身前的人拉开，把她护在身后。

看见她唇上沾染了伊蒂的口红，他极度不悦地取出纸巾为她擦拭。

“温纪亚！我们说好的，我帮你，换蓝又恩一个吻！我还没吻完呢！”伊蒂不满地大声道。

“我是答应了你，不过你只说一个吻，没说吻多久。”搂着她的男子淡淡丢话。

“温纪亚！你耍诈！”

“呵，这句中文说得不错。”

“温纪亚！”

伊蒂的怒意他只当没看到，搂着蓝又恩说了句我们走吧，便直接将她无视。

这日的精彩一幕，在亚泰琪几个设计师的脑海里留存了很久。

这天之后，蓝又恩才知道，原来纪亚口中提到的与伊蒂合作，并非指工作方面。因为涉及伊蒂的隐私，之前纪亚没有和她详说。

其实伊蒂是个“女同”，而雷克斯对这点并不知情。他只有这一个女儿，创下的企业王国自然会留给她——为此，她一直在父亲面前扮演完美女儿的形象。她太了解自己的父亲，如果他知道自己的性取向，一定会找个女人再生小孩。

她不想有个人来分走原本属于她的东西，所以一直隐瞒这件事。

在纪亚出现之前，她因为一次疏忽，已经引起了父亲的怀疑。而纪亚与她的合作很简单，他扮演她的男朋友，做她的烟幕弹，她则在父亲面前为他争取一切所能争取的机会，让他成为雷克斯最得意的学生！

两个人在合作的一年里，各取所需，算是很愉快。

之前纪亚因为她的一席话而决定停止合作让她非常生气，从那时起她就对蓝又恩有了兴趣。她原本对东方女人没兴趣，可是这个女人，不光岑寂喜欢她，为她费尽心思，就连温纪亚也为了维护她而与自己决裂。

她很想知道，蓝又恩身上到底有什么魔力，能令这两个优秀的男人为她做这么多事。

所以，这次纪亚开口求助，她当然不会浪费机会，提出了这个交换条件。

一则她对她有了兴趣，二来可以顺便气一气温纪亚。

纪亚考虑再三，觉得这个损失可以接受，就答应了。

对此，蓝又恩有点哭笑不得。她还以为他使用了美男计，结果竟把她推出去了。

更令她无语的是，那夜离开后没多久她就收到了一个陌生号码发来的短信。

短信内容是用英文写的，翻译成中文是——嘴唇很软，我开始有点明白那两个男人迷恋你的原因了。改天有空出来坐坐，其实我们也可以做朋友的。

她对着短信笑个不停时，纪亚却黑着脸将手机丢去了车子后座。

听到PL股价大跌的消息，是在发布会顺利结束的两周后。

那天她开车经过PL公司门口，宽敞的马路被记者的车子堵住，岑寂被一大群记者包围着，进退不得。

天气很热，他的西服搭在手臂上，白色衬衣的领口敞着，素来有条不紊的黑发有些乱。

她停车降下车窗，记者们的言辞极其尖锐，不断追问股价大跌的事，甚至有人问他是不是要破产了？他冷冷抿着唇，一句都没回应。

他抬头时，视线穿过人群看见了她。她尚未做出任何表情，他已飞快挪开目光。他的助理带着保安赶到，为他挡开了记者，他在保安的护送下匆匆走进公司。

后来她回到亚泰琪时，钟倪他们正在讨论PL的股价。

因为与PL合作了很长一段时间，钟倪虽然不喜欢岑寂这个人，但对他公司的股票很有兴趣，一直都有长线投资。

之前解约离开，他也卖了股票。如今PL股价大跌，他直呼自己运气好，不然可真是血本无归，回去一准被老婆罚跪搓衣板。

“真的跌得很厉害？”蓝又恩走上前。

“喏，你看，一开始还上上下下，算是有起有伏，但从三天前开始，就跟瀑布似的直线下降。连续三天跌停，想活命都逃不了！几天一开市就已经跌停了，估计这会儿岑寂正对着电脑砸桌子呢！”

“好歹合作一场，别这么幸灾乐祸。男装订单做得怎么样了？我们资金有限，接单时一定要多留意细节。”

她说到这句时，范青仁刚好过来：“你是怕那位周家小姐又出花样？”

“不得不防。”她轻轻叹气，“总之，现在处处都要小心，我总觉得PL股价大跌对我们来说算不上什么好事。”

以岑寂的能力，PL的股价不该有如此波动。

现如今，能在短期内给他如此重的一击的人，S城寥寥可数。

她总觉得，一些事情，在她不知道的情况下正在发生。例如那个至今仍未找出的泄露设计图的人，又如突然偃旗息鼓的周舒妍。

午饭后，钟倪将订单资料整理完毕，递到她桌上。

“我筛选了一下，这些应该都没问题，你看一看，如果你也OK我们就可以开始运作了。”

她翻看之后，问道：“这位姓沈的客户居然下了这么大笔单子？”

“哦，这个人啊，这人是庄晟以前在兰缇尼的旧客户。之前也问我们要过女装订单，交易过几次没什么问题。不过他主要还是做男装的，所以这次我们发布会一开他就下单了。”

“这么大笔单子要小心处理，这样吧，反正我最近也没什么大事，这个客户我去见。”

“好，我去和庄晟说一下，他对这个客户熟悉，让他陪你去。”

蓝又恩应了一声，便开始工作。

第二天下午，庄晟敲开她办公室的门，表示已和对方约了时间，现在可以出发。他开的是一辆双门敞篷的黑色奥迪A5。

上车后，他向她递来一杯咖啡。

“好像听纪亚提过你喜欢街口那家的这个口味对吧？”

“谢谢。”共事一段日子后，两人的关系早已改善。

他一边开车一边和她说了些关于客户的资料，她听着听着，感觉眼皮有些沉重，最后终于忍不住睡了过去。

驾驶座上的男人见她睡着，改变方向，朝城外开去。

蓝又恩醒来时，发现自己已不在车上。

这是一间装修豪华的房间，她斜靠在沙发上，头脑仍有些昏沉。

睡着前发生的事情一一掠过脑海，她很快明白过来，揉着额头舒缓那种昏沉感，视线缓缓掠过房间，最后停留在房间落地窗外的花房内。

那里面有人。

数盏壁灯将夜晚的花房映衬得如同白昼，黑色的圆桌旁，坐着一位面目严肃的中年男子。

这张脸她不太熟悉，因为只见过一次，想不到再次见面竟是以这种方式。

至此，她基本可以肯定是谁泄露了EN的设计图纸。

见她走来，周牧并未抬眼，只是继续关注手上的紫砂茶壶：“普洱，喝吗？”

“谢谢，不过我刚刚才喝了一杯有料的咖啡。周先生，你有什么话直说吧！”

“话？”对方停下动作，朝她投去视线。大约是多年纵横商场，周牧的外表比实际年龄看起来要长一些。两鬓早已花白，并没有刻意染黑。他的脸很消瘦，因而显得颧骨更加突出，前额很饱满，皱纹集中在眼角处，看来很是矍铄。

见她与自己对视，那双犀利的瞳底渐渐显出冷意：“你认为，我应该有什么话想和你说？小姑娘，镇定是好，可也得看场合。现在这种场合，你应该适度地害怕一下。”

“你的意思是，你会对我做些令我害怕的事吗？就像你让岑寂的公司陷入困境一样？”

“哼，伶牙俐齿！居然还想套消息？”他不屑地冷哼，“你这一套，用在舒研身上还行，我可不吃这一套！我生平第一讨厌能说会道的人，第二讨厌不识时务的人。蓝小姐，很不巧你两点全占了。”

她蹙眉看着他，这次没接口。

“不要以为发布会那件事是我的手笔，那件事是舒研自己做的，我原本想着，年轻人之间的事，让年轻人自己去解决，可惜这丫头还是嫩了点。说我以大欺小也好，总之我只有舒研这一个女儿，从小就宝贝得很。这丫头什么都好，就是心肠软……”

正说到这里，房间的门被人敲响，对方并没等人回应便已推门进来。

进来的人是周舒妍，她的身后，跟着庄晟。

隔着玻璃，蓝又恩与他四目相对，后者无所谓地挑挑眉，漫不经心地玩着手里的打火机。

“爸，你把她弄来别墅干吗，我本来想这几天好好在这里散心的，现在看到她什么心情都没了！”周舒妍很快进了花房，在周牧身旁坐下。

“心情不好就想办法变好，我是怎么教你的，别学得和你哥一样没用！”

“想办法把心情变好？”周舒妍站起来，绕着蓝又恩走了一圈，视线肆无忌惮地在她身上扫过，缓缓笑起来，“爸，真的做什么都可以？”

周牧没说话，一丝阴冷自他眼底掠过。片刻后，他才缓缓道：“别墅后面那个湖很深。”

这话让蓝又恩心头突地一跳，有一抹刻骨的凉意自身体里划过。那话里的暗示再明显不过，她不敢相信，这话居然是一个父亲对自己女儿说的！

周舒妍紧紧咬着下唇，不知是因为紧张还是兴奋，手指竟微微颤抖起来。

“庄晟。”她突然叫立在一旁的人，“你知道吗，我从很久以前就想弄清楚一件事。”

“什么事？”对方问道。

“如果深爱这个女人的男人知道她被另外一个男人碰过之后，是会继续无条件地爱她呢，还是接受不了与她分开？”

蓝又恩盯着周舒妍，一语不发。

“庄晟，我记得你之前说过，你读书时就对这女人挺有兴趣的，还为此和岑亚然闹过不和。怎样，虽然她现在年纪大了点，可是机会难得，你有没有兴趣？”

“你是说？”庄晟玩着打火机的手停了下来，唇角勾起一抹浅笑，“你说真的还是假的？”

“当然是真的，怎么，你不敢？”

“这世上还没有我庄晟不敢做的事！”

“很好！”想到即将看到的那两个男人的表情，周舒妍娇柔的五官绽开了甜美无比的笑容。

两个保安一左一右揪着蓝又恩，一行人在客房门前停下。

推开房间门后，保安将她重重丢在沙发上。

周舒妍踩着高跟鞋步伐优雅地跟了进来，目光扫过房内的大床，朝庄晟笑笑：“怎么样，要不要提供很好的药物给你？”

“给她用药？”

“不要吗？”

他暧昧地笑起来：“用药有什么意思，我喜欢强上。”

“庄晟！”蓝又恩怒不可遏。

“她生气了，我好开心啊！”

见周舒妍没有要走的意思，庄晟轻佻地去勾她的下巴：“还不走，难道你也想留下？老实说，你这么漂亮，我不介意三个人一起。”

“滚开！一个还不够！”周舒妍做了个恶心的表情，带着两个保镖出了房间。

关上门，庄晟脸上的笑容立刻落下。他听了会儿门外的动静，轻轻将门反锁，神色凝重地朝蓝又恩走去：“先别骂，回去再和你解释，我们想办法离开这里！”

“你……”蓝又恩被这大起大落弄得有些糊涂，“你刚刚是故意的？”

“当然，周牧那老头连沉湖这事都暗示了，我不快点带你离开，难道等着纪亚那帮人来追杀我？”他试了试玻璃窗，那里并没有锁，他开了窗，朝她伸出手，“我们先离开，蓝又恩，现在你只能选择相信我！”

庄晟应该不止一次来过这别墅，他很警惕，带着她躲开所有摄像头和巡视的保安，顺利绕过别墅，来到了前方的大道。

“沿这里直走就能出去，我们要快点，被他们发现今晚我就得陪你沉湖了！”明明情况紧张得要命，他还不忘开句玩笑。

蓝又恩心中气极，将脱下的高跟鞋敲在他头上。

他不敢大呼，只能闷哼一声，拽着她快速朝外走。

刚走到一半，身后的别墅警笛声大起，庄晟抬头一看，路旁的树丛里，有一个摄像头正对着他们。

“死老头！这里什么时候多装了个机器！可恶，这下真得沉湖了！”

“快跑吧，还多话！”

夜色里，两人沿着大道飞奔起来，后方，人声脚步声渐渐逼近。

庄晟边跑边掏手机，嘴里还骂骂咧咧的，蓝又恩原本还在奇怪，直到跑到别墅大门口，一辆熟悉的车在两人面前停下时，她才明白过来。

“上车！”岑寂降下车窗，没有多余的话。

两人飞快地开门坐上去，车子的油门被一脚踩到底，带着他们迅速逃离了别墅。

当车子驶入城内，两旁店铺的灯光渐多时，车上的三人才算彻底松了口气。

岑寂看着副驾上的女人，取了两张纸巾给她：“擦擦汗。”

她没推托，接过擦汗时，才发现自己的手抖得厉害。

“出了什么事？我接到用你手机发来的短信就用最快速度赶来了，你怎么会在周牧的别墅？”

“一言难尽，岑寂，今晚真的非常谢谢你赶来！”她深深呼气吐气，慢慢平复了情绪，“麻烦你，载我们两个去亚泰琪的新公司。还有，借我一下你的手机，有些事我得弄清楚！”

听到这里，后座一路无语的男人狠狠打了个冷战。

尾声

在纪亚联合范青仁及钟倪的“逼供”下，“犯人”庄晟很快交代了“罪行”。

正如蓝又恩猜测的那样，泄露设计图的人果然是他，但他的目的不是为了周舒妍开出的现金支票。没错，他是不排斥钱，可这不代表他要和一个完全不认识的女人交易。

他只是纯粹对对方的目的感兴趣，同时也想看看当亚泰琪面临危机时，蓝又恩的处理方式——或者说得再深入一些，他想以此作为对学生时代那些事的小小报复，当然，这部分原因他不会告诉他们。

结果他没失望，亚泰琪顺利过了关。

本来这件事结束，他打算约周舒妍出来，想办法让她把吞掉的设计图吐出来。偏偏这个时候，这件事惊动了周牧。很显然，对做事素来不择手段的周牧来说，自己女儿这次的方法他很不满意。

周牧亲自打了电话给他，让他将蓝又恩带去别墅。

庄晟想了想，觉得这是个好机会，做了番准备，就将蓝又恩带了过去。

只是，他没想到周牧竟如此狠厉，就连周舒妍也在他的影响下想出这种恶毒的主意。让他强迫蓝又恩？这位周大小姐还真是物尽其用，自以为是到了极点！她以为她甩点钱出来，别人就会变成她的走狗，甚至是一个罪犯？

事态不妙，他当然得跑！

再后面的事，蓝又恩就都知道了。

那天最后，庄晟将一个打火机交到温纪亚手里，告诉他里面除了周家父女暗示和明言害人的对话外，还录下了周舒妍承认抄袭一事的话——那晚他过去的主要目的就是套她的话，将原本属于亚泰琪的设计追回来。

“这打火机其实是个微型摄像机，像素很高，是我一个开侦探社的朋友提供给我的！反正这次周家两父女都跑不掉了。”他得意扬扬地说完，又转向远远站在门口，却始终没有离开的岑寂，“还有你，你得感谢我。周牧惹上官司后，就无暇对你的公司进行打击，你可以继续安稳地经营PL，不用破产，是不是很感激我？”

“放屁！”回答他的是钟倪的怒吼，“你害得又恩差点没命，还敢在我们面前说这些？！别说纪亚和岑寂了，这种话连我都听不下去！”

“行了，这种人不用浪费力气骂，我报警了，等会儿一起交给警察就行。”范青仁摁掉手机，慢慢走了过来。

“你们……不是来真的吧？”

“谁和你来假的！你给又恩喝那杯加料的咖啡时，就没想过这个后果？！”钟倪怒骂。

“我当然想过，不过我知道我一定有办法把她平安带回来，事实你们也看到了，她毫发无损地回来了！”

“这也叫毫发无损，她差点被沉湖！”

“我也差点被沉湖好不好！”

“你被沉湖也是应该的！”

“我被沉湖了，谁带她回来？”

“现在她回来了，你可以回去沉湖了！”

“一晚上你沉湖沉湖提个不停！小心我丢你去沉湖！”

“你试试看啊……”

蓝又恩看着钟倪和庄晟，目瞪口呆：“这样都能吵起来？”

“别理他，你也累了，我们回去休息。”纪亚拉着她，经过岑寂时，竟意外地朝他点了点头，“今晚，谢谢。”

“应该的。”

“谢谢。”她朝他笑了笑，随后问，“这就是我离开PL那天，你想说却没有说的话吗？”

“如果知道事情会演变成这样，我不会不说。”他看了眼纪亚，继续道，“周牧曾说过，如果你是我的女人，他就不碰你，也不会让周舒妍碰你。对不起，又恩。”

“没事，你选择不说，很符合你的性格。我先走了，再见。”她拉住纪亚的手，与他一同出了公司。

看着两人相携离开的画面，立在门口的男人轻轻勾了勾唇。

再没有一刻，比现在更令他肯定，他已完全失去她了，再也追不回来。

过了这个月，夏天就要过去，秋季即将来临。寂寥的季节，唯有他还得一个人继续走着，就算再累也不得不一个人走下去。

之后的几天，S城风云变幻。

强有力的证据让周牧父女直接被请进了警察局，周牧的发家史总是有那么点不清不楚，往日他循规蹈矩，别人捉不到他的漏洞倒也没办法。

其实上面早有在S城来一次大清查的意图，此次机会难得，自然会将事情扩散出去。

周家算是彻底垮了，整件事里，蓝又恩只觉得对周绍丰有些残酷。他被请进警察局数次，来来回回，折腾得人也瘦了。好在最后查明事情与他无关，还是被放了出来。

听雨晴说，他对这个家心灰意冷，不想继续留在国内，已经订了机票，打算去国外长住。

岑寂因为生意上的往来也被请进了警局，并且被周牧一口咬定有参与其中。

最后，因为无有力的证据，被放了出来。

那天看新闻时，纪亚坐在她身旁，搂着她的肩膀告诉她，其实在发布会出问题那天，如果没有岑寂点头，雷克斯也不会让伊蒂放行。

简单来说，他也帮了她，所以后来才会被周牧迁怒。

他原本就是周牧培养起来的，意欲从倒塌的岑家上取得好处的棋子，棋子与他女儿分手他觉得很正确。可这颗棋子与自己作对，就是另外一回事了。

“嗯，其实我多少也能联想到这些。你在暗示那天我对他态度太冷淡吗？纪亚，我了解岑寂，他这个人，只有不给一丝希望，才能真正断了念头。就算他说了放弃，心里也不一定会真正放下。我冷淡是为他好。他一直执着不肯放，怎么可能释怀？”她说完，长长地叹了口气，“纪亚，明天我想去个地方，陪我一起去吧。”

次日清晨，她早早起床，简单的早餐后，两人驱车离开城区。中途经过花店时，她下车买了束雏菊。

这是她第一次，带纪亚来这个地方。

以前是不能，后来是不想。

她把手轻轻放在他的手中，一步步上山，来到灰白色的墓碑前。

深秋的风拂动着他黑色长外套的下摆，他收紧她的手，弯腰将花束搁下。

“岑亚然，我去世的丈夫。”她如此介绍，说完，隔了许久才轻轻道，“亚然，他是温纪亚，我未来的丈夫。”

他瞬间愕然，转头看着身边的人，简直不敢置信。

虽然两人已在一起，虽然她已经接受了他的爱，可是她一直不曾表明对未来的态度。

这是第一次——竟然还是在岑亚然的墓前！

“他比我小了六岁，他很爱我，从很久以前就开始了。我想，他应该是除了你以外，这世界上对我最好的人。

“亚然，我并没有要忘记你，只是我不想再看到他伤心的眼神。亚然，我一度以为自己的心不会再为某个人而痛，可原来不是。

“我想，我应该比自己想象的要更加爱他。这种感觉，大概从很久之前就开始了。只是，我习惯了麻木，习惯了孤寂，我感觉不到。

“和你相比，他还只是个孩子，可是对我而言，他却是能撑起我整片天空的男人。

“我曾一度害怕，年龄的差距让我们无法走到最后，可是现在我却可以清楚地看到我们的未来。

“我们会结婚，然后生个孩子，再然后……很幸福地度过这一生……”

她的声音很低，语速很慢，犹如飘散在风里的呢喃，却一字一字清晰无比地传入他耳中。

男子的手臂环上她的腰，一点点收紧，直至她不能呼吸。

“又恩……”他将脸颊埋入她的长发，那声音带着微微颤抖，只是喊出她的名字，就再也说不下去。

当她因为呼吸困难而下意识地挣扎时，他却将她圈得更紧，呼吸埋入了她的脖间。

“再等一下，一下就好……”他的声音有些涩，似乎带着鼻音，她感觉有一些温热的液体滑过她的脖子，“又恩，我爱你，永远……”

永远，一个如此奢侈的词。别人说的永远也许她不会信，可是他说的，她却相信。

他说过，他会为她变成男人回来。他没有食言，他做到了。

所以她也相信，他现在所说的这个永远。

番外一 爱我所爱

婚礼定在三月，春暖花开的日子。

其实纪亚很想在冬天来临前把婚礼搞定，只是蓝又恩不想太仓促，而且亚泰琪男装项目刚刚启动，要忙的事太多，这么短的时间根本就来不及。

原先纪亚对此没有什么意见，只要她高兴，一切都随她的意愿。

可自从她去了趟B城和新合作方洽谈业务之后，一切开始变得有些微妙。

事情得从亚泰琪寻新合作伙伴说起。

亚泰琪毕竟独立没多久，资金不充裕，几人开会商讨之后，觉得可以找一个不错的投资商，以入股方式解决他们的资金问题。

蓝又恩虽然不怎么管设计方面的事，但她毕竟是亚泰琪的老板，这种商谈合作的重大事项，还得她亲自出马。

这趟出差如预料一般，并没有那么容易。

PL名号甚大，而亚泰琪在国内服装行业却不算太有名。有实力的投资商自然更愿意和一线品牌合作。她去了B城三天，连对方总裁的面都没见到。每次都是约了时间，在等待数小时后又被告知没空见她。

第四次在等待数小时后又被告知今日没法见面时，蓝又恩淡淡一笑，将手里的计划书塞给来通知她的人。

“麻烦帮我转告你们总裁，诚信是我非常看重的一项品质，贵公司在其他各方面的确都非常符合我们的条件，但一个缺乏诚信的合作伙伴并非我们所需要的。”她离开对方公司后，回酒店取了行李，准备直奔机场找备选合作方洽谈。

然而，她在上机之前被人拦了下来。

拦她的人就是不久之前被她塞入计划书的那名男子，对方很恭敬，称她为蓝总，接着告诉她，跃丰总裁正在机场外的车里，想见她一面，与她谈一谈。

这项合作的后续，超出她想象的顺利。

跃丰的总裁林洋是个年轻的实业家，三十三岁便创下跃丰这个企业王国。先前几次错过会面，并不是刻意刁难，只是他最近真的非常忙。

林洋告诉她，他很喜欢她的计划书，所以想亲自和她谈一谈。

蓝又恩是个生意人，机会既然出现就没有理由放过，何况跃丰是他们所有合作方里的首选。

后来几天，她便一直留在B城与对方详谈合作的细节。

大概是停留的时间太长，导致纪亚来了电话抱怨。

“舍不得回来吗？该不是在B城认识了什么帅哥吧？”他用语言表达他很不满，“又恩，快冬天了，晚上一个人睡真的很冷！”

她被他可怜兮兮的语气逗笑了，便告诉他若真这么想，可以飞来这边陪她。

她知道他正忙于新款春装的设计，不过开个玩笑，没料想第二天下午纪亚真的瞒着她飞来了B城，准备给她个惊喜。当时她正回请林洋，与他在酒店的咖啡厅喝下午茶。和林洋熟悉之后，蓝又恩才发现这位总裁并非高高在上，即便不谈公事，与他聊天也不算乏味。

她去了趟洗手间出来，走至座位前时被隔壁桌刚刚洒出的水滑了一下，整个人重心不稳狠狠扭了下脚。一股钻心的疼痛袭来，她当下疼得连声音都发不出来。

林洋见她痛成这样，忙买了单，准备送她去医院。

她扶着他的手臂缓缓朝电梯走去，他见她走得艰难，倾身将她打横抱起，很礼貌地说了句“冒犯了”。正巧这时电梯门开，这一幕被纪亚撞见，当下便沉了脸。

虽然事后蓝又恩和他解释了原因，但总觉得作用不大。自此纪亚对林洋总有种若有似无的敌视和戒备。

偏偏大半个月后，林洋来S城谈生意，顺便约她吃饭。

纪亚表面上没说什么，但蓝又恩看得出他不是很高兴。

“你家纪亚是不是太小气了，你们好歹是合作方，吃饭应酬很正常吧。就算去去酒吧，聊聊天也只是正常的交际。”对此，雨晴表达了她的观点，“难道他自己就从来没有因为工作和其他女人吃过饭？”

蓝又恩叹息以示无奈。

“你有没有和他沟通过，用他自己的事反驳？”

“有。”

“他怎么说？”

“他说我想多了，然后申明这是完全不相同的两件事。”

“你因为工作和男人吃饭，他因为工作和女人吃饭，这两件事有哪一点是不同的？”雨晴完全无法理解，“这家伙，占有欲真是太强了……”

然而，雨晴的这番言论在几天后和又恩吃晚餐并巧遇林洋后被她自己全部推翻。

“这个林洋真是个满分的超级金龟男啊！”作为一个单身剩女，见到这种优质男不花痴一下才叫不正常，“脸、身高、身材、身家、气质、脾气，样样都无可挑剔！怪不得你家纪亚这么没安全感！以他现在在事业上的发展情况，完全没的比嘛！”

“有吗？”蓝又恩不以为然，“他已经三十三岁了，这个年纪的男人事业有成很正常，纪亚才二十三岁，你怎么能肯定等他到了三十三岁不会有这样的成就？”

“只可惜，等到那时，你已经快四十岁了。”雨晴不想泼她冷水，不过该说的话还是得说，“恋爱总是甜蜜的，婚姻却是现实的。也许你现在不会想到那么多，可年复一年，激情退去，现实的问题会接踵而至。又恩，你真的做好准备和他结婚了吗？”

雨晴没有等到她的回答，餐厅的门被推开，年轻俊美的男子走了进来。他穿着黑色的修身薄绒大衣，优良的剪裁将他挺拔的身姿完美呈现出来，发梢挑染的部分已被剪去，恢复成适合他的纯栗色。

他眉宇飞扬，眼眸沉定，边进门边取下脖间的烟灰色羊绒围巾。

餐厅里的视线都被他吸引过去，年轻的女子们在笑着窃窃私语。

无论何时何地，温纪亚总像一个发光体，他年轻贵气俊美，能轻易勾起女人内心对爱情的憧憬。

雨晴自他进来后就一直托着下巴叹息：“我就一个多月没见你家纪亚，怎么觉得他又帅了？”她看看他，又看看在餐厅另一端用餐的林洋，摇头道，“如果不提身家，这两个男人的确不相上下。又恩，我收回刚才他没安全感那句话。就我眼前看到的而言，这里最没安全感的人应该是你才对。”

“咳……”蓝又恩呛了口汤。

两人对话间，纪亚已来到蓝又恩身旁，漂亮修长的手指滑过她的肩膀，在她背上轻轻拍着：“怎么喝汤都会呛？”他在她身边坐下，取过纸巾为她擦拭嘴角，目光似不经意地瞥向餐厅一角那道硬朗身影，却什么都没问。

两人的矛盾真正出现是在一周之后。

那天，蓝又恩接到林洋助理的电话，他向她转达了一个邀请。

林洋投资的另一个服饰品牌三天后在巴黎有一个时尚秀，届时欧洲的各大媒体和圈内名人都会出席。

对方告诉她，亚泰琪如今的国际知名度还不够，想要在短时间内扩大影响力，她应该去巴黎参加这个时尚秀。林总已经帮她订好了来回的头等舱，他这几天还得飞其他国家，所以先行一步。如果她去的话，提前一天给他打个电话，他好安排。

蓝又恩当下便给了对方答复，表示一定会去。

这是让亚泰琪真正进入国际的机会，她不可能错过。钟倪、范青仁、庄晟皆对这事表示赞同，唯独纪亚，在会议上一言不发。

那晚回到家，她将他从工作台上拉下来，问他究竟哪里觉得不妥，她希望他有事可以和她说，而不是放在心里。

他定定看了她许久，问道："你真的什么都感觉不到？"

"纪亚，你想说什么就直接告诉我。"她很聪明，也大抵知道他应该是在吃醋，可他不生气不开口，就算再小的问题也无法解决。

他凝视着她，轻抚她细腻的脸颊，缓缓道："又恩，我已经不是以前那个做事只凭直觉的鲁莽男孩了。"他低低叹了口气，按住她的后颈，在她唇上吻了吻，接着便放开她去了浴室。

她想她知道纪亚没有说下去的话，时光令他成长，磨砺了他的心性。有些事，即便他在意，也不会像以前那样直白地表述。他会去思考，也会克制，最终自己消化。因为他知道质问这些事，并不是成熟的行为，这等于在质疑她的情感，是种不信任。

这便是如今的纪亚，非常符合成熟稳重这四个字。

可看着他安静走进浴室的背影，蓝又恩却觉得有些落寞。

三天后，她独自坐上了飞往西半球的飞机。

巴黎一如既往地美，只是一个人的冬日，有些寒冷。

林洋的安排比她想象中更妥帖，酒店交通出行样样完美，尽管蓝又恩一直觉得那些猜测根本不可能，但在对方连续数日的全程陪同后终于意识到了一些事。

彼此都是聪明人，想要说明白一些问题并不需要太直白，给一点暗示即可。

她透露了自己的婚期，就在三月。

对方笑了笑，显然没有放在心上。他早就知道她有男友，也知道那人比她小了六岁。在他眼里，这段恋情犹如玩闹一般，若他想介入，他们分开是迟早的事。

当然，这些话他不可能说。他选择缄默，并邀请她继续参加他在另一个城市的时尚秀。

蓝又恩没立刻答应，对方也很绅士地表示希望她考虑一下，因为这关乎整个亚泰琪的未来，他只是提供他所能提供的一切平台。

这晚回到酒店，她拨打了纪亚的手机，但数次都无法接通，家里的电话也一直没人接。

这晚蓝又恩失眠了。

这是自与纪亚复合以来，第一个不眠之夜。

其实她也不明白自己在担心什么，是因为临近婚期吗，还是因为雨晴问的那个她没有回答的问题？

好不容易等到天际发白，她起身换了套衣服，出了酒店。

这家酒店位于巴黎美院附近，周围有不少露天咖啡店。

她裹紧大衣，找了家拐角处的二十四小时咖啡厅，叫了杯热咖啡。

冬天巴黎的早晨真的很冷，她却选择了户外的位置，她需要清冷的空气来帮助她想一些事。

时间尚早，街上的人还不太多。她留意到街的对面，有一个黑发女子正静静坐在台阶上画画。她很年轻，脸孔小巧，肤白胜雪，留着黑色短发，一双眼瞳漂亮得如同最上等的黑色玻璃，一眼看去就像个精致的人偶娃娃。她穿着牛仔裤旅游鞋，随身背包就搁在她坐的那级台阶上。

她手里拿着一本画册，不时抬头看几眼对街的一家旧饰品店，随后低头画上几笔。

她很专注也很认真，神态安然，似乎完全投入和享受着画画的过程。

东方女孩？是中国人吗？

蓝又恩随意猜测，很快便瞥开了视线。

阳光慢慢出现，她的心情似乎也平复了些许，她打算进店为自己买份三明治，然后再试试给纪亚打个电话。

咖啡厅里的人依旧很少，临窗的座位处坐着一位东方男子。仅仅只是无意间的一瞥，蓝又恩的视线便被生生吸引过去。

她在服装这一行待了这么久，见过那么多不同风格的帅气男模，可直到此刻她才发现，一个男人的俊美竟可以达到这种地步！

他的眼窝深邃，轮廓立体，五官线条犹如神赐。只是眼神冷而漠然，仿佛在无形中排斥着周围的一切人事物。

这并不是一个好脾气的男人。

他桌上放着几个空咖啡杯，似乎坐在这里已经很久。这么冷的天，他却只穿了件休闲西服和衬衣。他蹙着眉，视线不时投向窗外，之后低头在桌上涂画着什么。

蓝又恩难得起一回好奇心，买完咖啡和三明治经过那人身边时放慢了脚步，随即看清了他画在咖啡厅餐巾纸上的画。

那是一个坐在台阶上抱着画册专注写生的东方女子。

蓝又恩立刻反应过来，这不就是一直坐在对面街边的那个黑发女子吗？

巴黎不愧是浪漫之都，到处都是艺术家。她暗暗想着，却在接触到那男人射向窗外的目光时怔住。那不是一个普通人的视线，眸光沉冷深邃，接触到的人会觉得异常寒凉，可那眸底却潜藏着浓到化不开的情感。

如果不是有着近三十年的人生阅历，她不一定能看出这份潜藏在冷漠之后的感情。

几乎是在一瞬间，蓝又恩万分肯定面前这个男人，一定深深爱着对面街边的那个年轻女子。

情人？夫妻？已分手的男女？

各种猜测拂过脑海，片刻走神的结果是，她将刚买的咖啡洒在了对方的黑色西服上。

“抱歉！”她的声音引来店员的注意，后者忙过来处理。小小的意外也将咖啡店内为数不多的客人的视线都吸引过来。

这不算是个大动静，却依然能引起一些人的注意。

蓝又恩发现那位男子在短短数秒内变了脸色，他挡开想为他处理西服的店员，自皮夹里掏出一百欧元丢在桌上，然后带着那张画着人像的餐巾纸快步离去。

那种感觉，就像是在避免被什么人发现自己的存在。

街对面，那个年轻的女子朝咖啡馆的方向瞥了一眼，随即再度投入自己的画作中。

蓝又恩突然有种感觉，在那两个人之间，似乎有着非常长的故事。

无论过程如何，结局却是爱而不得。

猛然间，她感觉到了一些哀伤，而这种哀伤又在瞬间被某种幸福冲淡。

幸亏，她不是那个爱而不得的人。她现在所爱的人就在她身边，清楚彼此的感情，他们即将结婚，携手一生。

她和纪亚，他们两个是如此幸福，不必因为一些事而分离。

能在一起，就已经是幸福了。

即便这种幸福不总是微笑，即便偶尔也会有矛盾、迷茫，可这些都是幸福的一部分。她不该因为这些而忽略了幸福本身的存在。

她的心赫然变得雀跃，仿佛年轻的女孩。她走开几步，拿出手机拨打熟悉的号码。

这一回，电话终于通了。

“在哪里呢？”她问道。

“怎么这么问？”纪亚显然被她明快愉悦的语调感染，“你猜猜？”

“电话一整夜没通，你该不会是因为想我，跟来巴黎了吧？”她只是随意猜测，却在对方低沉的笑声里反应过来，“等等——你真的来巴黎了？”

“我现在刚要出机场，你在哪儿？我马上就到。”

这一趟巴黎公干，最后变成了两人的蜜月旅行。

当猜测和疑虑消散，他们重新感觉到了将彼此包围的幸福。那些烦琐的婚前准备，被他们抛去脑后。

他在酒店餐厅向她求婚，手里拿着自旧饰品店淘来的古董戒指，在一片口哨声中，吻住了她的唇。

与他们一同用餐的林洋在短暂的注视之后，起身离开了餐厅。

虽然这场面对自信心素来爆满的成功男人而言算不上什么打击，却也足够他不悦好一阵子。

至于跃丰和亚泰琪的合作，还是继续进行，双方都是成年人，不可能做出意气用事的蠢事。

在两人成为夫妻并携手漫步在巴黎街头的时候，蓝又恩跟纪亚说起了那两位东方画者的事，并表示了自己的惋惜。

“你怎么就知道他们最终的结局是爱而不得？世事无常，当年我在欧洲的时候，也曾一度以为我已经永远失去你了。”他理着她脸颊边的散发，动作温柔地将它们夹去她耳后，“又恩，你记着，在爱情里，不会有比分离更悲伤的事了。无论未来如何，一定不要胆怯。只要你在，我就在。就算你不在了，我也依然会在。”

“我不会让你一个人的。”她笑了笑，主动吻上他的唇。

三年后。

蓝又恩没有想到，有一天，她会亲眼看见那个发生在巴黎街头的爱情故事真正的结局。

这日是亚泰琪的春季新款发布日，这三年，亚泰琪在他们的努力下终于成为家喻户晓的国际知名品牌。今时不同往日，亚泰琪发布会所能邀请到的贵宾自然也不是以前能比拟的。

蓝又恩在霓虹闪烁的舞台之下，看见了熟悉的人。

并非她的记忆有多好，只是这样长相的男人，她生平仅仅见过这一个。

他依旧俊美，安静地坐在那里，气度非凡，可眸底那种生人勿近的冷漠却淡了很多。尤其当他看向身旁的黑眸女子时，那温柔仿佛要满溢出来。

果然是她！那个坐在巴黎街边画画的东方女子！

注意到她的视线，庄晟在一旁解说道：“你可真厉害，一眼就发现了我们今天这场秀的重量级贵宾！那个男人可不是普通人，这次为了请到他，我可是用尽了所有的人脉，花费了全部的心思……”

“你说的那人就是画界的传说人物夏浔简吧？”刚走过来的范青仁很不给面子，直接揭露了谜底，“他身边坐着的那个据说原来是他的学生，不过几个月前他们结婚了。听说夏浔简宠她宠到不行，为了求婚还在印度洋上买了座小岛！”

“你又知道！”庄晟不满地丢话。

“我当然知道，我以前的高中学妹是她的大学同学。”

“你的高中学妹？”庄晟想了想，问道，“上个月开完同学会，后来叫你去唱歌，结果你拖上我一起去的那个高中学妹——叫什么小茹的？”

“对，她们是很多年的朋友。”

“靠！你早知道自己的高中学妹是她朋友居然不告诉我？你知不知道我这次为了把夏浔简请来用了多少人情！”

“你又没问我。你只说这次准备弄一个重量级的过来，我怎么知道你说的就是他？”

“范青仁你故意的！”

“无聊。”

“你一定是故意的。”

“懒得理你。”

“喂，你别走啊……”

这场对话再次以吵闹告终，蓝又恩揉揉太阳穴，对自家公司这些设计师很是无语。

走秀结束后，庄晟和范青仁分别介绍了夏浔简夫妇和亚泰琪的几个领头人物认识。

大概因为小茹关照过，夏浔简那位年轻的妻子待他们很友善：“你们好，我叫安颜然。”

蓝又恩从她的脸上看到了幸福，那些她曾经在巴黎街头专注画画时不曾出现过，如今却充斥着她身体发肤的满满的幸福。

蓝又恩想，这是一个幸运的女子。因为即便是在她独自一人时，幸福也从未真正远离过她。只是，或许她自己并不知道，或许永远也不会知道。

但这些并不重要，重要的是此刻，他们都在这里，爱他们所爱。

“安颜然，你好！这位是温纪亚——今天时装秀的主设计师。我是他太太，我叫蓝又恩。”

番外二　谁都不是她

今天是她的婚礼。

看她穿上白纱，已是第二次。只可惜，两次新郎都不是他。

他远远望了一眼，没有走进去，转身驾车离开。

没有要去的地方，也没有想见的人。漫无目的开了一阵后，他在常去的咖啡厅外停车，随意点了杯咖啡，坐在安静的位置，看窗外的夜色。

服务生很快送来咖啡，不是他要的清咖，而是加了浓浓的牛奶。除此之外，还有一份他没点的乳酪蛋糕。

“你送错了。”

“没有，是我请你的！”轻快的女声带着笑意。他侧目，那是一个年轻的女孩，黑发束在脑后，整齐而清爽，面容秀气，不算很美，但看着很舒服。她朝他笑了笑，眼睛眯成一条缝，“我注意你很久了，好多次都是晚饭的时间过来，也不点东西，就只叫一杯咖啡。你不知道长期这样对身体的伤害很大吗？”

“抱歉，我不认识你。”

她指指自己的胸牌：“黄若珊，现在你认识啦！所以，把蛋糕也一起吃了吧！”

“我，不太喜欢奶咖。”

“你一定没试过对不对？没试过怎么知道自己不喜欢呢？也许试了之后会发现比清咖啡好喝很多哦！”黄若珊看了眼吧台，“不好意思，我要去忙了，你等会儿有事吗？没事的话等我下班！还有两个小时，我请你吃晚饭！”也没等他开口，对方就已经转身走了。

这是个很轻快的女孩，明亮温暖，就像阳光。

有一点点，像她。

岑寂当然明白对方主动的意义。

其实他一直明白，一切早已结束，执着不肯放开的只是自己。

纪亚出国的那段日子，他以为只要他愿意等，总有一天，她会回到他身边。

可是，后来纪亚回来了。

还未曾拥有，便再次从指缝溜走。

不，其实他曾经拥有过的，只是他没有好好珍惜，甚至不惜试探利用。

如果当初，自己肯付出真心去呵护这份感情，那今天晚上，在酒店与她携手的人，是不是就会是他？

那一年春天，她的第一次婚礼。

他以小叔的身份，将身为孤儿的她带入教堂，交到岑亚然手里。

那是个盛大的婚礼，尽管岑家其他人对蓝又恩的出身都不满意，可是亚然给她撑起了一片温馨而安全的天地。

婚礼开始之前，她一直在休息室里忐忑不安。因为原本答应带她入教堂的高中老师临时出了意外，没能到场。

为了让她平静下来，他主动接下了这个任务。

其实这些细节他不应该注意的，虽然第一次见她至今已有两年，但他们见面的次数很少。

在岑家，亚然与他的关系算是最好的，也唯有他，会恭恭敬敬地喊他一声小叔。他时常会打电话给他，找他吃饭或者外出旅游。对此，岑寂一概推托说忙。其实他并没有那么忙，拒绝的理由是他知道亚然的身边总会有个蓝又恩。

自两年前的家宴他带她回来后，她就没再来过岑家。他明白，是亚然在下意识地保护她。

那时的蓝又恩并不像后来那般犀利，她是个温婉且带点天真的女孩。年轻单纯，就像一张白纸，看待人的角度也总从最美好的出发。

他知道，亚然之所以会找他一起，也有她的一部分原因。觉得他似乎有些寂寞，换句话说，也就是同情。

让一个十八九岁的女孩同情？岑寂在心里冷笑，这也太荒唐了。

他不喜欢那个女孩的个性，不喜欢她的笑容，不喜欢她说话的方式，一切一切通通都不喜欢！所以对他们的邀请一再忽视。

直到后来某天，他在街上见到她。

那时他在岑家还没有任何实权，岑建邦刚刚去世，就算他有钱也不可能正大光明地显摆，所以开的是辆二手的普桑。

二手车毛病多，没开多久就抛锚在路边，他心情不快，也懒得叫拖车，就这样将车弃在路边，步行离开。

他在下一条大街的路旁见到了她。

初见时并没有认出，只看到一个黑发女孩蹲在路旁，正对着一个下水道口细细察看。

在她身旁，站着一男一女两个小孩，都只有八九岁的模样，正手拉手焦急地看着她，嘴里还喊着蓝姐姐。

“小枫，小然都乖啊！姐姐捡个东西，很快的！等捡到了就带你们去吃冰激凌！”

这个声音让他渐渐止住脚步。

阳光下，她在人来人往的大街上挽起袖子，半伏在地上，将纤细的手腕伸进下水道铁条间的缝隙。路边的行人对她指指点点，但她充耳不闻，只是很仔细地摸索着。

良久，她的脸上终于绽开欢欣的笑容，仿佛阳光里突然绽放的花朵。

他瞥开视线，本想离开，结果那一大一小两个孩子却突然大叫起来。

他心头一惊，几乎没有思索就快步走了过去。

“你怎么样！”他以为她受伤了。

然而地上的人抬头，在看清他后露了个无奈的表情：“手抓着东西，卡住了！”

“那把东西放开！”

“不行！”如此温婉的她，却也有执着的一面，“很重要的东西，一定要拿回来！”

后来，在她的坚持下，他找来东西将铁条之间的缝隙撑大，她的手才得以拿出来。

小小的拳头紧紧握着掌心的东西，纤细瓷白的腕间和手背蹭破了好几处，她却开心而满足地笑起来：“谢谢你帮忙！多亏你了！”

距离太近了，没有办法避开。

她的笑容，就这样狠狠撞入他的视线，撞上他的心。

他听见了自己的心跳在一点点加速。有一种奇怪又奇妙的感觉，他仿佛在湛蓝的天空下眩晕。眼里，只有那红润的脸颊和微翘的可爱嘴唇。

还有那双凝望自己的眼睛，充满了愉悦，仿佛在那一刻得到了整个世界最美好的东西。

小小的掌心摊开，里面躺着一颗最普通不过的纽扣。

“这是亚然送我的，那时他拿着这个和我表白，好可爱哦！”她毫不嫌脏，用他递来的纸巾将沾上黑泥与污物的纽扣擦得干干净净，“小叔！还好今天遇见了你！太谢谢啦！”

一抹凉意悄无声息地自身体内升起，慢慢蜿蜒，慢慢扩散，直至四肢。

小叔。

是的，在她眼里，他是她的小叔，是她男友的家人，仅此而已。

忽然觉得失落，仿佛一件很重要的东西没有办法得到，没有办法占为己有！

那天后来，他神差鬼使地和他们一起去了冰激凌店。他给她点了最贵最好的冰激凌，然后整个下午就静静地坐在桌子对面，看着他们，或者说，看着她。

直到亚然出现，坐到她身边，温柔而宠溺地拢住她的肩膀，心疼地查看她手上的擦伤。

“伤口我已经处理过了，这几天注意不要碰水。”岑寂慢慢起身，“既然你来了，那我就先走了，这里交给你。”

“都这么晚了，要不一起吃饭吧？”她抬头，漂亮清澈的杏瞳静静凝视着他。

他缓缓收紧手指，低声道：“不用了，我还有事，下次吧！”

“好，你说的下次，一定要记住啊！”亚然笑着和他再见，又低头去看她的手，放在唇边细细地吻。

他必须得离开了，否则他怕自己会做出连自己都想象不到的事。

岑亚然，蓝又恩，他怕自己会不顾一切地去破坏这份和谐。

可是不行，他还有更重要的事要做。

这份和谐，绝对不能在此刻破坏。

他告诉自己，像从前那样继续讨厌她就可以了。她的笑容，她的眼瞳，她的嘴唇，她的声音……所有关于她的一切。

他就这样，看着他们恋爱，看着他们结婚，看着亚然去世，看着她独自一人苦苦撑着岑家和罗丽达。

直到后来，直到那个雨天，他带她走进了他在岑家祖宅之外的公寓，为她擦拭湿发，然后再难自制地吻了她。

柔软的温暖的唇，她的唇。

他将脸孔埋入掌心深深吸气。

桌上的咖啡慢慢冷却，他始终没喝一口，蛋糕也同样一口未尝。

不是他不想尝试新的东西，只是他说服不了自己。

周舒妍也好，其他主动或暗恋他的女孩也罢，甚至是刚刚那个与她有些相似的女孩。

就算身体能妥协，但心就是没有办法做到！

那么多人，谁都不是她。

她是他的初恋，也是这辈子唯一深爱过的人。

没有办法，无论如何也没有办法忘记。

黄若珊下班的时候，那个位置已经空了，桌上的东西没有动过。

她叹了口气，踏入沉沉夜色。

或许他明天还会来，或许下次他就会接受自己。

起码今天，她和他说到话了不是吗。

下次，等他再来的时候，她会记得问他的名字。

只要太阳还会升起，人生就是充满希望的。

她这样认为。

番外三 时光

第一年的冬天。

她在雨晴的公寓醒来，给自己倒了杯热水，靠在窗前静静地看这座城市。萧索的深秋，入眼的一切都令人生厌。宿醉的后遗症是头疼欲裂，明知酒不是什么好东西，她却总管不住自己。

院长打来电话，说孩子们好久没见她去，都很想她。

她不太想回去，在那里，有太多她和他的回忆。她自觉没有勇气能回到那里，至少——现在还不行。

待到她终于回去孤儿院，已经是冬天了。

近来她被雨晴盯着，总算勉强戒了酒，只是夜里仍旧失眠，每次醒来便再也无法入睡。

她带了不少礼物，孩子们很高兴，她露出淡淡的笑意，对上院长望过来的眼神，心底的疼痛缓缓蔓延开。

她知道院长担心她，可难得见一次面，却连一句话都不敢多问她，只怕说错了要引得她伤心。就连孩子们，大概也被格外嘱咐过，抱着她的手臂说想念她，笑着问她带了什么礼物，只是不提他的名字。

这样的小心翼翼和体贴，让她心里发酸，可始终说不出感谢的话。

好在气氛始终很好，院长陪着她发礼物，再捡一些孩子们的趣事说给她听，其间院长似乎指了指窗棂处，提到了新入院的孩子。

那是个男孩，看起来十二三岁的模样，大概因为怕生，并没有上前拿礼物，半个身子藏在窗帘布后，见她抬眼看来，忙将另外半个身子也躲入窗帘后。

孤儿院时不时便会有新孩子来，她以前会关注，现在却没那个心思，只看了一眼，见对方躲了，便收回视线。

发完礼物，她跟着院长去了里间。年过半百的老妇人叹了口气，还是从上锁的抽屉里取出一个信封递给她。

"就当是个留念吧，照片是四年前拍的。也不知道是哪位义工拍的，照片一直存在电脑里，我也是最近才看到的。"

四年前？她忍着灼痛的呼吸，接过了信封。

信封很薄，照片应该不多，可能只有一张。

她猜到了照片上的人是谁，却到底没敢打开："我……回去再看。"

"嗯。"院长拉住她的手，轻轻地拍，"再忙，也记得偶尔回来看看，这里始终是你的家。"

"嗯。"

离开之前，她将一个存折塞进院长的手里。院长看清上面的数字时吓了一跳，以前她来时也会给，但这次的数额实在太大。

"是他的心意，原本他计划等我们结婚后，替孤儿院翻新，所以……别拒绝。"

院长点点头，将存折收入抽屉锁好。

离开的时候，她经过孩子们玩耍的教室，风从走廊对面开着的窗户吹拂进来，清冷的寒意遍布全身。

视线轻抬间，她看见了站在教室门边那个瘦弱单薄的男孩。他的刘海被风吹起，露出一双漆黑的漂亮眼睛。

她的脚步，就此凝固。

——亚然，这是你不在我身边的第一个冬季。我在孤儿院看见了一个孩子，他有一双和你非常像的眼睛。

第二年的冬天，伦敦。

相比去年爆冷又下雪的异常气候，今年伦敦的冬天终于恢复了它往年应有的温柔。

她站在泰晤士河畔，看夜里缓缓旋转的伦敦眼。

有人从背后拍了拍她的肩膀，她回头看去，背后却空无一人。她笑了笑，旋向另一个方向："票买好了？"

落入视线的，是少年帅气灿烂的笑容："又恩姐，你怎么每次都上当！好笨啊！"

"说我笨！早知道我就不飞过来了！"她假装生气地戳戳他的额头，"也不知道是谁，在电话里惨兮兮地求我过来陪你跨年！"

"我有惨兮兮吗？我不就随口问问你有没有时间！"他伸手，揽住她的肩膀，将手里的蛋筒递给她，"你要的冰激凌！真是的，这么老了还跟小孩一样，大冬天的吃什么冰激凌！"

一年的时间，少年成长得飞快，秋天来看他时他身高还只到她眼鼻处，现在却已经和她差不多高了。

良好的生活环境令他褪去了不安与怯色，慢慢地有了自信，容颜越发出色，而眉眼却是与他越发相似了。

心底一阵隐隐的刺痛，她收回视线，低头专心吃冰激凌，任他带着自己走向摩天轮。

摩天轮缓缓上升，整个伦敦的夜景尽收眼底。少年比她预料中的更加高兴，他拍了很多照片，有景色，也有她，最后搂着她一起合影。

"今天高兴吗？"她问他。

"高兴！"他说着，又转头看她，"不过，假如某人这次能陪我过了生日再走，我会更加高兴！"

生日？他的生日是二十一号，还有二十多天呢。

正常情况下，她一般只待十来天，毕竟公司那里，她得看着。

瞥见她的表情，他有点不乐意："干吗，才刚来就想着要走啊！"

“没有，我会住段时间，不过你生日的话……”

她话还没说完，他便开始碎碎念了，什么原本就是孤儿，现在独身在异国，语言不通，人生地不熟，想吃道家常菜都找不到地方，他只是想有她陪他过个生日，可她连这都不肯等等。

看着背对自己的“怨气冲天”的纤长背影，她忍不住笑了：“行了行了，说得好像我故意虐待你一样。我陪你过完生日再走，行了吧！”

“说话要算话！”闻言他立刻转身，那张笑意明亮的脸，哪里有半点哀怨，“又恩姐，我生日想吃你亲手做的饭菜！都这么久了，我一次都没吃过你做的饭！”

“咳……”谈及厨艺方面的话题，她心有戚戚焉，只能以咳嗽掩盖内心的尴尬。

——不知不觉已经一年多了，亚然，这是你不在我身边的第二个冬季。我在伦敦坐了摩天轮，和纪亚一起。他是个很好的孩子，总能让我轻松地笑起来。罗丽达和亚泰琪……其实我依然没有信心，可是我会努力，每一天都会更努力。

第五年的炎夏，画廊。

雨晴叹息完，起身去给她倒了杯咖啡。

无糖无奶的清咖，完全不是她的口味。

“你现在就该喝这个，能帮助你清醒头脑。”雨晴语气调侃地拍拍她的肩膀，“虽然，有的时候我也曾想过，希望你别这么清醒，能糊里糊涂地过日子。”

她拿起杯子，喝下一大口，果然苦到瞬间头脑清醒。

她苦笑了下，一口气把剩下的全喝了。

——亚然，我……我做了件错事，你一定不会原谅我的。

第六年的冬天。

——亚然，雨晴今天问我，是不是爱上他了……很可笑是不是？我怎么可能会爱上纪亚，那个因为眉眼和你相似而被我助养的孩子？这真的太好笑了！

第九年的春天。

——亚然，我以为，失去你之后，我不会再爱上任何人。我以为，只要他现在过得好，我就可以很高兴地祝福……可直到今天，我才明白自己错过的是什么。对不起，我没有忘了你，我只是心底多了一个人。

——是的，我爱上他了。

第十三年的秋天，墓园。

今年的秋季，气温偏高，一大清早，山林寂静，山路的石阶上，缓缓走来三道身影。

年轻俊美的男人、温婉气质的女人，还有一个则是连路都走不太稳的小宝宝。

女人拉着小宝宝的手走在前面，清晨雾气重，石阶略有些滑，男人不放心，走在后面伸着手，以便随时能接应。

“你还是抱她吧，这么个走法，到上面都中午了！”男人实在没忍住，但从他的表情能看出，其实他是在心疼。

女人回头白了他一眼：“你有办法你抱她呀！”

男人不敢和女人多话，只得弯低腰身去哄那个哼哧哼哧走得格外起劲儿，但半天都没走上几步石阶的小女娃：“心宝，爸爸抱抱好不好？”

女娃推开男人的手，头摇得和个破浪鼓一样，还口齿不清地嚷着：“宝，走！宝走！”

“对啊，爸爸抱着走！”男人故意曲解女儿的意思，伸手抱起她，结果被两只含着水雾的大黑眼睛给萌住了。

“爸爸，坏坏！”

女人扑哧一声，很不给面子地笑了。她退到旁边，让出山路，示意男人自己解决。

男人抱着自家的心肝宝贝，开始讲道理：“爸爸怎么坏呢？爸爸是怕心宝走得太累。你看这山这么高，心宝还这么小，自己走上去会累坏的，累坏了心宝，爸爸心疼！”

“宝，走！”女娃一边继续拨浪鼓式摇头，一边不断重复那两个字。

“对对！爸爸抱走！抱着走！”男人一边继续讲道理，一边装出一副爸爸听不懂的样子，然后飞快地朝上走。

最后的结果，自然是女儿的号啕大哭。

“行了，她想自己走，你就让她自己走吧！小孩子刚刚学会走路都这样！你着什么急，就算走到中午也是她自己乐意啊！”女人慢慢跟在后面，听到女儿的哭声，忍不住埋怨。

男人被前后夹击，最终无奈，还是将女儿放下，从后面托住她两只小肥手，帮着她一点点蹭上山。

大概是这个动作让女娃走起路来比较省力，速度竟比之前快了不止一倍。小女娃走路的兴致越发高涨，一边努力迈动小短腿，一边兴奋地喊着：“爸爸，快！快！”

“不说爸爸坏了？”他捏捏手里的小肥爪。

“爸爸，好！爸爸，亲！”极会见风使舵的心宝努力朝身后的人嘟起小嘴。

男人弯下腰亲了她一口，心满意足地看向身后的女人：“今天是我先亲到的！你输了，晚上你懂的……”

“大白天的，能不能别在女儿面前说这些！”女人有点恼了。

“我不管，反正你答应我的，今天你在上面——”

“温纪亚！”

“好了好了！我带心宝先上去，你慢慢走！”见好就收，是这几年来他的婚姻心得。

山风轻抚，天空无垠，她看着前面那一大一小的身影，缓缓勾起了嘴唇。

——亚然，我来看你了，带着纪亚，还有心宝。谢谢你曾在我生命里出现，还给了我那么完美的爱情、婚姻和记忆。

——亚然，我现在很幸福。

【全文完】

图书在版编目（CIP）数据

只是替身吗 / 南绫著 . -- 南京：江苏凤凰文艺出
版社，2019.5
ISBN 978-7-5594-3390-9

Ⅰ . ①只… Ⅱ . ①南… Ⅲ . ①长篇小说 – 中国 – 当代
Ⅳ . ① I247.5

中国版本图书馆 CIP 数据核字 (2019) 第 038644 号

只是替身吗

南绫 著

选题策划　北京记忆坊文化
特约策划　暖　暖
特约编辑　单诗杰 莫桃桃
营销编辑　杨　迎
责任编辑　白　涵 刘洲原
责任印制　刘　巍
封面绘图　恰克飞鸟
封面设计　80 零 · 小贾
版式设计　天　缈
出版发行　江苏凤凰文艺出版社
　　　　　南京市中央路 165 号，邮编：210009
网　　址　http://www.jswenyi.com
印　　刷　三河市国新印装有限公司
开　　本　880 × 1230 毫米 1/32
印　　张　9.5
字　　数　278 千字
版　　次　2019 年 5 月第 1 版　2019 年 5 月第 1 次印刷
书　　号　ISBN 978-7-5594-3390-9
定　　价　38.00 元

MEMORY
HOUSE